L'amour à tout prix

*

Une infirmière en Thaïlande

ANNIE CLAYDON

L'amour à tout prix

Traduction française de
ANOUK

BLANCHE

HARLEQUIN

Collection : Blanche

Titre original :
WINNING THE SURGEON'S HEART

HARPERCOLLINS FRANCE
83-85, boulevard Vincent-Auriol, 75646 PARIS CEDEX 13
Service Lectrices — Tél. : 01 45 82 47 47

www.harlequin.fr

ISBN 978-2-2804-4026-4 — ISSN 0223-5056

1.

Un silence impressionnant régnait dans l'arène emplie de spectateurs. Parmi les trente concurrents prêts à relever les différents défis du jeu télévisé auquel ils participaient, seuls deux seraient sélectionnés ce jour-là.

Le jury s'apprêtait à proclamer leurs noms devant un public nombreux et enthousiaste.

Pourvu que ce soit Sophie et moi ! se répéta Hannah.

Elle avait vraiment donné le meilleur d'elle-même… De toutes ses forces. De tout son cœur.

À côté d'elle, Sophie, sa collègue et meilleure amie, se penchait en avant, mains sur les genoux, encore un peu essoufflée.

L'épreuve la plus difficile, une course d'obstacles épuisante pour tout le monde, avait été programmée à la fin de cette longue journée. Toutes deux avaient accompli la totalité du parcours ensemble…

Tout comme elles travaillaient ensemble.

Jour après jour, du matin au soir, elles se soutenaient dans leur quotidien parfois très éprouvant.

Hannah posa une main sur l'épaule de Sophie et lui adressa un grand sourire.

— On l'a fait ! On est allées jusqu'au bout !

Sophie se redressa et leva un pouce victorieux.

— Oui, jusqu'au bout ! Franchement, j'avoue que je n'en peux plus. Toi, tu as été super… Je pense que tu seras sélectionnée. En revanche, moi, je ne suis pas sûre.

— Sois optimiste ! De toute façon, l'essentiel est d'avoir participé. Dis… Ça va ? s'inquiéta Hannah.

Sophie acquiesça d'un vigoureux signe de tête.

— Je suis fière… Et juste fatiguée. Demain, on sera complètement endolories.

— Mais on aura tout tenté pour gagner, et c'est ce qui compte, affirma Hannah.

En réalité, ce n'était pas tant une question de réussite que d'engagement solidaire. Hannah et Sophie travaillaient en binôme depuis cinq ans, aux commandes d'une des ambulances de l'hôpital d'Hamblewell. Quand l'établissement avait intégré le célèbre *Hospital Challenge* organisé par Arial TV, à l'issue duquel serait offerte une généreuse somme d'argent en guise de trophée, elles s'étaient spontanément présentées en équipe.

Ce jour-là se déroulait la sélection des participants, avec des séquences éliminatoires aussi bien mentales que physiques – quiz, jeux de rôles, épreuves sportives – à l'issue desquelles deux candidats, sur trente, représenteraient l'hôpital d'Hamblewell durant l'étape suivante de ce concours retransmis à la télévision.

Hannah espérait de tout cœur gagner avec Sophie, sa coéquipière préférée.

Elle saisit la main de son amie et la serra fort.

Les enceintes du stade crépitèrent soudain, et sur la tribune, l'un des membres du jury prit la parole :

— Bonjour à tous… Et merci de participer ! Comme vous le savez, les candidats sélectionnés vont concourir au nom de l'hôpital d'Hamblewell dans les épreuves qui auront lieu à partir de samedi prochain… Nous serons en concurrence avec trois autres hôpitaux pour représenter notre région lors de la dernière manche qui se jouera à Londres. Nous espérons que vous viendrez nombreux soutenir notre équipe, et nous espérons aller en finale ! Donc, aujourd'hui, nous avons dû choisir deux personnes, ce qui n'a pas été facile…

Il y eut une pause. Le silence était total, impressionnant. Chacun retenait son souffle.

— Alors nous avons tout d'abord… Hannah Green !

Hannah entendit une salve d'applaudissements et de cris enthousiastes. Ses jambes flageolèrent. *Il va falloir que j'assure*, s'intima-t-elle simultanément.

— Bravo ! Je savais que tu étais la meilleure ! Tu as toujours été la meilleure, la plus sportive de nous deux. Bravo ! répéta Sophie, les yeux brillant de joie.

— Attends, toi aussi tu vas être sélectionnée, répliqua Hannah. Pas question que je continue sans toi !

— De toute évidence, notre choix remporte l'unanimité ! lança le juré d'un ton ravi. Hannah Green, toutes nos félicitations ! Et vous ferez équipe avec le Dr Matt Lawson !

Quoi ?

Hannah s'efforça de sourire, mais tout à coup, sa satisfaction d'avoir réussi retombait tel un soufflé. Elle ne connaissait même pas ce Matt Lawson.

Elle jeta un coup d'œil à Sophie qui, quant à elle, se réjouissait toujours, en phase avec le public. À croire qu'elle n'avait pas remarqué que son nom n'avait pas été proclamé.

— Hannah, Matt, venez à la tribune ! invita le juré.

La gorge nouée, Hannah se dirigea vers l'estrade.

Tout en l'applaudissant, la foule s'écarta pour la laisser passer.

Un homme grand et mince, aux cheveux blonds décolorés par le soleil, la rejoignit à grands pas.

C'était le genre d'homme qui donnait l'impression d'être plus souvent à l'extérieur que dans un bloc opératoire. Oh ! il avait sûrement les yeux bleus… Hannah les imaginait déjà de cette teinte lumineuse, séduisante, classant automatiquement ce médecin dans la catégorie « intouchable ».

Car en réalité, elle savait très bien qui était le séduisant Dr Matt Lawson. Un excellent chirurgien, ce que le personnel féminin ignorait parfois, plutôt concentré sur le physique hors du commun de leur confrère ! Mais Hannah avait déjà eu vent de la réputation professionnelle du Dr Lawson. Pour le reste, elle savait juste qu'il était très beau et très distant.

— Félicitations, dit Matt, en lui tendant la main.

— Merci. Félicitations à vous aussi.

Ses prunelles étaient bien de la teinte de la mer… La mer Méditerranée. Avec des reflets sombres, intenses.

— Je vois que vous êtes déçue, ajouta Matt en soutenant le regard d'Hannah. Désolé… Vous auriez préféré concourir avec votre amie, je m'en doute… On fera de notre mieux pour être à la hauteur de la mission !

Hannah sourit poliment, consciente que tous les regards étaient braqués sur eux. Dans l'assemblée, au premier rang, Sophie levait un pouce victorieux et encourageant.

— Oui, bien sûr, on fera de notre mieux, affirma-t-elle. Pour notre hôpital.

— Exactement. Pour nos patients, renchérit Matt. Heureux d'être votre partenaire, Hannah. Vous êtes une championne.

En prononçant ces mots, Matt eut la désagréable impression de trop en faire. Il ne voulait pas que la jeune femme s'imagine qu'il cherchait à lui plaire. Il avait remarqué qu'Hannah s'entendait parfaitement avec sa collègue pendant les épreuves sportives de cette journée, même si elle était visiblement la plus forte, la plus endurante.

Toutes deux formaient une équipe battante. Elles portaient des T-shirts assortis, imprimés du logo du service ambulancier. Hannah était infirmière, Sophie ambulancière et conductrice. Matt connaissait la nature de leur travail qui nécessitait qu'elles puissent compter l'une sur l'autre en permanence.

— Vous êtes dynamique, ça se voit, dit-il tandis qu'ils descendaient de la tribune, marchant côte à côte vers les gradins où les affaires des concurrents étaient entreposées.

Le ciel était bleu, et un magnifique soleil estival brillait.

— Disons que j'aime courir, nager, me dépenser… Il va falloir qu'on s'entraîne avant la prochaine épreuve ! répondit Hannah.

Il la regarda. Hannah était une jolie femme dont la beauté semblait étonnamment intensifiée par un peu de saine fatigue et de sueur. Un peu plus tôt dans la matinée, il avait remarqué sa silhouette fine et tonique, sa chevelure auburn rassemblée en une tresse épaisse et, bien sûr, son sourire. Au fil de la journée, il avait pu admirer son audace et sa ténacité. À cet instant, malgré les heures d'efforts, elle resplendissait.

— Le jeu en vaut la chandelle ! répliqua-t-il. Malheureusement, cette semaine, il me sera difficile d'y consacrer autant de temps que je le voudrais. J'ai un planning très chargé. Je pourrai juste poursuivre mes séances de sport habituelles, ce qui est mieux que rien… Et prévoir une bonne nuit vendredi, pour donner le meilleur de moi-même samedi prochain !

Hannah hocha la tête, manifestement un peu déçue.

— Je comprends. Dans ce cas, si ça ne vous ennuie pas, je continuerai à m'entraîner avec Sophie.

— Pourquoi ça m'ennuierait ? Au contraire, foncez !

En vérité, Sophie et Hannah formaient le genre d'équipe dont Matt aurait pu rêver. Lui-même, dans sa pratique, ne parvenait pas à vivre une telle entente. La chirurgie demeurait un acte solitaire, même si, au bloc, se trouvaient assistants et infirmières.

À ce moment-là, Sophie les rejoignit, un sourire radieux aux lèvres.

— Bonjour, je suis Sophie. Félicitations, vous avez mérité de gagner ! ajouta-t-elle en lui tendant la main.

Matt la serra, appréciant son attitude chaleureuse. Mais pour une raison mystérieuse, Sophie ne le touchait pas autant qu'Hannah.

— Merci. Vous formez pourtant une excellente équipe avec Hannah.

Sophie enlaça les épaules de son amie.

— Oh ! oui, c'est vrai, mais ma performance reste finalement limitée ! Maintenant, c'est à vous deux de donner le meilleur de vous-mêmes !

— J'y compte bien… Et j'espère de toutes mes forces qu'on gagnera, dit Hannah. Notre hôpital a besoin d'argent, et si on remportait la victoire, le pactole du trophée nous aiderait beaucoup.

— C'est sûr, admit Sophie. Si c'est un pactole…

— Il y a une belle somme à la clé, on l'a lu dans le

règlement, tu te souviens ? Donc on fera tout pour remporter le défi, assura Hannah, d'un ton presque détaché.

Puis elle soupira.

Sophie lui assena un léger coup de coude dans les côtes.

— Cache ton enthousiasme ! Ne vous inquiétez pas, Matt, Hannah sait s'engager quand il le faut. Et elle est imbattable.

— Je n'en doute pas, répondit-il.

Il trouvait Sophie décidément très sympathique. Le genre de femme qu'il aimait habituellement séduire, pour passer un bon moment. Jolie de façon classique avec ses cheveux blonds et ses yeux bleus, amusante, le caractère sans aspérités. Hannah, en revanche…

Hannah était très attirante, belle mais complexe. Certainement pas le style féminin qu'il aurait recherché… Une relation avec une telle femme serait sûrement compliquée et difficile à dénouer le moment venu.

Matt chassa aussitôt cette idée. Pourquoi y pensait-il ? Personne ne se lierait, dans cette histoire, non, personne, il fallait juste qu'il considère leur rencontre comme le moyen de remporter un prix pour l'hôpital. Point final.

— Il faut que j'y aille, annonça alors Hannah en scrutant la foule, cherchant visiblement quelqu'un. À samedi prochain ! dit-elle à Matt.

— Absolument.

Une semaine entière, cela semblait soudain bien long. Mais Matt n'avait pas prévu d'être sélectionné aujourd'hui… Pas du tout. Maintenant, un long défi l'attendait. Il serait obligé de caser des séances d'entraînement sportif dès que possible, pour être à la hauteur.

— Vous savez où me trouver si besoin, ajouta-t-il.

Hannah acquiesça et Sophie déclara :

— On laisse un message au service de chirurgie, c'est ça ?

— Exact.

— Bon, à bientôt ! lança Sophie.

Hannah se contenta de lui adresser un petit signe qui se voulait amical malgré la déception qui se lisait toujours sur son visage.

Matt regarda les deux femmes s'éloigner en parlant.

Sophie esquissait de grands gestes, illustrant peut-être des exercices de leur dernier parcours d'obstacles. Hannah l'écoutait. Lui arrivait-il jamais de se détendre ?

Puis un petit garçon d'environ six ans se précipita en courant vers elles, suivi d'une femme plus âgée. Même à distance, Matt devina qu'il s'agissait du fils d'Hannah. Mêmes cheveux, mêmes yeux noisette… Hannah ouvrit les bras pour l'accueillir et le serrer contre elle avec une évidente émotion. Sophie et la dame plus âgée se mirent à discuter tandis qu'Hannah entamait une petite danse triomphante avec l'enfant.

Un peu plus loin, l'équipe de cameramen du *Hospital Challenge* les filmait avec discrétion.

Ignorant cet aspect technique de la situation, Matt reporta son attention sur Hannah et le petit garçon.

Il éprouvait quelque chose d'indéfinissable. Un mélange d'admiration et de tristesse infinie, comme un manque.

Il aurait tellement aimé ne pas ressentir *ça*.

Un jour, ça disparaîtrait.

Un jour, il ne se souviendrait plus.

La mémoire finissait toujours par trier, éliminer les images et sensations indésirables… De plus, quand on ne cessait de bouger, de changer d'endroit pour devenir comme étranger à soi-même, cela facilitait l'oubli. Du moins l'espérait-il. Matt avait appris à voyager léger, sans s'encombrer, sans s'attacher.

Il agissait ainsi depuis l'âge de huit ans.

Il partait pour fuir la douleur de sa propre enfance traumatisée par un père violent, ce père qui s'en était pris à sa mère si souvent, évitant soigneusement de la frapper sur le visage pour ne pas laisser de traces. Une fois, l'homme s'en était pris à lui, le petit garçon. Une seule fois…

Le geste de trop. Le geste salvateur, au fond, car ce jour-là, la mère de Matt avait décidé de quitter son mari brutal et malveillant. Elle avait fait leurs valises et ils s'étaient enfuis.

Au début, Matt avait trouvé que vivre dans des auberges ou des hôtels, c'était amusant. Ils avaient changé de patronyme, utilisant le nom de jeune fille de sa mère, et s'étaient installés dans une autre ville. Mais son père les cherchait toujours, et ils avaient de nouveau pris la fuite. Combien de fois avaient-ils agi ainsi ? Impossible de compter… Matt avait fini par ne plus essayer de lier amitié avec quiconque car il savait que tôt ou tard sa mère et lui repartiraient.

Le cœur serré, Matt observa Hannah qui jouait avec son fils sous le soleil de cette fin d'après-midi. Ils semblaient si heureux et insouciants. Ils ne se retournaient pas toutes les deux minutes pour s'assurer qu'ils n'étaient pas en danger… Ils vivaient simplement. Librement.

Mais à un moment Hannah jeta un coup d'œil par-dessus son épaule et surprit le regard de Matt posé sur son fils et elle.

Gêné, Matt esquissa un signe amical et elle répondit d'un petit geste de la main. Puis il se détourna et s'éloigna rapidement.

Pourquoi aurait-il envie de sympathiser avec Hannah ? Il avait seulement besoin qu'elle soit sa partenaire sportive pendant les prochaines semaines. Ensuite, il reprendrait la route et partirait, comme d'habitude.

2.

Le gyrophare mais pas de sirène. Trop de bruit la gênerait.

Certes, il ne fallait pas traîner pour transporter leur patient, mais Hannah avait besoin d'entendre la respiration laborieuse du blessé, un homme d'une cinquantaine d'années renversé par un bus. Et Sophie avait besoin d'entendre Hannah l'appeler au cas où elle aurait voulu qu'elle arrête sa course.

Dans le virage menant à l'entrée principale de l'hôpital, le véhicule tangua à peine. Sophie conduisait toujours en douceur. Tout en prévenant leurs collègues par radio, elle freina doucement devant l'accès des urgences.

Hannah se concentra sur le monitoring du patient pendant que Sophie ouvrait les portes à l'arrière de l'ambulance. Du coin de l'œil, Hannah perçut une haute silhouette en blouse chirurgicale qui attendait dehors. Elle sut immédiatement de qui il s'agissait.

— Docteur Lawson ? Comment se fait-il que vous soyez ici ? s'étonna Sophie.

Comme souvent, elle formulait la question que se posait Hannah. Matt Lawson aurait dû se trouver au bloc, pas à l'accueil.

— Je donne un coup de main, répondit-il simplement.

Il était d'usage que des urgentistes demandent de l'aide en cas de surcharge, et Matt avait dû se porter volontaire.

Lorsque Sophie et Hannah sortirent le brancard, il posa un regard inquiet sur le patient allongé avant de saluer Hannah d'un bref sourire.

— On m'a transmis le diagnostic provisoire, les informat-il tandis qu'ils se dirigeaient vers le hall. Il y a du nouveau depuis ?

— Suspicion de pneumothorax tensionnel, répondit Hannah.

Elle croisa les yeux de Matt et, une fraction de seconde, son pouls s'accéléra.

Le bleu de ses prunelles était décidément si troublant…

— On va voir ça, répondit-il avec calme, exactement le ton qu'il fallait entendre quand on était au plus mal. Monsieur Walter, comment vous sentez-vous ? poursuivit-il après avoir lu le nom sur le bracelet fixé au poignet du patient.

Une infirmière se précipita vers eux et, évaluant la situation d'un coup d'œil, indiqua la pièce où emmener M. Walter.

— … Mal… J'ai mal quand je respire…, lâcha ce dernier avec difficulté.

— On va vous soigner, ne vous inquiétez pas. Avec Hannah et Sophie, qui vous ont conduit ici, on forme une équipe de choc.

Surprise, Hannah échangea un regard avec Sophie, puis elle comprit qu'en parlant ainsi Matt voulait voir comment réagissait le blessé.

— Il vaut mieux qu'on vous laisse, maintenant, dit-elle, restant sur le seuil de la salle.

— Aucun problème. Vous avez assuré, Sophie et vous. À moi de jouer, dorénavant.

Matt leur sourit à toutes les deux, mais son regard s'attarda un peu plus sur Hannah.

— À samedi ?

— Oui, à samedi.

Hannah se hâta de s'éloigner, et Sophie lui emboîta le pas. Elles sortirent des urgences et se dirigèrent vers leur ambulance.

— Tu l'intéresses.

— N'importe quoi, répliqua Hannah.

— Je te dis que tu l'intéresses, et pas seulement parce que vous allez faire équipe. Il te regarde avec cette petite lueur particulière au fond des yeux, tu sais…

— Je ne sais rien du tout, la coupa Hannah. Et je ne veux pas que tu penses ce genre de choses.

— Pourquoi ?

— Parce que… c'est idiot.

— Merci !

— Sophie…

Hannah s'immobilisa et regarda son amie.

— Déjà que c'est difficile de devoir participer aux épreuves sans toi… Si je commence à imaginer un scénario pareil, je suis mal partie.

Sophie ébaucha une moue indulgente.

— D'accord, je comprends. Oublions… Et excuse-moi. C'est sûrement la faim… Je meurs de faim, pas toi ? C'est l'heure de notre pause déjeuner.

— Tu as raison. Moi aussi, j'ai faim, avoua Hannah. Viens…

À 7 h 30, les quatre équipes s'étaient rassemblées sur le terrain de sport situé derrière l'hôpital pour le premier des quatre samedis d'épreuves filmées et retransmises à la télévision.

Il s'agissait d'épreuves en lien avec leur pratique médicale, ou parfois totalement ludiques : elles seraient organisées comme des chasses au trésor, des missions de survie, des courses d'orientation… Les participants ne découvriraient ce qu'ils avaient à accomplir qu'au dernier moment.

Le ciel était bleu, un pâle soleil brillait, et on devinait que le beau temps serait au rendez-vous. De nombreux amis et collègues de travail d'Hannah étaient présents et, bien sûr, les autres équipes étaient venues avec leurs propres supporters en nombre.

Hannah portait un T-shirt rouge arborant, au dos, le nom de son hôpital. Ses concurrents étaient en bleu, vert ou jaune.

Après avoir salué les différentes équipes, elle essaya de repérer Matt.

Elle l'aperçut enfin, en survêtement et baskets. Comme elle, il était en rouge.

Il la rejoignit à grands pas.

Bronzé. Musclé.

Qu'est-ce qu'il est beau ! se dit-elle. Matt possédait vraiment davantage le physique d'un play-boy que celui d'un médecin…

— Bonjour ! lança-t-elle, espérant ne pas trahir la nature de ses pensées.

— Bonjour, Hannah.

Il lui adressa un sourire un peu gêné.

— Désolé, je suis en retard, dit-il en jetant un coup d'œil à sa montre.

— Vous n'êtes pas en retard, ce sont les autres qui ont une demi-heure d'avance.

Matt hocha la tête et, quelques instants, la regarda attentivement. Malgré elle, Hannah sentit les battements de son cœur s'accélérer. *Ça promet…* , ne put-elle s'empêcher de penser.

— Ils sont très motivés. Vous avez entendu le discours d'encouragement de notre responsable des ressources humaines ?

— Sur le rôle fédérateur du *Hospital Challenge* et la mission qui nous incombe, pour le compte de l'hôpital ? Oui, bien sûr, répondit Hannah. Tant de bonnes actions seront accomplies grâce à l'argent offert si on remporte la victoire…

Une lueur de défi traversa les yeux si bleus de Matt.

— Si on le remporte ? Je vous préviens, je déteste perdre.

Hannah jeta un rapide coup d'œil aux autres sportifs qui se préparaient sur le terrain. Des sportifs qui, comme eux, étaient avant tout des professionnels du soin. Elle reconnut Jack et Laura, des ambulanciers de l'hôpital de Cravenhurst. Tous étaient prêts à donner le meilleur d'eux-mêmes.

— Moi aussi, je déteste perdre. Mais pour gagner, on doit former une équipe solide… Il faut qu'on se connaisse bien, poursuivit-elle en reportant son attention sur Matt.

Sophie et moi sommes amies… On se comprend sans parler ! Mais vous et moi…

Elle ne put s'empêcher d'ébaucher une moue.

— Ce n'est pas le cas, conclut-elle.

— Non, évidemment. Mais…

Matt lui posa brièvement une main sur l'épaule.

— Faisons connaissance, d'accord ? Commençons peut-être par nous avouer mutuellement, sans faux-semblants, notre plus grande faiblesse. Qu'en dites-vous ?

Hannah resta silencieuse, interdite. *Ma faiblesse, c'est d'être trop sensible à cet homme,* songea-t-elle fugitivement. Elle chassa son trouble et parvint à sourire.

— Je suis infirmière, Matt, pas psychologue. Mais je veux bien jouer à votre jeu si ça nous permet de créer une bonne osmose pour triompher.

— Très bien.

Matt sourit.

— On marche vers le centre des opérations ? proposa-t-il en désignant un parking un peu plus loin. C'est là que nous découvrirons quelle épreuve nous attend aujourd'hui.

Hannah lui emboîta le pas.

— En fait, on a peu de temps pour jouer aux devinettes… Pour faire connaissance, on aurait dû se rencontrer avant, soupira Matt. Sauf que j'ai eu trop de travail.

— Moi aussi. Bon, gagnons du temps ! Qu'est-ce que je dois savoir de vous ? interrogea-t-elle.

— L'essentiel : je m'appelle Matthew Robin Lawson, j'ai trente-six ans, je suis né à Newcastle, et je suis célibataire. Je vis ici depuis un an, avant je travaillais à Glasgow.

— Vous aimez voyager ?

— Oui. J'ai toujours besoin de bouger. Et vous ?

Hannah croisa le regard de Matt.

— Je m'appelle Hannah Eloise Green. J'ai vingt-six ans, et je suis née ici même, dans cet hôpital ! Mon père est mort il y a plus de six ans. Ma mère est toujours en vie et…

Elle éprouva soudain une vive émotion. Aborder sa vie en quelques mots, si rapidement, ce n'était pas si facile.

— Je suis moi-même maman d'un petit garçon, Sam.

— Ah, oui, je vous ai vue avec lui l'autre jour… Il vous ressemble. Quel âge a-t-il ?

— Six ans. Ma mère s'occupe de lui. Son père et moi sommes séparés… En fait, on s'est séparés avant la naissance de Sam. On ne se voit plus.

— Hélas, cette triste situation est plus courante qu'on ne l'imagine, commenta Matt après lui avoir jeté un bref coup d'œil. Le plus important est de maintenir le cap… De montrer à l'enfant qu'on a de la force pour deux !

— Exactement.

— Parfait. Il faudrait qu'on se tutoie, ce serait plus simple, et surtout, plus direct, poursuivit-il tandis qu'ils arrivaient près du parking au milieu duquel se dressait une grande tente.

— C'est sûr. Tutoyons-nous, docteur Lawson… Matt, je veux dire.

Hannah s'arrêta et l'observa, consciente que, entre eux, plus rien ne serait pareil à partir de ce moment précis. Tous deux devenaient partenaires d'un jeu important, un réel challenge où ils devraient s'engager, donner tout d'eux-mêmes au nom de leur hôpital.

— Hannah, tu seras la meilleure, j'en suis certain, affirma Matt.

— La meilleure, je ne sais pas, mais une chose est sûre, je ferai de mon mieux, promit-elle.

Spontanément, elle lui tendit la main.

— Enchantée de faire équipe avec toi, Matt. Et pour le fun, ce serait bien d'avoir un pseudonyme, tu ne crois pas ? Histoire que ce soit plus drôle…

— Pas de pseudonyme pour moi, objecta-t-il. Tu pourrais m'appeler tout simplement par mon deuxième prénom : Robin. Et toi ?

Elle hésita un court instant et pensa à un morceau de rock qu'elle adorait.

— J'aime bien « Flash ».

— Pourquoi ?

— C'est direct et rythmé comme une musique qui me plaît.

Matt éclata de rire.

— D'accord. Enchanté de faire équipe avec toi, Hannah alias Flash…

Une étincelle brilla dans son regard bleu.

— On y va ? ajouta-t-il en désignant le chapiteau sur le parking. On nous attend…

3.

Comme prévu, leur mission du jour leur fut confiée sous le chapiteau par une femme au visage impassible, sous les caméras et appareils photo de l'équipe de télévision.

Hannah relut la consigne. Il faudrait qu'ils fassent comme s'ils devaient gérer une urgence : retrouver un homme égaré dans Lloyd Court, un parc boisé à quelques kilomètres de l'hôpital. Pour le repérer, ils ne disposaient pour l'instant que de ce seul indice. Autrement dit, ils ne savaient strictement rien.

On leur prêta une voiture tout-terrain, et ils y entreposèrent le matériel qu'ils jugeaient nécessaire. C'était à eux de le choisir car leur capacité à prendre des décisions rapides faisait partie intégrante de l'épreuve.

Habituée à ce genre de situation, Hannah prit une mallette de premiers secours, un défibrillateur, cinq bouteilles d'eau minérale, et des sandwichs.

Le tout fut réalisé en moins de dix minutes, et chronométré. Les trois autres équipes étaient déjà parties, apprirent-ils, s'aventurant dans le même défi avec des délais tenant compte de leur heure de départ.

— Qui conduit ? demanda Matt.

— Moi, répondit Hannah. Je parie que je connais mieux la région que toi.

— Tu sais où est Lloyd Court ?

— Bien sûr ! C'est immense, et si on ne nous fournit pas davantage d'informations, on risque de passer des heures à chercher la victime !

Ils s'installèrent dans le véhicule, et Hannah démarra, empruntant la nationale qui se situait non loin de l'hôpital.

L'adrénaline pulsait dans ses veines, comme lorsqu'elle intervenait chaque jour sur les routes ou ailleurs, consciente que la vie de quelqu'un était en jeu. Sauf que là, personne ne courait réellement de danger... Cela changeait tout et pourtant, en termes de sensations, cela équivalait à la même chose : son taux de cortisol, provoqué par le stress, devait grimper !

Quelques secondes après qu'ils eurent démarré, Matt reçut un coup de téléphone. Il répondit d'un ton bref puis se tourna vers Hannah.

— Apparemment, notre mystérieux patient a fait une crise cardiaque. Il a téléphoné mais n'a pas pu décrire l'endroit où il se trouve. Nos indices sont les suivants : il a marché dans le parc pendant environ une demi-heure, et il est entouré d'arbres. Il s'appelle Justin Travers. On a son numéro de portable mais il ne répond pas.

— Dans ce cas, pourquoi on nous le communique ? s'étonna Hannah, les yeux fixés sur la route.

— Aucune idée.

— De toute façon, on arrive sur le site.

— Déjà ?

— Lloyd Court n'est pas loin de l'hôpital, expliqua-t-elle en garant la voiture sur le parking à l'entrée du parc.

Elle coupa le contact, descendit du véhicule et se hâta de sortir du coffre ce dont ils auraient besoin. Elle mit le tout dans deux sacs à dos, puis remarqua que Matt était en train de consulter son portable.

— Qu'est-ce que tu fais ?

— Une recherche rapide sur Justin Travers. Ça y est, je l'ai ! C'est un consultant en informatique qui travaille à son compte, et qui a deux passions : la randonnée – il a récemment participé à une expédition sur le Kilimandjaro –, et...

Matt lâcha un petit rire.

— Regarder le *Hospital Challenge* à la télévision ! On a un fan...

— Waouh ! Et c'est un fan qui aime la marche. S'il est

parti randonner sur le Kilimandjaro, j'imagine qu'en une demi-heure il va plus loin qu'un marcheur classique.

— Hypothèse exacte.

Matt glissa son portable dans la poche de son survêtement, et un court instant, son regard capta celui d'Hannah.

Elle aurait préféré ne pas croiser les yeux de son partenaire à ce moment-là. Il y brillait une lueur indéchiffrable, mélange de fierté et d'autre chose. C'était hypnotique.

— En principe, quelqu'un qui a l'habitude de marcher vite va d'abord en ligne droite et, ensuite, complexifie son itinéraire, déclara-t-elle, espérant ne pas trahir son trouble.

Bon sang, pourquoi se retrouvait-elle en binôme avec un homme aussi séduisant que Matt ? Elle qui était célibataire depuis si longtemps et qui doutait tant d'elle-même… Lui, il semblait si sûr de lui, sûr de son pouvoir, de son charme sur les femmes…

Matt l'observa d'un air perplexe.

— Ah bon ?

— C'est une théorie, évidemment. Mais si l'on s'y tient, il n'existe, ici, qu'un seul endroit avec beaucoup d'arbres, à environ six kilomètres à l'ouest, précisa Hannah. Une autre partie du bois est dense à l'est, ajouta-t-elle, hésitante. On doit choisir et courir le risque de se tromper… Ou explorer les lieux séparément.

— Le règlement du jeu nous oblige à rester ensemble, rappela Matt. Alors quelle direction prend-on ?

— Ouest, décida-t-elle, croisant les doigts pour ne pas se tromper.

Ils s'emparèrent de leurs sacs à dos respectifs et s'engagèrent sur le chemin principal.

Haut dans le ciel, le soleil brillait, et il faisait très chaud. Au bout d'environ un kilomètre, Hannah se mit à transpirer abondamment. Était-ce seulement la chaleur ? Il était à peine 10 heures du matin, mais son petit déjeuner avait été digéré depuis longtemps. Parfois, elle souffrait d'hypoglycémie, ce qui lui provoquait des suées comme à cet instant.

— Qu'est-ce qui ne va pas, Flash ?

Flash…

Ce surnom improvisé, et affectueux finalement, la fit sourire.

— Je crois que je n'ai plus beaucoup de forces, tout à coup.

— Je le vois bien. Arrêtons-nous ici, proposa Matt en désignant une clairière ombragée.

— Inutile, je peux grignoter quelque chose en continuant d'avancer.

— Non, Flash, arrêtons-nous, insista-t-il d'un ton péremptoire. Tu es livide. On dirait que tu vas t'évanouir !

Vaincue, Hannah obtempéra. Elle se laissa tomber sur un talus et ouvrit son sac à dos.

Assise en tailleur, elle dévora un sandwich au fromage en quelques secondes.

— Tu reprends des couleurs, observa Matt. Tu as assez mangé ce matin ?

— Oui, mais là, je pense que les émotions, la température extérieure et les efforts ne font pas bon ménage dans mon corps, avoua-t-elle, piteuse.

Matt s'agenouilla auprès d'elle et posa une main rassurante sur son front.

— Tu as une petite baisse de régime et tu es fatiguée, j'imagine... Ce n'est pas grave du moment qu'on agit pour pallier le problème ! On repart quand tu veux.

— Tout de suite, dit-elle en se relevant d'un bond, luttant contre le léger étourdissement qui la gagnait. On a perdu assez de temps comme ça à cause de moi. Je vais très bien, maintenant... Merci, Robin.

Matt se redressa à son tour.

— De rien, Flash. Tu es sûre que ça va ?

— Certaine.

Ils échangèrent un sourire et repartirent d'un bon pas. *C'est étrange, c'est comme si on se connaissait depuis longtemps*, songea Hannah tandis qu'ils grimpaient un sentier menant au sommet du parc.

— Prenons cette direction, le long de ces arbres, proposa-t-elle en désignant des bosquets de feuillus verdoyants. Peut-être que notre pseudo-patient est par là-bas...

Ils marchèrent plus lentement, scrutant les fourrés,

espérant découvrir une silhouette affalée par terre. À un moment, Matt vit une tache bleue entre des troncs, mais il s'avéra que c'était un vieux sac en plastique. Il le ramassa d'un air dégoûté.

— Les gens ne font pas attention à la pollution…

— Plus qu'avant, je crois, il y a quand même une meilleure sensibilisation aux problèmes écologiques, répondit distraitement Hannah.

Elle regarda autour d'eux et, ajustant son sac à dos, soupira.

— Et si on était sur une mauvaise piste ?

— Et si, au contraire, on était sur une bonne piste ? répliqua Matt. On doit persévérer.

— De toute façon, si on faisait demi-tour, on serait perdants. Autant poursuivre, se résigna Hannah.

Le sentier descendait en serpentant à travers bois. Ils l'empruntèrent pendant une dizaine de minutes, avançant en silence. Puis, tout à coup, ils aperçurent un homme couché sur le sol, appuyé à un tronc…

— Salut ! Je suis Justin Travers. Vous avez réussi ! s'exclama l'inconnu en se redressant d'un coup. Tant mieux, parce que je commençais à m'ennuyer…

— On a été aussi rapides que possible. Les autres candidats sont arrivés ? demanda Matt.

— Je n'ai pas le droit de dire quoi que ce soit… Continuez par là, ajouta le bénévole en désignant une clairière non loin. Vous devez rejoindre la tente des organisateurs sans tarder.

— Vous êtes ici depuis longtemps, j'imagine, observa Hannah, soulagée que la mission s'achève.

Même si c'était un jeu, c'était difficile.

— Oui, mais ça va, j'ai fini mon livre et j'adore votre challenge ! affirma Justin.

Puis il hocha la tête.

— Dépêchez-vous, je crois que vous êtes toujours chronométrés !

— Il a raison, dit Matt en regardant Hannah dans les yeux. Viens !

Et il la prit par la main.

Elle le laissa faire, et sentit son cœur battre très vite,

trop vite, sûrement à cause du soleil et de l'adrénaline qui pulsait en elle.

— On est peut-être les premiers, dit-elle en courant presque.

— Ou les derniers ! Dans tous les cas, c'est un réel plaisir de collaborer avec toi, Flash.

— Merci, Robin. Plaisir partagé…

4.

Matt était fatigué, mais il mit un point d'honneur à ne pas le montrer.

Hannah et lui passèrent presque une heure à répondre aux questions extrêmement précises des membres du jury installés sous la tente.

Entre autres, ils durent détailler le matériel qu'ils avaient transporté dans leurs sacs à dos, et décrire la manière dont ils auraient soigné le patient si cela s'était avéré nécessaire.

Ils apprirent qu'une demi-heure après le début de leur entretien l'équipe jaune était arrivée, en nage… Mais on n'avait aucune nouvelle de l'équipe bleue ou de la verte.

Enfin, ils furent autorisés à repartir vers le parking, accompagnés d'une assistante de production. Ils durent prendre un chemin balisé à l'écart de l'itinéraire principal emprunté tôt ou tard par les concurrents qui parviendraient à finir l'épreuve.

Naturellement, on ne leur fournit aucune information sur le classement, les laissant dans une totale expectative.

En se glissant au volant, Matt sentit à quel point ses muscles dorsaux étaient endoloris. Hannah s'installa à côté, sur le siège passager. Alors qu'il s'apprêtait à mettre le contact, Hannah arrêta son geste.

— Tu saignes au niveau de l'épaule !

— Ce n'est rien. J'ai été griffé par des ronces, tout à l'heure.

Matt s'en était rendu compte sans y attacher la moindre importance. Les épines s'étaient pourtant enfoncées dans sa peau à travers son T-shirt. Il s'aperçut que du sang avait coagulé sur le tissu, et il avait même un peu mal.

Hannah lui lança le regard qu'elle réservait probablement à ses patients les plus récalcitrants : amical mais déterminé.

— Ce n'est rien, oui, et je ne prétendrai pas le contraire. Mais dans notre propre intérêt, je tiens à ce que tu restes en pleine forme, autant que possible en tout cas, pendant les prochaines semaines, donc je préfère te soigner !

Elle prit, dans la poche de son pantalon, une pochette de compresses antiseptiques qu'elle avait dû récupérer dans la trousse médicale. Merveilleux réflexe de l'infirmière vigilante !

— Fais-moi voir…

Matt releva la manche de son T-shirt, dévoilant une lésion rouge sombre, un peu enflée, de la taille d'une pièce de monnaie. Hannah esquissa une petite grimace.

— Ces ronces ne t'ont pas raté. Il faudra vérifier qu'il ne reste pas de fragments d'épines sous la peau, conseilla-t-elle.

Elle saisit une compresse du bout des doigts, la déposa sur la plaie et appliqua du sparadrap qu'elle extirpa également de sa poche.

— Tu as toujours tout ce qu'il faut sur toi ? demanda Matt d'un ton amusé.

En réalité, il se sentait franchement impressionné… Et sur son bras, le doux toucher de la jeune femme lui était vraiment très agréable.

— Souvent, oui. L'angoisse du secouriste ou de l'urgentiste, c'est de ne pas pouvoir agir !

— Eh bien, merci beaucoup, Flash, dit-il en rabattant la manche de son T-shirt.

— De rien, Robin. On est coéquipiers, donc on veille l'un sur l'autre…

— C'est vrai. Tu peux compter sur moi.

En prononçant ces mots, Matt éprouva une étrange émotion. Il se hâta de mettre le contact du moteur et de démarrer. Il refusait de s'attarder sur ce qu'il ressentait…

Surtout maintenant, dans ce contexte si particulier. Ils

formaient une équipe, n'est-ce pas ? Un binôme qu'il fallait maintenir actif, dynamique et… neutre.

— Donc tu connais bien ce parc ? demanda-t-il tandis qu'il s'engageait sur la route menant à l'hôpital.

— Eh oui. Je venais ici avec mon père le dimanche après-midi, quand j'étais petite. Il m'a appris à faire du cerf-volant.

— C'est un beau souvenir, dit Matt, douloureusement conscient que lui-même n'en possédait aucun de ce genre. Tu n'as jamais eu envie de déménager ?

— Pas vraiment. Après la mort de mon père, ma mère était si perdue… Je me suis un peu éloignée, quelque temps, avant le décès de papa et quand je suis revenue, il n'était plus de ce monde. Je m'en suis tellement voulu… Ensuite, je n'ai pas pu laisser maman seule.

— Je comprends… Tu la soutiens.

— Oui. Comme je peux, du moins. Et je regrette de ne pas avoir pu dire à mon père que je m'occuperais d'elle… Je le regrette tellement.

Matt lui jeta un coup d'œil et, malgré lui, admira la pureté de son profil. Elle semblait si triste, tout à coup. Il aurait aimé la consoler, ne serait-ce qu'en lui serrant tendrement la main…

Il n'osa pas, restant concentré sur la route.

— Tu es experte en cerf-volant ?

— Experte, sûrement pas ! Je me débrouille !

— Ton fils aussi ?

— Ah, non… Il faudrait qu'un jour de grand vent je lui apprenne. Quand j'aurai le temps, ajouta Hannah. Bon, si on faisait le bilan de notre épreuve ? reprit-elle d'un ton énergique. Je crois qu'on a intérêt à mémoriser le plus de choses possible parce qu'une fois de plus on risque de devoir répondre à des tas de questions…

Tout en parlant, Hannah reporta son attention sur la route. Elle sentait que Matt l'observait en conduisant. *Ne me pose pas trop de questions personnelles, s'il te plaît…*

Elle venait de lui confier la version minimisée de ce qui

la hantait depuis si longtemps, à propos de la mort de son père. Elle ne partageait avec personne cette cruelle vérité : elle était partie en voyage avec John, son amoureux, pour lui faire plaisir, parce qu'il aimait découvrir le monde et changer d'adresse, de pays, sans arrêt. Elle l'avait donc suivi, affirmant à son père que c'était sincèrement ce qu'elle voulait, elle aussi. Il ne l'avait pas crue, sa mère s'était inquiétée… Néanmoins, ils l'avaient laissée voler de ses propres ailes.

Elle n'avait plus jamais revu son père.

Quand le télégramme était tombé, transmis et transféré maintes fois par différentes agences postales, elle avait appelé ses parents et appris que son père était mourant. John l'avait conduite à l'aéroport et là, il lui avait dit au revoir avec un évident détachement.

Elle ne l'avait plus jamais revu non plus.

Lorsqu'elle était rentrée à la maison, son père était décédé sans qu'elle ait pu lui dire adieu.

— Et voilà, on est arrivés !

La voix chaleureuse de Matt tira brusquement Hannah de ses souvenirs. Ils s'apprêtaient à se garer derrière l'hôpital, près du terrain de sport. Sa mère se tenait à quelques mètres en compagnie de Sam qui agitait un petit drapeau rouge.

Matt s'arrêta juste devant eux.

— Maman ! Maman ! s'écria l'enfant avec enthousiasme.

Hannah jeta un coup d'œil à Matt et descendit de la voiture.

— Dis, maman, tu as gagné ?

— Je ne le sais pas encore, il faudra attendre le verdict du jury ! Mais on a donné le meilleur de nous-mêmes, c'est ce qui compte, pas vrai ?

— Ouiiiiii ! s'exclama Sam en sautant sur place.

Hannah le serra dans ses bras, mais à ce moment-là, son fils se tourna vers Matt qui les rejoignait. Le petit garçon se figea, intimidé.

Hannah invita Matt à s'approcher.

— Je te présente Matt, dit-elle à son enfant. Matt… Sam.

— Salut, Sam, fit Matt.

Il s'agenouilla et sourit gentiment.

— Tu as un très beau drapeau !

— C'est moi qui l'ai fabriqué, répondit Sam en l'agitant.

Matt acquiesça avec sérieux.

— C'est vraiment le plus beau de tous. On le voit de loin.

En guise de réponse, Sam secoua le drapeau encore plus fort.

— De très loin, même ! intervint la mère d'Hannah.

— Maman, voici Matt Lawson, avec qui je fais équipe, dit Hannah.

— Enchantée, monsieur…

— Appelez-moi Matt, je vous en prie.

À ce moment-là, Sophie accourut vers eux, radieuse.

— Venez vite avec moi, les amis, vous êtes attendus sur le podium ! Vite !

— Pourquoi, on est encore chronométrés ? s'étonna Matt.

— Je pense que non… Mais dans le doute, dépêchons-nous ! s'écria Sophie.

— Maman, je te confie encore Sam, dit Hannah en emboîtant le pas à Sophie.

— Pas de souci, ma chérie, va…, répondit sa mère.

— Va et gagne ! renchérit le petit garçon.

Hannah se mit à rire.

— Espérons-le… À tout à l'heure, mon cœur !

Et jetant un coup d'œil à Matt, elle s'élança en direction de la tente des organisateurs. Une fois de plus, Matt lui prit la main.

Elle le laissa de nouveau faire.

Sophie et d'autres spectateurs les suivirent.

Ils rejoignirent les trois autres équipes qui, contre toute attente, se trouvaient déjà sous le chapiteau, sous le feu des projecteurs.

Des caméras étaient braquées sur tous les participants. Chacun répondit à quelques questions sur l'épreuve du jour, les difficultés et souhaits quant à ce qui aurait pu être mis en place pour faciliter la mission. Bien que ce soit un challenge ludique, le jury recueillait les avis avec attention.

Enfin, on annonça que les résultats seraient bientôt affichés sur un grand tableau lumineux.

Matt sentit qu'Hannah se crispait. Elle le regarda et ébaucha un sourire un peu forcé.

— J'espère qu'on obtiendra un résultat correct… Mais je m'attends à tout, même au pire !

— Une manière de te protéger de toute déception, Flash ?

— Exactement, Robin. Comme je te l'ai déjà dit, je déteste perdre.

— Moi aussi. Néanmoins, même si c'était le cas aujourd'hui, on sait qu'on a fait de notre mieux, ne l'oublie pas…

— Oui, oui. Ce serait une consolation… Une petite consolation et… Oh ! s'exclama alors Hannah, les yeux écarquillés.

Elle tendait un doigt vers le panneau qui venait de s'allumer, affichant le nom des gagnants.

— Je rêve ou…

— C'est nous ! Matt et Hannah, hôpital d'Hamblewell, lut Matt à voix haute, sidéré et soulagé. Ma foi…

Les yeux brillants, Hannah le dévisagea avec un air de triomphe.

— Bravo à nous !

— Bravo, on est décidément les meilleurs…

Spontanément, ils se serrèrent dans les bras l'un de l'autre pendant quelques secondes. Matt aurait aimé prolonger cette étreinte affectueuse, simplement affectueuse, oui, mais il savait que ce ne serait pas une bonne idée. Même si Hannah se montrait dorénavant plus ouverte et amicale.

Les instants suivants furent un véritable tourbillon. On vint les féliciter, ils saluèrent du monde et échangèrent des bises.

— Vous êtes les héros du jour ! s'exclama Sophie. Félicitations !

Rayonnante, Hannah étreignit son amie.

— On a eu de la chance… Beaucoup de chance ! Pourvu que ça dure…

— Hannah, la chance, c'est nous qui la créons, tu le sais bien, affirma Sophie. Alors restez optimistes, battants, et vous remporterez victoire après victoire ! On compte sur vous !

Matt ne put s'empêche de rire.

— On fera tout notre possible, c'est certain…

En parlant, il se rendit compte qu'il avait repris la main d'Hannah dans la sienne. Étonnamment, la jeune femme se laissait faire.

Doucement, un peu gêné, Matt relâcha ses doigts, espérant qu'elle n'interpréterait pas son geste de façon erronée. Il n'avait agi ainsi que par pure affection, ni plus ni moins, car déjà, il aimait bien Hannah.

5.

Matt ne revit pas Hannah de toute la semaine. Il enchaîna consultations et opérations, s'accordant une seule pause sportive par jour : running et musculation dans la salle de fitness proche de son domicile. Ce ne serait peut-être pas suffisant compte tenu de ce qu'on risquait de leur demander pour le challenge, mais c'était déjà mieux que rien.

Régulièrement, il pensait à Hannah. Que faisait-elle pour s'entraîner ? Comment allait son petit garçon ? Et elle ?

Elle…

Jamais il n'avait autant prêté attention à une femme sans savoir pourquoi. C'était comme instinctif, un intérêt et une attirance spontanés. Oui, il aimait bien Hannah…

Toutefois, le samedi suivant, quand il la retrouva pour la suite des épreuves – ils avaient rendez-vous dans le parc de l'hôpital de l'équipe jaune –, Matt remarqua une subtile différence dans la manière dont elle l'accueillit.

Quelque chose avait changé en elle… Mais quoi ?

— Tu es prêt à donner le meilleur de toi-même, Robin ? demanda-t-elle, directe.

— Toujours ! Et toi, Flash ?

En guise de réponse, Hannah le gratifia d'un sourire tellement généreux qu'un bref instant, Matt sentit son cœur battre plus vite, trop vite.

Avec les autres concurrents rassemblés en groupe, ils attendirent qu'on leur annonce ce qu'ils devraient accomplir durant cette nouvelle journée.

Le soleil brillait et, une fois de plus, l'air était doux. De temps en temps, Matt échangeait un regard avec Hannah et il avait l'impression qu'ils se comprenaient : maintenant ils formaient une équipe performante, solidaire… Mais ils n'en étaient pas moins impatients et aussi nerveux l'un que l'autre.

Enfin, une assistante de production s'avança. Elle apportait un carton empli de casques de sécurité.

— Vous allez vous engager dans une course d'obstacles un peu particulière, déclara-t-elle, s'adressant à l'ensemble des candidats. Six obstacles, précisément. Dans chaque binôme, il faudra un meneur ou une meneuse qui donnera les consignes en temps réel. Le principe est le suivant : l'un des deux membres de votre équipe devra porter des lunettes aux verres occultants et suivra les instructions de son collègue par micro. Vous n'avez plus qu'à décider qui mènera le tandem et à jouer le jeu !

Matt jeta un coup d'œil à Hannah. Elle hocha la tête.

— Je veux mener…

— Moi aussi, répliqua-t-il. Mais honneur aux femmes !

Elle lui sourit.

— Merci. On va être les meilleurs, promit-elle.

— J'y compte bien.

Matt ajusta les lunettes, et soudain, se retrouva dans le noir. Il sentit les doigts d'Hannah lui mettre le micro et lui effleurer involontairement la joue.

Le temps du jeu, il deviendrait totalement dépendant de la jeune femme… Une sensation à la fois inquiétante et excitante.

— Tu m'entends bien dans l'oreillette ?

— Parfaitement.

— Alors faisons un test. Tourne de cinq pas à droite, puis avance de trois pas.

C'était facile… Et pourtant, Matt dut s'y prendre à deux fois pour réussir, concentré sur la voix calme et patiente d'Hannah.

— Impeccable ! dit-elle.

— Vous êtes prêts ? demanda l'assistante de production. Un, deux, trois… Partez !

Matt sentit une poignée de main douce et rassurante sur son avant-bras. Les effluves fugaces du parfum d'Hannah lui chatouillèrent les narines.

— On est des gagnants, Robin…

— Plutôt deux fois qu'une, Flash !

Il inspira profondément, conscient de la caresse de la brise sur son visage, de l'herbe sous ses pieds. Il entendit des supporters – les leurs ? – lancer des cris enthousiastes. Puis il y eut un appel au silence dans un haut-parleur, et Matt eut brusquement l'impression d'être totalement désorienté.

— On y va ! dit Hannah.

Il n'avait plus qu'à suivre la voix et les consignes de la jeune femme. Aveuglément.

Imaginant alors le sourire d'Hannah, il éprouva une confiance surprenante.

— Je suis prêt.

Un silence solennel s'était établi dans le public alors que les équipes se frayaient un chemin vers les quatre séries d'obstacles identiques qui les attendaient.

Hannah ne quittait pas Matt des yeux. Il avait besoin de toute son attention et de toute sa concentration.

— Souviens-toi qu'il y a six obstacles. Le premier, c'est une série de marches, comme de petits tremplins. Fais six pas tout droit…

Matt obéit.

Menant le jeu, Hannah posa un pied sur la première marche qui frémit légèrement.

— Ça bouge un peu, prévint-elle. Quand tu seras dessus, ça s'enfoncera… Ne crains rien, c'est quand même stable.

Matt obtempéra lentement. Du coin de l'œil, Hannah se rendit compte qu'un des participants de l'équipe bleue était tombé, et qu'ils devaient repartir de zéro.

— Les autres ont réussi ? demanda Matt.

Elle ajusta son oreillette.

— Oublions les autres, Robin. Il n'y a que nous.

Juste eux, et quelques centaines d'autres personnes debout

en silence afin de ne pas perturber l'ambiance et l'écoute des équipes. *Nous... Et moi, pour toi...* , compléta-t-elle en son for intérieur.

C'était drôlement troublant, quand même.

Mieux valait ne pas y songer.

— Combien de pas avant le prochain obstacle ?

— Environ dix. Continue jusqu'à ce que je te dise d'arrêter.

Ils s'avancèrent prudemment à travers une série d'anneaux auxquels il fallait se suspendre. Matt s'accrochait dans tous les sens du terme… Et laissait Hannah lui indiquer la prochaine prise.

Il y eut ensuite un toboggan aquatique, plus facile, et Matt s'y engagea avec confiance, sans même attendre d'être guidé par Hannah. Il eut juste besoin de savoir qu'il était bien parvenu au sommet afin de pouvoir se laisser glisser de l'autre côté.

Après, on leur avait réservé un enchevêtrement de cordes élastiques, et cette épreuve s'avéra vraiment compliquée. Hannah encouragea Matt à chaque instant.

— On est en avance sur les autres… Allez, ne lâche pas, on va gagner ! répétait-elle.

Et ils continuèrent, encore et encore, passant d'un obstacle à l'autre.

À un moment, Hannah fit un faux pas et tomba sur le genou gauche. Elle lâcha un petit gémissement de douleur qui inquiéta aussitôt Matt.

— Ça va ?

— Oui, oui, mais j'ai failli me faire mal, avoua-t-elle.

Courageusement, ils poursuivirent le parcours. Hannah se concentrait, décrivait ce qu'elle découvrait au fur et à mesure pour mieux guider Matt… Qui la suivait. Quelle épreuve étonnante. Ils finiraient par avoir une confiance totale – aveugle ! – l'un en l'autre. Rien de tel pour renforcer la cohésion de leur équipe !

Une vingtaine de minutes plus tard, ils achevèrent cette série d'obstacles plutôt éprouvants. Mais il restait encore d'autres épreuves, et à ce stade, ils avaient droit à quelques minutes de repos.

— Pause de cinq minutes ! s'exclama Hannah.

Essoufflée, elle s'affala sur l'herbe tandis que Matt ôtait ses lunettes. Il jeta un coup d'œil vers le ciel et inspira à fond avant de reporter son attention sur Hannah.

— Merci d'avoir été aussi précise dans ta façon de me guider… Ce n'était pas évident, mais tu t'es parfaitement débrouillée.

— Merci, Robin… Franchement, j'ai fait de mon mieux. Et je crois qu'on a établi un score correct, ajouta Hannah en regardant les autres concurrents qui, comme eux, s'immobilisaient quelques instants.

Matt arqua un sourcil, l'air perplexe et gentiment provocateur.

— Correct… Ou excellent ? Le meilleur ?

— Je ne sais pas… Comme depuis le début du challenge, je sais juste qu'on a donné le meilleur de nous-mêmes, soupira Hannah.

— C'est certain.

Matt lui sourit et, un court instant, elle ressentit ce trouble si particulier qui l'envahissait à chaque fois qu'il la regardait. *Ça aussi, c'est une épreuve*, songea-t-elle. Jouer à être la partenaire du séduisant Dr Lawson…

Un cri tira brusquement Hannah de sa rêverie. Un cri de douleur provenant d'un peu plus loin, à l'endroit d'où s'élevaient plusieurs perches de prise de son près des caméras de télévision.

Un attroupement se forma rapidement. Échangeant un bref coup d'œil avec Matt, Hannah se précipita. Cette fois, ce n'était pas un jeu…

6.

Matt sut tout de suite que quelque chose de grave venait de se produire dans la zone d'arrivée du parcours. Des gens s'étaient déjà rassemblés… Beaucoup trop de monde.

Il s'élança en même temps qu'Hannah.

— Il y a eu un accident…

— C'est sûr, dit-elle. Personne ne peut simuler un cri de douleur à ce point !

Ils parvinrent rapidement sur le lieu de l'attroupement.

— Laissez-nous passer, ordonna Matt. Je suis médecin…

Les curieux s'écartèrent.

— Le pauvre, il s'est électrocuté ! commenta l'un d'eux en désignant un jeune homme étendu dans l'herbe.

Il était mortellement pâle, les lèvres bleues.

— Électrocuté… Comment ? Avec quoi ? interrogea Hannah.

Puis elle comprit.

Le blessé tenait un câble électrique dans la main… Un câble branché à un générateur posé à quelques mètres.

— Coupez le courant tout de suite ! Coupez le courant ! s'écria-t-elle.

— C'est fait, indiqua quelqu'un un court instant plus tard.

Ignorant les commentaires qui commençaient à fuser, Matt s'agenouilla auprès de la victime. Sur son bras gauche, une brûlure rougeâtre se diffusait peu à peu, créant une importante lésion.

Il releva la chemise du jeune homme et se pencha sur son torse pour écouter le cœur…

Et ne perçut aucun battement.

Il vérifia le pouls et sentit quelques frémissements irréguliers, qui ralentirent et s'arrêtèrent au bout de deux ou trois secondes.

Sans hésiter, Matt positionna ses mains sur la poitrine de la victime.

Il l'avait déjà fait plusieurs fois, mais jamais en plein soleil, au milieu d'une foule attentive et silencieuse, consciente du drame humain qui se produisait sous leurs yeux.

Ignorant tout le monde, Matt se concentra sur les gestes salvateurs à accomplir. Il entreprit une première séquence de réanimation cardio-pulmonaire. Puis une deuxième. En comptant…

En s'acharnant.

La mort pouvait survenir si vite… Et la vie tout aussi rapidement.

Tandis qu'Hannah le rejoignait, s'agenouillant de l'autre côté du corps du blessé, Matt perçut un souffle rauque. Il vérifia de nouveau les pulsations sur le poignet du patient, et sentit les battements réguliers du cœur qui, enfin, réagissait au rythme des compressions thoraciques.

— C'est bon, murmura-t-il. Il va récupérer…

Hannah hocha la tête, visiblement soulagée.

Les lèvres de leur patient reprenaient rapidement une teinte rosée. Ses paupières frémirent sans toutefois parvenir à s'entrouvrir.

Autour d'eux, on commençait à s'agiter.

— Ah, il réagit ! dit Hannah alors que le jeune homme ouvrait enfin les yeux.

Elle se pencha vers lui.

— Comment ça va ? Vous avez pris une sacrée décharge…

L'inconnu acquiesça faiblement. Il avait besoin de soins urgents d'autant que la RCP avait forcément malmené sa cage thoracique. Mais son rythme cardiaque se stabilisait peu à peu.

— Vous avez eu de la chance, observa Matt. On n'était pas loin… Les secours seront sur place d'un instant à l'autre, et vous serez pris en charge.

Lorsque l'équipe médicale arriva, Hannah et Matt avaient évalué les blessures et brûlures de la victime. Ils transmirent les informations à leurs collègues qui conduiraient le jeune homme à l'hôpital.

— On s'est bien débrouillés, dit Matt. Je crois même qu'on forme un binôme parfait.

— Parfait ?

Hannah le regarda d'un air amusé.

— La perfection n'existe pas ! Quoi qu'il en soit, aujourd'hui, on ne gagnera pas, reprit-elle en haussant les épaules. On a totalement perdu le fil de notre performance !

— Tu es déçue, devina Matt. On ne peut pas toujours faire partie des meilleurs. Pendant que nos concurrents continuaient le parcours, nous, on a eu une autre mission à remplir… Une mission imprévue. Vitale.

— Bien sûr.

À ce moment-là, un homme d'un certain âge s'approcha d'eux à grands pas. Il était accompagné de plusieurs membres de l'équipe de production et des organisateurs de l'épreuve.

— Docteur Lawson, mademoiselle Green, je tiens à vous féliciter personnellement… Vous avez sauvé un homme, déclara-t-il. Je suis le Dr Walton, le directeur de l'établissement. Merci encore…

— On a juste accompli notre devoir, dit Hannah. Au détriment de notre score, puisque nous perdrons cette manche !

— Certes, mais vous gagnez notre plus haute estime, répliqua le Dr Walton.

— Sauf que notre hôpital a besoin de l'argent du trophée, rappela Hannah. Si, à cause de notre intervention, on perdait tout, ce serait vraiment dommage… Comment se fait-il qu'il y ait un générateur défectueux ici ? Vous vous rendez compte du danger encouru par le public, les concurrents… bref, tout le monde ?

Matt l'observa, étonné de la voir parler avec une telle franchise au directeur. Elle ne mâchait pas ses mots… Et elle avait raison.

— Je suis d'accord avec ma partenaire, intervint-il. Il y a eu une faille importante dans la sécurité. J'espère que ce pauvre jeune homme électrocuté s'en sortira sans trop de dommages.

Le Dr Walton hocha la tête, l'air grave.

— Je l'espère aussi, de tout cœur. Soyez certains que nous mènerons une enquête pour connaître les causes du dysfonctionnement. En attendant, venez avec nous jusqu'au podium, nous n'allons pas tarder à proclamer les résultats de l'épreuve d'aujourd'hui…

L'annonce du palmarès eut lieu plus tard que prévu, l'incident ayant finalement bousculé le programme de la journée. Heureusement, la plupart des spectateurs étaient encore présents. Presque tout le monde savait ce qui s'était passé et voulait obtenir des nouvelles de la victime.

— Mesdames et messieurs, votre attention, s'il vous plaît ! lança l'un des membres du jury, en parlant dans le micro.

Le silence se fit aussitôt.

— Avant tout, sachez que la personne qui a été blessée tout à l'heure va déjà mieux. Le Dr Matt Lawson, chirurgien à l'hôpital d'Hamblewell, et Mlle Hannah Green, infirmière urgentiste dans le même établissement, l'ont sauvé suite à une électrocution provoquée par un générateur défectueux… Nous les remercions vivement de leur intervention qui, pour le coup, ne leur a pas permis de gagner l'épreuve du jour, remportée par Laura Johnson et Jack Wild, de l'hôpital de Cravenhurst ! Néanmoins, nous ne pouvons pas ignorer ce que Matt et Hannah ont accompli… Aussi, à l'unanimité du jury, nous leur attribuons cinq points supplémentaires dans le résultat des prochaines épreuves !

Un tonnerre d'applaudissements salua cette décision. Ravie, et presque soulagée, Hannah se tourna vers Matt. Il la regardait, les yeux brillants.

— Heureuse, Flash ?

— Évidemment ! Justice est rendue… Je n'aurais pas apprécié qu'ils ignorent ce qu'on a fait, avoua Hannah.

— À ce point ? Tu es vraiment mauvaise perdante, alors…

— Eh oui. Je déteste perdre, je le répète et l'assume, affirma Hannah en s'efforçant de ne pas rire. Mais j'aurais presque préféré qu'on ne soit pas mentionnés d'une manière aussi publique…

— Allons, pas de fausse modestie.

Hannah surprit la légère lueur moqueuse qui traversait le regard de Matt.

— Ce n'est pas par fierté que je réagis comme ça, se défendit-elle. On a cessé de participer au challenge pour sauver un homme, et d'autres ont remporté la manche, voilà…

— Je suis d'accord, dit Matt en posant une main sur le bras d'Hannah. Tout à fait d'accord. Malgré tout, je te propose qu'on fête notre semi-victoire ce soir… On dîne ensemble ?

Prise de court, Hannah eut conscience d'afficher sa stupeur. *Dîner avec Sam ?*

Elle en avait envie, oh oui, tout en sachant pertinemment que c'était sans doute une très mauvaise idée. D'abord, elle ne mélangeait pas vie privée et vie professionnelle. C'était une règle de base. Ensuite, elle était célibataire depuis si longtemps qu'elle ne se souvenait même pas de l'effet que procurait un tête-à-tête avec un homme…

Sauf que de tête-à-tête, il n'y aurait pas puisque ce soir sa mère sortait – elle se rendait à son club de lecture –, et ne pourrait donc pas garder Sam…

— Je ne peux pas, dit-elle, soulagée d'avoir une bonne excuse. Je suis avec Sam. Soirée dessins animés en perspective !

Matt sourit.

— Mais… Sam serait peut-être heureux de manger avec nous ? Plus on est de fous, plus on rit, pas vrai ? Allons, Flash, pas question que tu refuses ! poursuivit-il avant qu'elle ait pu ajouter quoi que ce soit. Je commence à te connaître… C'est juste un bon moment en perspective, on en a bien besoin. Propose à ton fils d'aller dévorer un énorme hamburger à une table en terrasse. Ce soir, l'air est particulièrement doux, profitons-en, tu ne crois pas ?

Hannah soutint son regard et s'obligea à chasser la

pointe de déception qui l'avait envahie malgré elle. Matt avait envie de se détendre, pas de mieux la connaître, elle, en tant que femme…

Et dans un sens, c'était parfait ainsi. Pas d'ambiguïté entre eux.

— Oui, tu as raison… À quelle heure se retrouve-t-on ?

— 18 heures ? Je viens vous chercher… Où habites-tu ?

Tout en lui communiquant son adresse, Hannah fut gagnée par un étrange sentiment. Tout semblait si naturel entre eux… Jouer, gagner, perdre, soigner… En si peu de temps, ils étaient devenus partenaires, et presque amis. « Flash et Robin ». C'était agréable…

Très agréable.

Jusqu'à présent, c'était essentiellement avec Sophie qu'elle avait tout partagé, ses peines et ses joies, ses espoirs et ses déceptions. Se pourrait-il que Matt prenne une place aussi importante dans sa vie ?

Non, impossible. Matt était un homme séduisant et, probablement, séducteur. Mieux valait qu'elle ne se fasse aucune illusion. Ils participaient à un challenge ensemble, et il voulait qu'ils gagnent. Par conséquent, en parfait coéquipier, il faisait tout pour qu'elle soit au maximum de sa forme, voilà tout…

7.

— Waouh, maman, tu es trooooooooop belle ! s'exclama Sam.

— Merci, mon chéri !

Hannah s'était juste lavé les cheveux et avait revêtu une jolie robe bleue. Elle s'était aussi un peu maquillée, et avait mis ses sandales préférées, à fines lanières blanches et dorées.

— Toi aussi, tu es très beau…

Comme Sam fronçait les sourcils, Hannah ajouta aussitôt :

— Très cool, je veux dire.

— Merci.

Il portait un jean, des baskets et un sweat rayé à capuche. Quand Hannah avait voulu le peigner, il s'était tortillé et avait protesté en passant une main dans ses mèches pour qu'elles restent dressées sur son crâne. Hannah s'était résignée et, humidifiant le peigne, avait fait en sorte que les pics soient un peu plus réguliers.

Son adorable petit garçon… Elle était si fière de lui ! Elle l'aimait tant !

— On va dîner avec Matt, tu sais, mon binôme pour le jeu de l'hôpital et…

— Ton binôme ou ton amoureux ?

Stupéfaite, Hannah contempla son fils en silence.

— Pas mon amoureux… Pas du tout mon amoureux ! On est collègues, et on a juste eu envie de partager un bon moment ensemble, tous les trois, comme des amis. N'imagine rien d'autre, mon cœur…

— D'ac' maman ! Tu es fâchée ?

— Mais non, pourquoi ?

Simplement nerveuse... , compléta Hannah en son for intérieur.

Elle embrassa Sam sur la joue et, alors que tous deux se dirigeaient vers le salon de leur petite maison, on sonna à l'entrée. Ils allèrent ouvrir ensemble.

— Bonjour ! lança joyeusement Sam.

— Bonjour, jeune homme ! Ou plutôt, bonsoir !

Matt lui serra la main, une lueur malicieuse au fond des yeux. Puis il sourit à Hannah et esquissa une légère révérence.

— Mademoiselle…

Elle sentit son pouls s'accélérer.

Matt portait une chemise en jean bleu foncé et un pantalon blanc. Sous ses cheveux dorés par le soleil, son regard paraissait plus azuréen que jamais…

Envoûtant.

— Tu es ravissante, dit-il en souriant de nouveau.

— Elle est trooooop belle ! renchérit Sam.

Matt acquiesça d'un air solennel.

— Je confirme.

Hannah se mit à rire, espérant dissimuler son trouble.

— Ce soir, Sam a choisi un style cool.

— J'ai essayé de faire la même chose, mais je trouve que Sam a mieux réussi que moi, répondit Matt.

— Non, tu as l'air cool, répliqua Sam. On y va ?

— On y va ! déclarèrent Hannah et Matt à l'unisson.

— On prendra ma voiture, proposa Matt. Il faut simplement récupérer le siège auto de Sam, je n'en ai pas.

— Tu n'as pas d'enfant, alors ? s'étonna Sam.

— Eh non… Ni femme ni enfant ! répondit Matt, croisant brièvement le regard d'Hannah. Un jour, peut-être…

Matt avait réservé une table sur une péniche rouge amarrée au bord de la rivière Colne. Il y avait peu de monde à cette heure, mais en soirée, Hannah savait que l'endroit serait comble. C'était un lieu très fréquenté, où elle n'était pourtant jamais allée.

— Quelle bonne idée, dit-elle, enchantée, tandis qu'ils prenaient place.

Le soleil couchant diffusait encore une douce chaleur, et leur table, en terrasse, surplombait l'eau.

— C'est super ! On est sur un bateau ! s'exclama Sam, surexcité. Et ça ne bouge pas trop ! Pourquoi ?

— Parce qu'il y a des ancres pour maintenir la péniche, expliqua Hannah.

Puis, à partir de ce moment, elle passa une soirée de rêve…

Adorable, Matt veilla à ce qu'ils ne manquent de rien. Les serveurs étaient également attentifs, sympathiques. Ils apportèrent un verre de vin à Matt et à Hannah, et de la limonade pour Sam qui se comporta avec un sérieux étonnant, comme un petit adulte. *Peut-être parce qu'il est traité en adulte*, songea Hannah.

Mais tout à coup, il grimpa sur le banc et se pencha par-dessus bord.

— Maman, regarde, des cygnes !

Hannah l'attrapa aussitôt pour le retenir.

— Attention, tu risques de tomber !

— Mais non…, protesta l'enfant en saisissant aussitôt un morceau de pain. Je peux leur en donner ?

— Non, mon chéri, ce n'est pas bon pour eux.

Sam esquissa une grimace dépitée et s'assit de nouveau. Matt poussa alors son assiette vers lui.

— Tu peux leur distribuer de la laitue, si tu veux… Ils aiment ça.

De sa fourchette, il commença à séparer des feuilles vertes de sa salade mixte.

— Vraiment ? s'étonna Hannah. De la laitue ?

— Oui, les cygnes aiment ça ! Pour eux, c'est un peu comme des algues, je suppose, ajouta Matt.

Enthousiaste, Sam prit plusieurs feuilles et grimpa de nouveau sur le banc. Hannah le maintint par la taille pendant qu'il en dispersait des fragments à la surface de la rivière. Immédiatement, les cygnes plongèrent leur long cou dans l'eau à la recherche de miettes.

— Ils font un drôle de bruit ! s'écria Sam en riant.

Matt appela l'un des serveurs pour lui demander d'apporter un bol de laitue. Il souriait. Visiblement, tout comme Sam, il appréciait de pouvoir nourrir ces grands oiseaux blancs…

Hannah sentit l'émotion l'envahir. Ce moment était merveilleux, tellement relaxant et naturel… Ensemble, ils savouraient la vie, à bord d'une péniche, alors que le soleil se couchait…

Si j'avais été avec le père de Sam…

Une profonde tristesse l'envahit soudain.

Sam était certes le fils de John, mais il ne le connaissait pas et ne le connaîtrait sans doute jamais. Il grandissait sans père. Ces instants, que Matt, Hannah et le petit garçon étaient en train de partager, évoquaient avec douceur ce qui aurait pu exister dans un monde idéal…

Une famille aimante, tout simplement.

Pour la première fois depuis la naissance de Sam, Hannah éprouva une douloureuse nostalgie. Ça lui faisait parfois si mal…

Elle s'obligea à se concentrer sur le paysage, si agréable et paisible, puis elle regarda le sourire de son fils. Il était si heureux ! Quel bonheur de le voir aussi joyeux !

Ils s'attardèrent en buvant un café. La nuit tombait peu à peu. Des lampions et guirlandes disposés sur le bastingage de la péniche s'allumèrent, créant une ambiance féerique.

Mais la soirée touchait déjà à son terme. Matt demanda l'addition et régla, insistant pour les inviter.

— Merci beaucoup, Matt, dit Hannah tandis qu'ils descendaient de la passerelle et se dirigeaient vers le parking. C'était exactement ce dont j'avais besoin après les épreuves de cette journée !

— Moi aussi. Merci d'avoir accepté de me revoir après avoir supporté ma présence toute la journée ! ajouta Matt avec humour.

Et doucement, il lui effleura le bras du bout des doigts. Un geste spontané, délicat.

Hannah sentait le regard de Matt posé sur elle, intense.

Curieusement, elle eut alors l'impression fugace que des mots informulés emplissaient l'atmosphère autour d'eux.

Des mots tendres, complices... Des mots impossibles à imaginer réellement, et pourtant...

À ce moment-là, dans son dos, Sam poussa un cri perçant.

Hannah fit volte-face.

Sur la berge, son fils était poursuivi par un cygne agressif qui semblait incroyablement volumineux à côté de lui !

En un éclair, Matt fut auprès du petit garçon et le souleva vigoureusement dans ses bras. Sam se mit à pleurer.

— Allons, allons..., fit Matt, s'efforçant de le consoler.

Hannah se précipita vers eux.

— Oh ! mon chéri, tu as eu si peur ! dit-elle en prenant son fils dans ses bras.

Elle l'étreignit, consciente qu'à cause de sa brève inattention – elle avait été tout entière concentrée sur Matt – l'enfant s'était mis en danger.

— Maman, tu me serres trop !

Les larmes de Sam s'étaient évanouies aussi brusquement qu'elles étaient apparues, et il s'essuyait le nez sur la jolie robe d'Hannah.

Recouvrant ses esprits, Hannah parvint à sourire.

— Pardon, mon cœur. Un cygne, de près, c'est gros et impressionnant !

Sam hocha la tête.

— Je pense qu'il aurait pu me manger ! Mais il ne l'a pas fait.

— Et il n'aurait jamais réussi ! Les cygnes ne dévorent pas les petits garçons, ils préfèrent la laitue, affirma Hannah. Mais on ne doit pas être trop près d'eux, surtout lorsqu'ils viennent à terre. S'ils ont peur, ils crachent et battent des ailes... Peut-être qu'ils pourraient nous mordre.

Sam regarda le cygne qui, maintenant, glissait majestueusement sur l'eau.

— Quelle est leur taille quand ils ouvrent leurs ailes ? Ils sont aussi grands que Matt ?

— Non, quand même pas.

— Bon, tant mieux, alors.

Ce qui semblait sous-entendre qu'en présence de Matt Sam se sentait en sécurité !

Sans rien ajouter, Hannah emboîta le pas à Matt qui était resté silencieux pendant cet échange, les observant avec un gentil sourire. Il ne parla pas beaucoup non plus durant le trajet du retour. Il les raccompagna jusqu'à la porte, et, pour dire au revoir à Sam, s'agenouilla en tendant la main d'une manière solennelle.

— Courageux jeune homme, je te souhaite une bonne nuit…

Sam l'observa d'un air grave.

— Tu t'en vas ?

— Oui, je vais chez moi. Ta mère et toi, vous devez vous reposer, et moi aussi.

Hannah croisa le regard de Matt.

— Tu veux venir boire un verre ?

Les mots lui avaient échappé, et elle les regretta aussitôt.

Matt sembla hésiter, puis il hocha la tête.

— Non, je crois qu'il vaut mieux que je ne m'attarde pas. Il est tard.

Et c'est surtout préférable… d'en rester là pour aujourd'hui, compléta intérieurement Hannah.

— Tu as raison. Bonne nuit, Matt, et encore une fois, merci pour tout.

— Merci à toi… Merci à vous deux. J'ai vraiment passé une très bonne soirée.

Hannah lui sourit. L'espace d'un instant, elle perçut dans le regard de Matt une flamme différente, douce et intense. Puis il se détourna et s'éloigna.

8.

Durant toute la semaine, Matt pensa souvent à l'incident du cygne.

Il s'efforça d'ignorer les visions de cauchemar qui l'avaient envahi, la nuit, après ce qui s'était produit au bord de la rivière. Dans son esprit, le magnifique oiseau blanc glissant sur l'eau sans créer de vagues s'était subitement transformé en monstre agressif…

Il s'obligea à ne pas se mettre dans la peau du petit Sam terrorisé par la créature censée être inoffensive, simplement gracieuse, comme dans les contes de fées.

Tant de souvenirs le hantaient encore, liés à sa propre enfance, Matt en était douloureusement conscient.

Le samedi suivant, quand il retrouva Hannah devant le chapiteau dressé sur le terrain de l'hôpital de la quatrième équipe en lice, il se rendit compte qu'il commençait à éprouver des sentiments pour elle… De la sympathie, de l'admiration… Et une forme d'attachement, déjà. Presque de la tendresse.

Il aurait préféré qu'il n'en fût pas ainsi, mais cette évidence s'imposait à lui, qu'il le veuille ou non.

Hannah portait l'inévitable T-shirt rouge qui, curieusement, symbolisait dorénavant une foule de moments intéressants partagés ensemble, et d'autres épreuves communes à venir.

— Prête, Flash ? demanda-t-il, espérant ne pas trop montrer à quel point il était content de la revoir.

— Prête. Et toi, Robin ?

— Bien sûr. À mille pour cent !

— Super ! Alors on va encore gagner ! affirma Hannah.

Et elle lui sourit si gentiment que Matt eut soudain envie de la serrer dans ses bras.

Il se contenta de lever un pouce en signe de victoire.

Une fois de plus, les participants furent réunis afin de découvrir quels défis ils devraient affronter durant cette nouvelle succession d'épreuves.

Il s'agirait d'une série de problèmes médicaux conçus spécialement pour tester leurs compétences quand ils se trouvaient en situation stressante. Le chapiteau avait été divisé en quatre zones de consultation, chacune équipée d'une caméra. Les candidats œuvreraient en présence d'un observateur.

Hannah se dirigea rapidement vers l'espace attribué à l'équipe rouge – la leur. Ils ne disposaient que de dix minutes pour aménager le lieu qui comportait un lit d'examen, une table et quatre chaises.

— Et si on s'en débarrassait ? suggéra Matt en désignant la table.

— Bonne idée.

Il tira la table vers l'arrière de la zone et regroupa les chaises à l'avant.

— C'est mieux comme ça, approuva Hannah. Pas de séparation entre les patients et nous.

— Oui, on favorise le bien-être, renchérit Matt. Tout est prêt ?

— Presque…

Hannah posa le téléphone près d'elle, et prit un volumineux bloc-notes.

— Tu parles et j'écris ?

Matt devina qu'elle s'en remettait à son statut de médecin, de surcroît plus âgé qu'elle. Il n'avait pas le temps de tergiverser, mais il se promit de lui dire que son expérience à elle était tout aussi précieuse.

— On va se relayer, proposa-t-il.

Elle lui sourit de nouveau, et il sentit son cœur battre plus vite. Le sourire d'Hannah était un vrai rayon de soleil…

— D'accord.

Le jeu fut lancé, et les épreuves commencèrent.

De faux patients affluèrent rapidement, en bonne santé mais parfaitement préparés, parfois même maquillés afin de présenter les symptômes à soigner. Un simulacre si bien orchestré que Matt en fut impressionné. Ainsi, il y eut quelques blessures mineures, mais l'une d'elles dissimulait un problème plus grave.

Hannah montra à quel point elle était compétente dans son discernement. Elle repéra vite qu'un adolescent n'avait besoin que d'un pansement au doigt et que l'œil au beurre noir d'une femme était dû à des troubles de l'équilibre.

Matt diagnostiqua un cas de diabète non régulé et demanda une prise en charge d'urgence. Lorsqu'un homme arriva, la main dans un gant en matériau d'entraînement pour sutures, tailladé dans l'optique d'imiter une coupure profonde, Hannah vint l'assister pendant qu'il faisait les points. Ils se coordonnaient sans même se parler… À la perfection.

Quand ce patient-là s'en alla, une cloche retentit et l'observateur qui, discrètement dans son coin, avait suivi leurs faits et gestes annonça qu'ils avaient une pause de trente minutes.

Hannah se dirigea vers la sortie et Matt lui emboîta le pas.

— Où allons-nous ?

— À la cafétéria. C'est mon domaine d'expertise, ajouta-t-elle sur le ton de la plaisanterie. Je sais où se trouvent la cafétéria et les toilettes dans chaque hôpital de la région ! Sophie le confirmerait, car en ambulance, on doit être très à l'aise, donc veiller à nos besoins primaires…

— Je comprends. Réflexe professionnel !

— Réflexe de survie…, compléta-t-elle en souriant.

De nouveau, Matt ressentit un frémissement inhabituel dans le creux de l'estomac, comme s'il avait faim…

Mais pas de nourriture. Se serrer contre la jeune femme, humer son parfum, caresser sa peau, voilà ce dont il avait envie. Apprendre à la connaître, la découvrir, oui…

Il se ressaisit.

— Je te suis, dit-il. J'ai hâte de boire un bon café…

Du café, des protéines, des calories… Matt savait se nourrir afin de rester en forme et récupérer ! Il avait également pris deux bouteilles d'eau et quelques barres énergétiques pour eux deux. Ils emportèrent le tout dans un sac et retournèrent au chapiteau.

Tout en se restaurant, Hannah s'aperçut qu'elle aimait de plus en plus regarder Matt à la dérobée. Il était tranquille, confiant et toujours attentif, vérifiant qu'ils n'avaient rien oublié. Elle avait appris de lui, en l'observant à l'œuvre. Matt savait tant de choses… Néanmoins, il n'hésitait pas à se mettre en retrait pour la laisser travailler quand c'était possible ou utile.

Oui, au fond, ils formaient une équipe de rêve. Bien que très différents l'un de l'autre, ils étaient capables de collaborer avec souplesse. S'ils ne gagnaient pas aujourd'hui, ce ne serait pas faute d'avoir essayé, et certainement pas par manque d'expertise ! La spécialité de Matt était peut-être la chirurgie, mais il possédait une connaissance encyclopédique de nombreux autres aspects de la médecine.

Quels que soient les résultats de l'épreuve de ce samedi, ils auraient donné le meilleur d'eux-mêmes. Et ils pourraient reprendre leur travail lundi avec une certaine fierté…

En y pensant, Hannah sentit un tiraillement dans le creux de l'estomac, comme si quelque chose, ou quelqu'un, lui manquait.

Quelqu'un…

Oh ! elle adorait travailler en binôme avec Sophie, mais ne plus voir Matt lui paraissait soudain inimaginable. À croire qu'elle s'était attachée à lui… Et pas qu'un peu.

Ils poursuivirent leurs simulations de consultations jusqu'à ce qu'ils soient tous deux épuisés. Faire semblant de soigner pour ce jeu, c'était presque plus fatigant que pratiquer réellement leur métier ! Au total, sans compter la demi-heure de pause, ils furent actifs pendant six heures… Et quand on leur annonça que l'épreuve était terminée, Hannah s'assit avec soulagement.

— Je n'en peux plus ! J'ai l'impression de passer un examen professionnel horriblement difficile…

— Moi aussi, avoua Matt. Pour la bonne cause, on aura vraiment fait de notre mieux, ajouta-t-il en la regardant.

Hannah éprouva de nouveau un trouble indéfinissable. Matt souriait… Et ses yeux si bleus semblaient la caresser.

— Oui, c'est certain. Je suis heureuse de notre collaboration.

— Moi aussi, Flash. C'est un vrai plaisir.

Elle soutint son regard, consciente d'avoir envie de s'approcher de Matt, de se blottir contre lui, de…

Absurde !

Elle s'obligea à se ressaisir.

Mais à ce moment-là, sans cesser de la contempler, Matt hocha doucement la tête, comme s'il partageait ce qu'elle ressentait, et il sourit de nouveau en désignant la caméra du bout de l'index. *On nous filme*, se rappela Hannah.

Si le contexte avait été différent, se seraient-ils enlacés ?

Ils sortirent du chapiteau en marchant lentement côte à côte, et se dirigèrent vers l'espace où le public, réparti sur des gradins, suivait les prestations des différents candidats. Des écrans géants diffusaient les images en permanence.

Hannah repéra aussitôt sa mère et Sam, au deuxième rang.

— Maman ! Tu as été une super infirmière ! s'exclama son fils en se précipitant vers elle. Bonjour, monsieur Matt !

— M. Matt t'autorise à l'appeler simplement « Matt », répondit Hannah, amusée.

— Tu as raison, renchérit Matt. Bonjour, toi, comment vas-tu depuis l'autre soir ?

— Très bien. Je n'ai pas rêvé de méchants cygnes, affirma le petit garçon.

— Tant mieux ! Il n'était pas méchant, ce cygne, surtout impressionnant, dit Matt. Mais je comprends qu'il t'ait fait peur !

Puis il salua cordialement la mère d'Hannah et proposa d'aller acheter des glaces pour tout le monde. Hannah accepta avec reconnaissance.

— Quel homme adorable, commenta Mme Green une fois que Matt se fut éloigné.

Elle sourit à Hannah d'un air entendu.

— Et qu'il est beau !

— Maman ! protesta Hannah, gênée. Je ne veux pas que tu penses que…

— Ma chérie, je ne pense rien, j'observe, l'interrompit sa mère. Je crois qu'il t'aime beaucoup… Et tant mieux ! Tu le mérites !

Hannah jeta un coup d'œil à Sam qui, heureusement, admirait des ballons en train de s'envoler dans le ciel, de l'autre côté du chapiteau.

— Il y a une fête ! s'exclama-t-il.

— Oui, mon cœur, c'est probablement les organisateurs du jeu… On va aller voir, promit Hannah. Dès que Matt sera là.

Mais Sam trépignait d'impatience.

— Où il est ?

— Là-bas…, indiqua sa grand-mère en désignant la roulotte blanche d'un marchand de confiseries un peu plus loin.

Par chance, Matt ne tarda pas à revenir, quatre cornets de crème glacée au chocolat à la main.

— Et voilà !

Il en tendit un à Sam, qui s'en empara en sautant de joie, un autre à la mère d'Hannah, qui le remercia poliment.

— On est attendus pour les résultats, indiqua Matt à Hannah.

Hannah, sa mère et Sam lui emboîtèrent le pas. Quelques minutes plus tard, Hannah et Matt furent appelés avec les candidats des autres équipes. Le jury se réunit, il y eut les préambules habituels avec les remerciements, les félicitations aux uns et aux autres pour leur engagement ou leurs contributions…

Puis le verdict fut proclamé par le juré principal :

— Aujourd'hui, c'était plus qu'une simple compétition. Nous avons constaté que toutes nos équipes restaient fidèles à leurs valeurs et ont fait preuve de bravoure et de détermination. Bravo ! Nous sommes fiers de vous tous… Mais vous le saviez, seuls deux participants représenteront le Hertfordshire en finale à Londres le week-end prochain, et nous leur souhaitons bonne chance dans les défis à venir.

Mesdames et messieurs, les gagnants sont… le Dr Matt Lawson et Hannah Green ! Ils forment décidément un duo de choc !

— Un duo de choc… Robin, tu te rends compte de ce qu'on a dit de nous ? lança Hannah tandis qu'ils regagnaient les vestiaires où ils avaient laissé leurs effets personnels.

Sam et sa mère étaient repartis en direction du parking, et elle les retrouverait à la voiture.

Matt se mit à rire.

— Flash, je crois que c'est vrai… Et encore, ils ne connaissent pas nos pseudonymes secrets !

— Robin et Flash, l'équipe la plus performante de la région… C'était hautement improbable, et c'est devenu une réalité.

Matt l'observa d'un air mi-amusé, mi-perplexe.

— Hautement improbable ? Pourquoi ? Tu ne me faisais pas confiance ?

— Je ne te connaissais pas. Je pensais concourir avec Sophie… J'ai accepté de m'inscrire à ce jeu avec elle ! Mais le sort en a décidé autrement, ajouta Hannah en souriant.

— Tu le regrettes ?

— Je ne regrette jamais rien.

— Tant mieux

Tout en récupérant son sac à dos dans un casier, Matt lui lança un coup d'œil où brillait une lueur taquine.

— On va ensemble à Londres, la semaine prochaine ?

— Oui, bien sûr… En train ou en voiture ? demanda Hannah.

Son cœur commençait à battre plus vite… Encore. C'était la perspective de passer du temps avec Matt, seule avec lui, qui la troublait ainsi… Forcément.

— En voiture. Ce ne sera pas trop difficile de t'organiser ?

— Pour Sam ? Non, ma mère est là, heureusement… Il faudra juste que je le prévienne… Je ne pourrai pas forcément l'appeler tous les jours. Je ne suis pas souvent partie loin de la maison sans lui… Même jamais, avoua-t-elle.

— Ce sera la première fois ? Vraiment ?

— Oui.

Matt sourit gentiment, et Hannah éprouva une vive émotion. L'attirance qu'elle ressentait devenait palpable…

Pourvu que Matt ne s'en rende pas compte !

Mais à la manière dont il lui effleura doucement une main à cet instant, Hannah sut qu'il ressentait la même chose qu'elle.

C'était juste magnétique.

Le cœur battant, elle se hâta de rassembler ses affaires.

— On se contacte la semaine prochaine… Je dois y aller, ma mère et Sam m'attendent…

— Pas de problème, dit Matt. Bonne soirée, Flash !

Elle lui adressa un bref sourire.

— Bonne soirée, Robin…

9.

Hannah entama la semaine comme d'habitude : réunion d'équipe, planning, urgences à gérer, routes à sillonner en compagnie de Sophie pour transporter des patients le mieux possible, au plus vite. Toutes deux discutèrent malgré tout à bâtons rompus, compensant les moments où elles n'avaient pas été ensemble. Hannah finit par lui confier le trouble grandissant qu'elle éprouvait en présence de Matt.

— Pourquoi ne suis-je pas étonnée ? s'exclama Sophie. Depuis le début, je sens que ça va se produire…

— Il ne se passe rien, rassure-toi, je suis seulement en train de fantasmer sur le plus beau médecin de l'hôpital, et c'est inacceptable, conclut Hannah. Inacceptable et imbécile de ma part…

— J'en doute, et fais-moi confiance, mon intuition me trompe rarement. Il ne s'est encore rien passé, nuance…

En repensant à cette conversation un peu plus tard, Hannah hésita à envoyer un texto à Matt afin de savoir où et quand ils se retrouveraient pour se rendre à Londres pour la suite des épreuves du jeu.

Elle avait reçu le mail fournissant les détails essentiels de leur séjour à Londres, mais bizarrement, le simple fait de devoir écrire à Matt devenait compliqué. Même par SMS. Elle craignait de dévoiler, malgré elle, une émotion, une attente, quelque chose qui aurait incité Matt à croire qu'elle avait hâte de le revoir…

Ce qui aurait été la vérité.

Hannah se contenta donc de lui donner rendez-vous à la

cafétéria de l'hôpital le lendemain, à l'heure de sa pause, à 16 h 30.

La réponse de Matt lui parvint rapidement, lapidaire : « OK ».

Au moins ne s'embarrassait-il pas de détails inutiles !

Hannah continua à travailler en s'efforçant de ne pas penser au moment où elle serait de nouveau avec lui.

Elle essaya d'oublier la sensation étrange qui s'emparait d'elle dès qu'elle songeait à tout ce qu'ils avaient déjà partagé et à ce qui les attendait, à cette osmose qui les obligeait, l'un et l'autre, à dépasser leurs différences et à s'entendre de façon exceptionnelle.

Mardi, à l'heure convenue, Hannah gagna la cafétéria et commanda deux cafés. Matt ne tarda pas. En le voyant s'asseoir sur la chaise qu'elle lui avait réservée, Hannah sentit qu'il était tendu et fatigué. La veille au soir, un grave accident s'était produit sur le périphérique de la ville, une collision entre deux véhicules, et les blessés avaient été pris en charge dans leur établissement. Matt avait forcément été impliqué dans les interventions d'urgence. En revanche, ce soir-là, Sophie et elle n'étaient pas de garde.

— Tiens, dit-elle en lui désignant la tasse fumante.

Une lueur de reconnaissance traversa le regard bleu de Matt.

— Merci, Hannah. J'en ai bien besoin. On a opéré assez tard dans la nuit hier.

— Je m'en doutais.

Matt hocha la tête.

— Nous n'avons perdu personne.

— Bonne nouvelle.

— Oui, très bonne. Il y a eu quatre accidentés, dont deux graves. Blessures multiples, polytraumatismes… Les deux conducteurs sont dans un état stable, cet après-midi. Je suis enfin rassuré.

— Tant mieux.

Matt sourit.

— Et toi, Flash, tu vas bien ?

— Oui, très bien. Et toi, Robin ?

— En pleine forme malgré la fatigue.

Ils burent leur café en silence en se regardant. Hannah sentit son pouls s'accélérer et détourna rapidement les yeux.

— Alors, le fameux mail censé tout nous expliquer…

En parlant, elle prit, dans sa poche, le document qu'elle avait imprimé. Matt fit de même.

— Pas vraiment tout, rectifia-t-il. On ne nous apprend strictement rien des épreuves que nous devrons accomplir. Quel mystère ! Il faut qu'on se présente à l'accueil de l'hôtel qui nous héberge tous jeudi soir, et apparemment, nous n'aurons aucun contact avec le monde extérieur jusqu'à ce que les résultats finaux soient annoncés le lundi.

Hannah acquiesça, soudain soucieuse. Elle avait lu cette information mais n'y avait pas réfléchi jusqu'à cet instant. Aucun contact… Donc aucun appel ? Comment ferait-elle par rapport à Sam ?

— Ne pas appeler mon fils sera difficile pour moi. En vérité, ce sera ma première épreuve !

Matt sourit gentiment.

— Ne t'inquiète pas, j'ai anticipé ce qui te tracasse, et j'ai demandé si les candidats auraient le droit de téléphoner à leur famille. Ce sera possible, mais on ne devra en aucun cas communiquer avec les autres concurrents, par exemple. Donc toi, tu n'auras aucun problème pour souhaiter bonne nuit à Sam tous les soirs.

Surprise et touchée par tant de prévenance, Hannah resta silencieuse un court instant.

— Merci… Merci beaucoup. J'avoue que ça me soulage énormément.

— C'est bien normal. De mon côté, je n'ai personne à prévenir, ajouta Matt en hochant la tête. Je connais l'hôtel qui nous est attribué : il offre un bon standing, et une piscine. Ce sera agréable. Je passerai te prendre à 14 heures, chez toi, poursuivit-il. Ce sera plus simple avec tes bagages.

— D'accord. Merci… Mais je ne serai pas trop chargée, tu sais !

— Prévois toutes sortes de vêtements, y compris une robe et de jolies chaussures au cas où ! Vu qu'on ne sait pas ce qui nous attend, mieux vaut être préparé, tu ne crois pas ? Je prendrai des tenues de sport, des baskets et un smoking, précisa Matt. Plus un maillot de bain.

— Carrément ?

— Oui, pourquoi pas ? Autant profiter du confort qui nous sera offert…

— Tu as raison. J'y penserai. Le coffre de ta voiture est assez grand pour tout ce qu'on va emporter ? s'inquiéta Hannah.

Matt se mit à rire.

— On se débrouillera. Robin et Flash sont toujours performants, ne l'oublie pas !

Ils quittèrent la cafétéria et Matt accompagna Hannah jusqu'à l'aire de stationnement des ambulances.

— À jeudi, 14 heures !

— Oui, à jeudi, dit Hannah. Bonne fin de journée, Robin…

— Toi aussi, Flash.

Puis Matt repartit en direction de l'hôpital.

— Vous avez l'air d'être de bons amis… De très bons amis, fit remarquer Sophie qui attendait Hannah, déjà au volant.

— De bons coéquipiers, rectifia Hannah en se sentant rougir. On forme une équipe formidable.

— Ah bon ? Formidable, vraiment ? C'est mieux qu'avec moi, alors, plaisanta Sophie.

— N'importe quoi ! La comparaison est impossible, protesta Hannah. Matt et moi, c'est une équipe provisoire.

Sophie éclata de rire.

— Provisoire, provisoire… Il est tellement séduisant qu'il est normal que tu sois attirée par lui.

— Normal ? Hum… Au fond, oui, admit Hannah à contrecœur. Quelle femme ne le serait pas ? Mais je t'assure, il ne se passe rien entre nous… On est amis, oui, et surtout, partenaires dans un challenge qui nous demande beaucoup d'énergie.

Sophie la regarda fixement puis elle sourit.

— Je te taquinais, Hannah. En fait, je te comprends très bien.

— Moi aussi. La situation prête à confusion. On essaie de garder le cap, Matt et moi, il ne faut pas mélanger vie privée et vie professionnelle…

— Donc tu admets qu'il y a de l'attirance entre vous ! la coupa Sophie d'un ton triomphant. C'est gros comme le nez au milieu de la figure.

— Oh ! Sophie, oui, bien sûr…, répondit Hannah en riant à son tour. Mais est-ce que ce serait sérieux ? Il faut que je pense à mon fils, aux conséquences de mes actes et…

— Et tu es raisonnable, je le vois bien. Trop raisonnable !

La radio sur le tableau de bord se déclencha subitement. Sophie s'en empara, prit note d'une adresse et démarra sans tarder.

— J'essaie simplement de rester prudente, dit Hannah.

— Évidemment. Après ce que tu as vécu avec John, tu ne peux que choisir la prudence. Mais un jour, tu oublieras ce que tu as vécu avant, il y a longtemps, et tu profiteras de nouveau de la vie sans avoir peur, ajouta Sophie. Tu paries ?

Hannah garda le silence, les yeux fixés sur la route.

— Moi, je parie, conclut son amie d'un ton énergique. Vous allez vous rendre à Londres ensemble, tout sera possible… Profites-en, Hannah, laisse-toi aller, même une seule nuit, tu ne le regretteras pas…

— Ce n'est pas mon genre, Sophie. Tu le sais bien, non ?

— Je sais surtout que tu as besoin de te changer les idées…

Hannah ne répondit pas. Sophie vivait de manière indépendante, libre, elle n'avait pas d'enfant et multipliait les rencontres… Elle ne pouvait pas vraiment comprendre ce qu'elle-même ressentait. Ce mélange d'attirance et de retenue qui, en effet, l'empêchait d'expérimenter ce que Sophie lui conseillait de façon si insouciante !

Lorsque Matt vint la chercher chez elle jeudi après-midi, il était d'une humeur joyeuse, détendue, franchement contagieuse. Sam l'accueillit avec un enthousiasme déconcertant et, après avoir salué Hannah ainsi que sa mère, Matt prit le temps de jouer au ballon pendant quelques minutes avec le petit garçon. Après quoi, il porta ses bagages et les cala dans le coffre de sa voiture.

— Mon chéri, je t'appelle dès que possible, promit Hannah à Sam en le serrant dans ses bras.

— Ne t'inquiète pas, maman, je suis grand maintenant ! répliqua l'enfant d'un air sérieux.

— Oh oui, je le sais bien... Très grand ! Mais je serai heureuse de t'entendre, ça m'aidera, moi, à mieux m'endormir le soir !

Sam hocha gravement la tête.

— Alors, d'accord. Dans ce cas, tu pourras me téléphoner.

Puis il courut dire au revoir à Matt avant de retourner vers la maison. Sa grand-mère l'attendait sur le seuil, souriante.

— Bon voyage ! Soyez prudents... Et gagnez ! lança-t-elle alors que Matt se glissait au volant.

— On fera de notre mieux, madame Green, promit-il. Votre fille et moi formons une équipe de champions, donc on a toutes nos chances !

— Effectivement, on a toutes nos chances... Mais les autres candidats aussi, ajouta Hannah tandis qu'ils démarraient.

Elle se retourna pour regarder sa mère et son fils qui agitaient la main. Elle fit de même. Matt fit fonctionner les clignotants de la voiture, et Sam poussa un cri joyeux. Hannah garda les yeux fixés sur eux jusqu'à ce qu'elle ne puisse plus les voir.

— C'est vraiment la première fois que tu t'éloignes de lui aussi longtemps ? demanda Matt.

— Eh oui. Ce sera une véritable épreuve pour la mère poule que je suis ! Mais je pars tranquille, sa grand-mère est avec lui...

— C'est une aubaine. Tu pourras te consacrer uniquement à l'objectif qui est le nôtre... Pas vrai ?

— Oui, bien sûr. Nous serons le plus performants possible, et qui sait, peut-être gagnerons-nous ?

— Croisons les doigts et donnons le meilleur de nous-mêmes !

Matt avait emprunté la route menant à la voie rapide, et il venait de s'engager sur l'autoroute en direction de Londres.

Hannah lui jeta un bref coup d'œil. Il conduisait de manière concentrée, vite et bien, mais sa mâchoire était légèrement crispée, comme s'il n'exprimait pas tout ce qu'il voulait dire.

Peut-être n'était-il pas aussi détendu qu'il en avait d'abord eu l'air…

Matt avait certes l'allure d'un play-boy, il était incontestablement un talentueux chirurgien, et pourtant, quelque chose lui disait qu'il n'était en réalité pas aussi confiant qu'il le paraissait.

Hannah reporta son attention sur la route qui défilait et pensa à l'aventure qui les attendait à Londres. Ce serait extraordinaire… Même s'ils perdaient le challenge, ils auraient partagé des moments exaltants et exceptionnels. Sans doute resteraient-ils amis par la suite, pour longtemps… Elle l'espérait de tout cœur, car Matt était un homme hors du commun.

Oui, Matt connaissait cet hôtel. Quel étrange hasard… Quelle coïncidence troublante.

Autrefois, quand sa mère avait quitté son père, elle s'était enfuie à Londres avec son fils.

Ils avaient de la famille dans la capitale, mais elle n'avait alors contacté personne : son père aurait pu les retrouver… Impossible de courir ce risque. Aussi avaient-ils séjourné dans cet établissement, exactement celui-là, pendant deux semaines. Après quoi, ils avaient déménagé dans un autre hôtel, puis encore un autre, jusqu'à ce que sa mère trouve un lieu de résidence plus stable.

Une stabilité qui n'avait pas excédé six mois.

Bon sang, cet hôtel lui rappelait tant de souvenirs…

À l'époque, sa mère lui avait expliqué qu'ils devaient partir loin, très loin de la maison, mais en vérité, Matt n'avait pas besoin de justifications. Il savait très bien qu'ils fuyaient la peur, la souffrance et la douleur, et qu'il s'agissait du début d'une nouvelle vie. Sa mère avait rencontré des avocats et des proches dignes de confiance. De son côté, le petit Matt s'était mis à explorer chaque coin et recoin de sa nouvelle habitation provisoire…

L'hôtel Elsynge devant lequel ils arrivaient.

— Et nous y voilà ! dit-il, revenant brutalement à l'instant présent.

— Déjà ! Le trajet a été rapide, commenta Hannah.

Dépassant l'entrée de l'hôtel, Matt prit un virage serré à droite et s'engagea dans le parking souterrain. Ils déchargèrent leurs valises et empruntèrent l'ascenseur jusqu'au hall où un bagagiste s'avança immédiatement, l'air un peu offusqué qu'ils n'aient pas fait appel à ses services.

— Madame, monsieur, je vous en prie, laissez-moi vous aider…

Matt lui sourit.

— Merci.

Il regarda autour de lui. L'endroit était calme, lumineux, agréablement décoré. À l'époque, Matt avait eu l'impression que c'était une oasis au cœur de la ville… et de l'orage familial.

— Hannah ! Matt ! Soyez les bienvenus ! s'exclama une jeune femme appartenant à l'équipe de télévision. Contente de vous voir… Pas trop dur, le voyage ?

Elle donnait l'impression qu'ils avaient bravé tempêtes et ouragans alors qu'il ne s'agissait que d'une petite centaine de kilomètres d'autoroute et de quelques feux rouges. *Mais à l'époque, on a bel et bien traversé l'enfer avant d'arriver ici*, se remémora Matt.

— Non, pas de souci, affirma-t-il.

— Nous aussi, nous sommes heureux d'être là, intervint Hannah. Nous attendions ce week-end avec impatience et enthousiasme !

Matt garda le silence. Mais comme elle lui donnait un léger coup de coude dans les côtes, il renchérit aussitôt.

— Oui, moi aussi j'ai hâte d'y être.

— Parfait. Bonne installation ! dit la jeune femme.

Ils furent conduits à la réception pour signer le registre, puis elle les accompagna à l'étage où on leur avait réservé une suite : deux chambres à coucher de part et d'autre d'un confortable salon.

— Nous disposons de tout l'établissement pour le week-end, et nous bénéficions d'un libre accès à l'ensemble des installations, donc faites comme chez vous, annonça la jeune femme. Cette suite est à vous, profitez-en ! Naturellement, pas de caméras ici, nous respectons votre intimité, mais nous en avons installé quelques-unes dans d'autres pièces de l'hôtel, et bien sûr, l'équipe de diffusion extérieure pourra parfois vous suivre. Néanmoins, poursuivit-elle, nous nous efforcerons d'être aussi discrets que possible. Le dîner sera servi à 19 heures, puis il y aura une réunion où nous vous présenterons les épreuves du week-end. À présent, je vais avoir besoin que vous me laissiez vos téléphones respectifs, s'il vous plaît, conclut-elle avec un sourire d'excuse. Comme vous le savez, c'est le règlement.

Matt prit le sien dans sa poche et le lui tendit.

— Un texto de dernière minute, Hannah ?

— Oh oui… Deux, en fait…

Hannah commença à tapoter sur le clavier de son portable. De toute évidence, ce n'était pas qu'une simple notification de leur arrivée. Sans doute rédigeait-elle aussi un long message affectueux destiné à Sam… Elle envoya les SMS puis remit l'appareil en esquissant une petite moue navrée, montrant ainsi que, pour elle, c'était décidément un acte désagréable.

Leurs bagages furent déposés dans leurs chambres, puis on les laissa seuls.

Matt regarda Hannah qui se tenait de l'autre côté du grand tapis qui remplissait l'espace entre deux canapés moelleux.

— Et maintenant ?

— Oui, maintenant, que fait-on ? demanda-t-elle en consultant sa montre. Nous avons trois heures entières devant nous !

— On défait nos valises et on se détend !

— D'accord. Mais ça ne me prendra que dix minutes pour déballer mes affaires.

— Tu remporteras la médaille d'or vu que tu as deux valises et deux sacs…

Hannah se mit à rire.

— On chronomètre ?

— OK !

Elle fila dans sa chambre.

Riant à son tour, Matt se mit à ranger ses vêtements. Mais moins de neuf minutes plus tard, Hannah réapparut dans le salon.

— J'ai fini !

— Pas moi… Tu as gagné, quelle surprise !

— Tu veux que je t'aide ? J'ai l'habitude de faire vite…

— Inutile, j'ai presque terminé. Réfléchis plutôt à ce que tu voudrais faire. Manger ? Te promener ? Ou t'allonger et te reposer ?

— Me reposer ? Impossible ! s'exclama Hannah, les yeux brillants.

— Tu es tel un tigre en cage ! s'esclaffa Matt. Prends ton maillot et une serviette au cas où…

— Au cas où on irait goûter l'eau de la piscine de l'hôtel ? Excellente idée ! Après une petite découverte des lieux, peut-être ?

— Absolument.

Hannah retourna dans sa chambre et revint quelques instants plus tard avec un volumineux sac de sport contenant ses effets personnels.

— Il y a encore de la place pour tes affaires, si tu veux, proposa-t-elle.

— Parfait ! Merci, Flash. Tu es d'une efficacité redoutable.

— Je suis juste une femme habituée à m'organiser rapidement… Quand on a un enfant, on apprend à jongler avec beaucoup de choses, ajouta Hannah. Les habits des uns, des autres, l'emploi du temps, les repas…

Matt lui sourit. Peut-être aurait-elle dû préciser qu'être mère célibataire compliquait aussi les tâches… Il se souvenait de sa propre mère s'efforçant toujours de faire au mieux, seule et sans moyens… Mais par délicatesse, il préféra ne rien dire.

— Allons-y ! lança Hannah en se dirigeant vers la porte.

Ils quittèrent la suite et empruntèrent l'ascenseur.

Ils explorèrent d'abord le rez-de-chaussée, empli de nouveaux arrivants, puis gagnèrent le restaurant et le bar avant de jeter un coup d'œil à la salle de conférences située à l'arrière de l'hôtel. Tout était encore calme, à cette heure.

— La piscine est par-là, indiqua Hannah en désignant un panneau devant un escalier menant au sous-sol. On y va ?

— Bien sûr !

Matt lui emboîta le pas, et ils descendirent jusqu'à un vaste espace lambrissé.

— Il y a aussi une salle de gym, dit-elle en regardant à travers des portes vitrées. Ça a l'air super, mais avec ce qui nous attend, je doute qu'on ait assez d'énergie pour en profiter…

Ils ne tardèrent pas à trouver la piscine : un long bassin à l'eau turquoise qui scintillait sous des lumières vertes et bleues, encadré de colonnes de style romain. Une mosaïque représentant des nymphes auréolées de voilages décorait les murs. Des transats étaient disposés tout autour, sous de faux palmiers.

— C'est magnifique !

— Encore plus beau que dans mes souvenirs, renchérit Matt.

Il n'y avait personne dans l'eau.

— On plonge ? ajouta-t-il, croisant le regard pétillant de la jeune femme.

Hannah se dirigea aussitôt vers les cabines.

— Plutôt deux fois qu'une ! J'adore nager, et cette piscine est paradisiaque ! Robin, je vais me changer… À tout de suite !

— À tout de suite, Flash !

Matt adorait l'enthousiasme qu'elle manifestait spontanément. Hannah était naturelle, fraîche… Même si elle avait des soucis, elle ne le montrait pas.

Mais quand elle revint un court instant plus tard, il comprit qu'elle possédait aussi d'autres qualités… Une silhouette fine, élancée, que son simple maillot une-pièce noir mettait en valeur. Sa poitrine ronde paraissait toutefois quelque peu à l'étroit sous le tissu en Lycra.

— Je sais, il est un peu petit pour moi aujourd'hui, je le portais avant la naissance de Sam, expliqua Hannah en souriant d'un air gêné.

Matt comprit qu'elle avait dû remarquer son involontaire regard indiscret.

— Je comprends… Mais rassure-toi, tu es très belle.

— Belle ? Moi ?

En parlant, Hannah s'était assise sur le bord du bassin et elle tâtait l'eau du bout des orteils.

Son pied était menu, gracieux, si féminin bien que dépourvu de tout artifice.

Matt s'obligea à chasser les pensées troublantes qui surgissaient à son esprit.

— Oui, tu es très belle, répéta-t-il. Ne m'en veux pas de te le dire !

Puis, pour ne plus réfléchir ni se poser de question, il plongea dans la piscine.

10.

Matt s'était lancé dans un crawl lent mais puissant. Hannah le regarda, admirative, puis, à son tour, se glissa dans l'eau tiède et entama une brasse coulée.

Comment ne pas remarquer les larges épaules de Matt, et sa peau qui paraissait presque dorée sous les lumières du plafond de la piscine…

— Dix longueurs non-stop ? proposa-t-il en s'arrêtant à l'autre bout du bassin.

— OK.

Hannah nageait régulièrement, mais il était évident que Matt aussi. Il allait plus vite qu'elle et poursuivit encore quelques minutes. Elle fit de même, accélérant jusqu'à en être presque essoufflée. Elle se hissa alors hors du bassin et s'assit sur le bord, contemplant Matt qui continuait.

— Tu as de l'énergie à revendre, dit-elle lorsqu'il s'arrêta enfin.

— Toujours trop, oui… J'ai besoin de me dépenser, admit-il en la rejoignant.

Il sortit de la piscine, prit une serviette, la frotta vigoureusement sur ses cheveux puis l'enroula autour de ses hanches.

Hannah ôta son bonnet de bain et, se levant, s'essuya à son tour, consciente du regard de Matt posé sur elle.

Son cœur battit plus vite. Ils étaient si proches, si complices… Ils s'entendaient si bien ! Elle aurait vraiment du mal, lorsque le challenge s'achèverait, à ne plus voir Matt…

— Tu es plus détendue, à présent ?

— Détendue ? répéta-t-elle, interloquée. Oh ! oui, bien

sûr…, admit-elle, comprenant qu'il faisait allusion à l'état de surexcitation dans lequel elle se trouvait peu de temps auparavant.

Cachant sa gêne, elle se mit à rire.

— Faire du sport, c'est si bon pour le moral et la santé… Ça me calme toujours.

Matt hocha la tête.

— Moi aussi. On donnera le meilleur de nous-mêmes dans les heures et les jours prochains, donc on a intérêt à cultiver ce genre de moment… Pour décompresser et se sentir bien. Le mieux possible, pas vrai ? insista-t-il en lui effleurant doucement le bras. On en a besoin.

Il lui souriait gentiment. Ses yeux bleus brillaient. Ses mots étaient simples mais semblaient évoquer autre chose, comme une invitation à la sensualité…

J'ai trop d'imagination, se dit Hannah, chassant son trouble. Même si Matt ressentait la même attirance qu'elle – et au fond d'elle-même, elle pensait que c'était le cas – rien ne devrait se passer entre eux… Rien du tout. Ce serait trop risqué compte tenu de leurs différences de statut professionnel, de vie, de…

De quoi, vraiment ? s'interrogea-t-elle en un éclair. Et si, ainsi que Sophie le lui avait suggéré, elle se laissait aller au plaisir de se sentir désirable et d'être elle-même séduite ? Même pour très peu de temps ?

— Oui, on en a besoin, murmura-t-elle.

Matt acquiesça puis jeta un coup d'œil en direction de l'horloge murale.

— On devrait retourner dans notre belle suite pour nous préparer, le dîner ne va pas tarder.

— Tu as raison… Dépêchons-nous au lieu de bavarder !

Elle ignora la pointe de regret qui l'envahissait. En vérité, elle aurait aimé jouer les prolongations et continuer à se relaxer dans l'eau délicieusement tiède de la piscine en compagnie de Matt. Seule, cela aurait été moins agréable. Or, elle avait été seule si souvent ces dernières années…

— De fait, notre suite est bien luxueuse, poursuivit-elle en s'enveloppant dans son peignoir. J'avoue que c'est la première fois que je peux profiter d'un tel espace si magnifiquement décoré. Et toi ?

Matt sourit.

— J'ai déjà été invité dans de grands hôtels pour des conventions médicales. Mais c'est totalement différent. C'était pour le travail. C'était… oui, très différent.

Hannah eut l'impression qu'il voulait ajouter autre chose mais qu'il s'était ravisé.

— Aujourd'hui, c'est aussi pour le travail, observa-t-elle. Même si ça prend la forme d'un challenge ludique, c'est professionnel. On participe pour la bonne cause.

Matt sourit.

— Oui… La bonne cause. C'est ce qui compte. Allons-y, Flash !

— Allons-y, Robin !

Et Hannah lui emboîta le pas.

Matt se félicita d'avoir eu la possibilité de se détendre et rire un peu avec Hannah sans trop montrer – du moins il l'espérait – à quel point elle lui plaisait. Mais quand elle émergea de sa chambre, habillée pour le dîner, il la trouva tellement jolie qu'il en eut le souffle coupé.

Elle portait une jupe étroite, noire, des escarpins à talons hauts, et un chemisier vert à l'échancrure douce mais suffisamment suggestive. L'image de la jeune femme sportive, à la peau couverte de sueur, ou ruisselante d'eau comme un peu plus tôt, se superposa dangereusement à son esprit.

Il fallait que cela cesse… Et ce serait le cas dès qu'ils recommenceraient à relever les défis, sportifs ou autres, qui les attendaient.

Dans l'action, il se contrôlait. L'inaction le rendait beaucoup trop réceptif à la vive sensualité qui émanait de la jeune femme.

— Tu es ravissante…

— Merci. Tu es très élégant, dit-elle en le considérant de la tête aux pieds. Décontracté mais élégant.

Matt portait un costume gris acier et une chemise bleu clair, col ouvert et sans cravate.

— Merci ! On y va, Flash ?

Elle lui sourit et leva légèrement le menton d'un air déterminé.

— On y va, Robin.

Dans l'ascenseur, ils discutèrent poliment avec d'autres candidats, de simples salutations cordiales. Parvenus au rez-de-chaussée, ils gagnèrent une vaste salle de restaurant où les attendaient un buffet à volonté et des tables rondes ornées de nappes blanches.

— C'est bien organisé, observa Hannah tandis qu'ils se servaient. On a l'impression d'être des gens importants !

— Mais nous le sommes, répliqua Matt. Sans nous, le challenge n'existerait pas !

Ils allèrent s'asseoir et, tout en mangeant, regardèrent les participants qui arrivaient en binômes. Chacun veillait manifestement à renvoyer une image positive.

— Eux, ils ont l'air de bien s'entendre, chuchota Hannah en désignant discrètement deux hommes qui riaient ensemble, très fort.

Matt secoua la tête.

— Ils sont trop bruyants pour que ce soit sincère !

— Et elles, alors ?

Il suivit le regard d'Hannah en direction de deux femmes qui parlaient à bâtons rompus, semblant oublier ce qui se passait autour d'elles. Mais Matt percevait une évidente tension dans leurs mouvements.

— Elles sont trop nerveuses.

Hannah le contempla d'un air perplexe.

— Tu vois tout ça, toi ? Et nous ? Que penses-tu de nous ?

Il se pencha vers elle.

— Nous ? Nous sommes les meilleurs… Une équipe de rêve ! Flash et Robin, les invincibles !

Hannah éclata de rire.

— Oui, vive Flash et Robin !

Et elle soutint le regard de Matt, une lueur pétillante au fond des yeux.

— Flash et Robin, le couple idéal… Couple de sportifs, naturellement, précisa Matt.

— Naturellement, répéta-t-elle. De quoi d'autre pourrait-il s'agir ?

Elle lui sourit, étonnamment à l'aise pour le coup, et se leva d'un bond quand une voix diffusée par un haut-parleur invita tous les candidats à se rendre dans le grand salon voisin dès que possible.

— On va enfin savoir à quelle sauce nous serons mangés !

— C'est certain, dit Matt, de plus en plus sensible au charme de la jeune femme. Pourvu que ce ne soit pas trop indigeste !

Hannah se contenta d'ébaucher une petite moue.

— Joli jeu de mots !

Ils suivirent les autres candidats qui se rendaient dans la pièce adjacente, vivement éclairée par des lustres de cristal. Un homme en smoking blanc se tenait sur un podium, micro à la main. Dès que l'assemblée fut en place, il prit la parole dans un silence impressionnant.

— Bonsoir à tous. Je suis Dan, le réalisateur du challenge interhospitalier auquel vous avez la gentillesse de participer… J'espère que vous êtes bien installés et en pleine forme ! Avant de vous exposer l'essentiel de ce qui vous intéresse, continua-t-il, j'aimerais remercier l'hôtel Elsynge qui nous accueille pour le week-end…

Il esquissa un signe amical à l'attention d'un homme en costume bleu marine arborant le logo de l'établissement sur la poche poitrine de son veston.

— Vous vous demandez sûrement ce que nous attendons de vous pour la finale de ce concours, reprit Dan. Et vous savez que les gagnants repartiront avec un chèque conséquent libellé à l'ordre de l'hôpital pour lequel ils travaillent…

Matt échangea un bref sourire avec Hannah. Comme lui, elle peinait à dissimuler son impatience.

— Eh bien, voilà : nous voulons que vous nous exposiez, dans une présentation claire, un projet pour l'utilisation potentielle de l'argent qui pourrait vous être remis, déclara Dan. Vous avez jusqu'à dimanche soir, 20 heures.

Des murmures parcoururent l'assemblée, puis l'une des deux femmes que Matt avait perçues comme étant nerveuses leva la main.

— Quel genre de présentation ?

— Ce que vous jugerez pertinent, répondit Dan. C'est à vous de décider. Montrez-nous ce que vous pensez être essentiel !

Hannah se tourna vers Matt, sourcils froncés.

— Comment est-ce possible ? C'est au conseil d'administration de l'hôpital de choisir la manière dont l'argent sera dépensé !

— Exact. Tu devrais poser la question.

Mais d'autres candidats réagissaient également, interrogeant Dan.

Comme Hannah levait la main avec hésitation, Matt lui saisit le bras, l'encourageant à la dresser plus haut afin d'attirer l'attention du réalisateur.

— Personnellement, je ne manque pas d'idées à ce sujet, et je suis sûre que mon partenaire non plus, commença-t-elle après avoir jeté un coup d'œil à Matt. Sauf que je doute que le conseil d'administration de notre hôpital valide nos désirs et souhaits ! C'est à eux de décider de l'utilisation de l'argent qu'on gagnera peut-être, pas à nous !

Un murmure d'assentiment parcourut la salle.

— Bien sûr, admit Dan. Si la décision finale appartient aux services financiers de votre hôpital, avec ce challenge, nous vous offrons la possibilité d'influencer leur choix en exprimant votre avis, votre rêve… Lundi, quand vous nous présenterez votre projet, vous retrouverez devant vous le jury mais aussi des représentants de votre établissement que nous avons invités. Vous aurez donc l'occasion de vous adresser aussi directement à eux.

Hannah lança un nouveau regard à Matt. Ses yeux étaient brillants, comme pour dire : « C'est incroyable mais vrai ! »

— Pouvons-nous quitter l'hôtel pour aller chercher de l'inspiration ? demanda l'un des deux hommes qui paraissaient confiants.

— Absolument. Vous avez le droit d'aller et venir à votre

guise, répondit Dan. Toutefois, vous serez obligés de signer le registre de sortie et d'emmener l'assistant de production qui vous sera assigné… Ou peut-être même une petite équipe de tournage, avec votre accord, bien entendu, car on ne veut pas vous gêner ! Cependant, j'insiste : ce projet ambitieux, original, vous devrez le mener à bien avec votre partenaire, pendant ce week-end. Vous en serez les créateurs uniques. Je précise qu'une salle de documentation, équipée d'ordinateurs connectés à Internet, est spécialement à votre disposition au rez-de-chaussée.

Il y eut d'autres questions, mais en regardant Hannah, Matt eut l'impression qu'elle ne les écoutait pas, perdue dans ses pensées. Dès que la réunion fut terminée, elle se leva et, lui adressant un bref sourire, se dirigea vers l'ascenseur.

— Ça va ? demanda-t-il dès qu'ils eurent gagné leur suite.

— Oui et non… Je ne suis pas trop à l'aise avec cette dernière épreuve, avoua la jeune femme. J'ai des idées, mais tu auras aussi les tiennes, et il faudra se mettre d'accord…

— Exactement. Je crois que ça fait partie du défi ! On va y arriver, assura Matt.

Hannah le dévisagea, l'air grave.

— Tu es toujours aussi confiant ?

— Je ne sais pas… C'est une qualité, ou un défaut, de mon métier, je suppose. On va trouver une proposition commune et originale, j'en suis sûr.

— Si tu le dis…

Mais une expression inquiète se reflétait sur le joli visage d'Hannah.

11.

Hannah commençait à se décourager. Assis sur le canapé de leur salon privé, ils avaient parlé pendant plus d'une heure, évoquant tout ce qu'ils rêvaient de proposer à la direction de leur hôpital : un agrandissement du bloc opératoire, davantage de salles de réveil, plus de chambres pour les hospitalisations d'urgence… Mais tout cela ne formait pas un projet précis à remettre dimanche soir.

Pour ne rien arranger, elle pensait régulièrement à son petit Sam… ce qui la distrayait. Son fils lui manquait déjà beaucoup. De plus, la fenêtre, grande ouverte, laissait entrer l'air estival, étonnamment chaud et lourd ce soir-là.

— On a besoin de boire quelque chose, déclara soudain Matt en se levant.

— C'est sûr. Une boisson stimulante… Sans alcool pour moi.

Il arqua un sourcil, l'air à la fois amusé et étonné.

— Félicitations, tu es sérieuse !

Hannah se mit à rire.

— Il vaut mieux ! Si je buvais du vin, j'aurais envie de m'amuser, de me détendre, de bavarder… Certainement pas de réfléchir. Or, vu les circonstances, ce n'est pas une bonne idée.

— Je suis d'accord avec toi. Jus d'orange, de pomme, d'abricot, cocktail de jus de fruits à base d'agrumes…, lut-il à voix haute, en consultant la carte poséc à côté du téléphone. Qu'est-ce quc je commande ?

— Un cocktail et une bouteille d'eau pétillante, ce serait parfait.

— Entendu.

Matt composa le numéro de la réception.

— Allô ? Bonsoir, Matt Lawson à l'appareil…

Pendant qu'il passait commande, Hannah l'examina discrètement.

Il s'était changé et avait enfilé un vieux jean délavé, porté comme une seconde peau. La coupe étroite mettait en valeur la tonicité de ses longues jambes. Elle l'avait vu faire du sport si souvent à présent, exercer son corps de façon intense… Un corps qu'elle trouvait beau, attirant au possible. Il avait des bras musclés, puissants, de larges épaules…

Arrête de fantasmer ! s'ordonna-t-elle.

Surprise par la nature de ses pensées, elle détourna le regard. Évidemment, partager une suite dans ce grand hôtel londonien avec un homme aussi séduisant que sympathique, c'était une provocation du destin !

S'obligeant à se concentrer sur l'objectif de leur soirée, elle prit un bloc-notes, un stylo, et traça deux colonnes pour établir une liste.

— Soyons efficaces…

— Absolument. Très efficaces, renchérit Matt en jetant un coup d'œil sur le bloc-notes qu'elle tenait sur les genoux. Tu as bien raison. On ne va pas y passer la nuit !

— On a jusqu'à dimanche, rappela Hannah.

— Oui, mais j'aimerais qu'on trouve notre fil conducteur aujourd'hui. Ce serait rassurant sur notre capacité à relever le défi !

Hannah ne répondit pas, soudain incertaine. Seraient-ils à la hauteur ? Il était chirurgien, elle était infirmière… Comment leurs idéaux professionnels pourraient-ils fusionner en un projet réaliste et constructif ?

À ce moment-là, on frappa à la porte. C'était un employé de l'hôtel qui, à point nommé, leur apportait les boissons commandées.

— Ça fait du bien, avoua Hannah quelques instants plus tard, savourant un délicieux cocktail de jus de fruits.

Matt, qui s'était assis sur le canapé à côté d'elle, approcha son verre de celui d'Hannah. Il buvait la même chose qu'elle.

— À nos idées pétillantes…

— Et originales, je l'espère, compléta-t-elle. Et si on proposait de créer un espace thérapeutique modulable selon les besoins des patients ? Un espace de bien-être qui serait adapté aux enfants comme aux adultes, avec piscine, sauna, salle de gymnastique…

Matt sourit.

— J'ai bien peur que ça coûte affreusement cher.

— Il suffirait qu'on poursuive le projet de ce challenge en contactant d'autres sponsors, insista Hannah d'un ton animé. Après tout, voyons les choses en grand ! En très grand, même ! Puisqu'on nous demande d'être inspirés, soyons-le vraiment et…

Elle ferma brièvement les yeux.

— Tu sais, mon fils a été opéré d'une fente palatine quand il était nourrisson, et j'ai souffert de l'absence de lieu dédié à la prise en charge des bébés. Je n'oublierai jamais à quel point je me suis sentie seule et mal en point.

— J'imagine… Pour Sam, l'opération a été très réussie, on ne remarque presque plus rien, ajouta Matt après une courte pause.

— Presque plus rien ? Donc on voit encore un peu la cicatrice ? J'ai toujours l'espoir qu'elle disparaisse complètement, soupira Hannah.

— Ne t'inquiète pas, on la devine seulement. Je l'avais remarquée parce que je suis médecin, avoua Matt. Mais franchement, c'est si léger qu'on ne peut pas s'y attarder.

— Tant mieux… Merci.

La gorge soudain nouée, Hannah chassa les mauvais souvenirs qui l'envahissaient malgré elle. La naissance compliquée de Sam, sa solitude à l'époque, son effroi en constatant la malformation sur le visage de son bébé… Si sa mère n'avait pas été présente, comment aurait-elle fait ?

— En tout cas, cette expérience très personnelle m'a permis de constater que le service pédiatrique de notre hôpital pourrait être nettement amélioré !

— Bien d'accord. On devrait peut-être focaliser notre projet sur la pédiatrie ? Comme toi, je me sens très concerné par la prise en charge des enfants. Je ne suis peut-être pas père, mais j'éprouve toujours des sentiments mitigés quand je dois soigner de jeunes patients, poursuivit Matt.

— Des sentiments mitigés ? C'est-à-dire ? insista Hannah, surprise par cette confidence.

— J'aimerais qu'on puisse offrir un endroit plus rassurant, plus maternant, plus… doux, tout simplement. Je suis censé avoir une perception plus technique qu'émotionnelle de mon métier, et c'est le cas… en partie. Je refoule régulièrement mes émotions pour tenir le coup.

Hannah l'observa, touchée par ce que Matt partageait avec elle.

— Si tu laissais les émotions prendre le dessus, tu ne pourrais plus opérer les malades ou les blessés, tu serais submergé par la tristesse, la colère, la peur…

— Et je ne serais pas un bon chirurgien, compléta Matt. Exactement. Tu as tout compris.

Il regarda Hannah dans les yeux, et demeura silencieux quelques instants.

— J'ai aimé participer à toutes les épreuves de ce challenge, mais sincèrement, celle-ci est, pour moi, la plus difficile.

— Pour moi aussi, dit Hannah. Alors, que faisons-nous ?

Elle reprit son bloc-notes et désigna la feuille, vierge.

— On liste ?

Il acquiesça d'un signe de tête.

— Pour commencer, il faudrait prévoir l'achat de différents appareils d'exercices physiques…

— Des jeux de lumière pour modifier l'ambiance, un ordinateur et des enceintes de qualité pour diffuser de la musique… Peut-être un bassin ou une petite piscine utile pour la kinésithérapie…

— On aura besoin d'espace, renchérit Matt. Il nous faudrait une structure supplémentaire, une grande pièce, au moins une… Pourquoi ne pas installer un ou plusieurs modules préfabriqués quelque part dans le parc de l'hôpital ?

— Des préfabriqués ? J'ai connu ce genre de construction

quand j'étais à l'école, et en hiver, on avait trop froid alors qu'en été, on étouffait ! fit remarquer Hannah.

— Les matériaux ont changé, assura Matt. Notre projet doit être réalisable… Et sans lieu spécifique, ça ne sera pas possible. Or, je connais bien notre hôpital, tout comme toi, et je ne vois aucun endroit potentiellement exploitable.

— Tu as raison, dit Hannah en notant sur la feuille. Laissons aller notre imagination, et on verra bien où cela nous mène !

Croisant le regard de Matt, elle sentit son cœur battre plus vite. Il la contemplait avec une telle gentillesse… une telle intensité ! Si près… Trop près d'elle.

— Et pourquoi ne pas ajouter un espace extérieur où les enfants pourraient jouer quand le temps le permet ?

— Oui, un espace de jeux… Bonne idée. Il fait chaud, ce soir… On dirait qu'un orage se prépare, ajouta Matt en regardant en direction de la fenêtre.

— La nuit est tombée, mais pas la température !

Hannah se leva et s'étira.

— On pourrait retourner nager…

— Tu en as envie ?

— Non, en fait, dit-elle. Je suis trop fatiguée. Je crois que je vais plutôt prendre une douche fraîche.

Matt hocha la tête.

— Sage décision… Je ferai comme toi. Après toi. On n'a qu'une salle de bains.

— C'est vrai. Je serai rapide.

— Prends tout ton temps, Flash. Je vais en profiter pour continuer à réfléchir à notre super projet !

Hannah sourit.

— D'accord, Robin. À tout de suite…

Quand, à son tour, Matt sortit de la salle de bains, il trouva la jeune femme debout devant la fenêtre du salon.

Elle avait gardé son peignoir.

Comme lui.

Dorénavant, ils se sentaient tellement à l'aise l'un avec l'autre… C'était étonnant.

Il s'approcha d'Hannah, les yeux rivés sur le ciel d'encre au-dessus de la ville. L'atmosphère restait lourde, et quelques éclairs se dessinaient à l'horizon.

— L'orage approche…

Hannah se tourna vers lui. Ses yeux brillaient.

— Oui. On l'entend gronder au loin. Alors ? poursuivit-elle. Tu as eu d'autres idées ? La douche ou un bain sont parfois propices à l'inspiration…

Matt sourit. Comment lui avouer que, sous la douche, il avait pensé à tout autre chose…

À elle… À son rire, son énergie contagieuse, sa bonne humeur naturelle, sa force.

— En l'occurrence, pas du tout. Je me suis détendu. On en a besoin.

— Oh ! oui !

Hannah alla s'asseoir sur le canapé, refermant machinalement les pans de son peignoir quand elle croisa les jambes. Ce petit mouvement discret produisit toutefois un effet surprenant sur Matt, enflammant son désir pour la jeune femme…

Un désir qu'il sentait sourdre en lui depuis longtemps, mais qu'il contenait, refoulait, ignorait systématiquement.

Le cœur battant, il s'avança vers Hannah et s'installa près d'elle.

Hannah, silencieuse, le regarda et sourit.

Dehors, un coup de tonnerre éclata soudain, et une pluie diluvienne se mit à tomber. Une brise fraîche s'engouffra à travers la fenêtre grande ouverte et, en quelques secondes, l'air de la pièce fut imprégné d'une bienfaisante humidité.

Matt voulut allumer la lumière, une lampe posée sur la table, mais Hannah lui saisit doucement le poignet pour l'en empêcher. Surpris, il la contempla.

— Gardons cette pénombre, c'est reposant, dit-elle. Sauf si ça te gêne…

— Rien ne me gêne, Hannah… Rien sauf, peut-être, l'envie que j'ai de toi.

Les mots lui avaient échappé, d'une franchise presque brutale. Hannah ne parut pourtant pas étonnée. Au contraire, elle ébaucha un sourire et lui effleura la joue du bout des doigts.

— Envie partagée, Matt.

— Vraiment ?

— Vraiment.

L'invitation était claire et irrésistible.

— On risque de le regretter…, dit-il en prenant la main d'Hannah dans la sienne.

Il lui caressa le creux de la paume et éprouva en même temps un long frisson. Depuis combien de temps n'avait-il pas autant désiré une femme ? Il n'aurait su le dire. Hannah était une collègue qu'il avait très peu connue avant qu'ils soient choisis pour représenter leur hôpital dans ce challenge télévisé… Auparavant, il la voyait de loin, quelques instants, ils se saluaient poliment, rien de plus. Elle était toujours pressée, la plupart du temps en compagnie de Sophie.

— On regretterait peut-être de ne pas profiter de l'instant présent, répondit Hannah sans retirer sa main.

Puis elle lâcha un petit rire légèrement moqueur.

— Sophie gagnera son pari…

— C'est-à-dire ?

— Oh… Disons que Sophie est tout mon contraire. Elle ne se pose pas trop de questions, elle vit à fond et savoure chaque moment…

— Et toi ?

— Moi, j'hésite, j'ai peur, je pèse le pour et le contre… Mais pas ce soir, justement. Pas ce soir, répéta Hannah en soutenant le regard de Matt.

Un silence régna, troublé par le bruit de la pluie battante à l'extérieur. Encore distant, l'orage continuait à se rapprocher.

— Ce serait un moment hors du temps… Hors de la réalité, ajouta Matt. Rien que toi et moi, une nuit… Seulement une nuit… Tu serais d'accord ?

En parlant, il commença, d'un doigt, à suivre le tracé de la gorge de la jeune femme, descendant vers l'échancrure de son peignoir.

Elle poussa un léger soupir de plaisir.

— Oui, je le veux. Une nuit. Un moment hors du temps. Rien que nous deux, sans aucune attente.

— Aucune… Viens dans mes bras, Flash…

Hannah se lova contre lui et lui tendit les lèvres.

Sans hésiter, Matt l'embrassa avec passion.

Quand Hannah se réveilla, elle frissonna de froid et mit quelques secondes avant de réaliser ce qui se passait.

Elle se trouvait dans la chambre de Matt…

Contre Matt…

Nue.

La fenêtre était grande ouverte, laissant entrer la fraîcheur de l'air.

Les premières lueurs de l'aube baignaient la pièce.

Ils avaient fait l'amour encore et encore… Et cette étreinte la laissait comblée. Elle avait éprouvé un plaisir inégalé, sans doute attisé par l'acceptation de ce qu'ils avaient voulu l'un et l'autre : il ne s'agirait que d'une nuit, rien qu'une seule nuit, et étonnamment, cela l'avait comme libérée.

Hannah remonta l'édredon sur son corps et se blottit contre Matt qui dormait profondément. Il lui enlaçait la taille d'un geste tendre et impérieux tout à la fois.

Dorénavant, plus rien ne serait pareil entre eux…

L'intensité de l'orage avait accompagné le voyage sensuel qu'ils avaient accompli ensemble. Ils s'étaient donné corps et âme… Juste pour quelques heures, en toute conscience.

Aucun regret ne serait possible.

Aucun regret ni aucune réflexion sur ce qui aurait pu être si les circonstances avaient été différentes. De toute façon, aujourd'hui, ils auraient beaucoup à faire, et c'était tant mieux.

Hannah se pencha vers Matt, lui passa les doigts dans les cheveux et lui embrassa la joue. Il ouvrit les yeux et sourit.

— Salut, murmura-t-elle, plus émue qu'elle ne l'aurait voulu.

— Salut… Quelle heure est-il ? Je n'ai pas entendu le réveil sonner.

— Il n'a pas encore sonné. Il est 6 heures.

— Parfait…

Matt ferma les yeux quelques secondes, la mine soulagée.

— On peut prendre notre temps… Et petit-déjeuner tranquillement… Peut-être revoir notre liste de propositions à présenter, qu'en penses-tu ?

— Bonne idée.

Hannah se serra tendrement contre lui, savourant la robustesse du corps de Matt. Il laissa échapper un petit rire.

— Pourquoi ai-je l'impression que tu aimerais faire autre chose ?

— Pas toi ? le taquina-t-elle en lui massant doucement le ventre.

Elle le sentit aussitôt réagir. Le désir était là, bien présent, à fleur de peau.

— Si, ô combien…

Matt lui effleura un sein puis l'autre, en caressant délicatement les aréoles qui durcirent entre ses doigts.

— Ma coéquipière possède tant de charmes que je ne sais plus par où commencer…

— Mon coéquipier a tant de talents que je ne peux rester de marbre…

Matt se mit à rire.

— Flash, ravissante Flash, tout ça n'était pas prévu du tout.

— Je le sais bien, Robin coquin… Mais tu es irrésistible et tu le sais.

— Absolument pas. En vérité, je n'ai pas tellement confiance en moi, répliqua Matt.

— Toi ?

Surprise, Hannah se redressa et prit appui sur un coude pour l'observer. Matt hocha la tête, l'air un peu gêné.

— Eh oui. Tu es étonnée ?

— Oui. Parce qu'on ne dirait pas… Tu donnes l'impression d'être très sûr de toi, et tu es si séduisant !

En parlant, Hannah laissa son index courir doucement autour d'une cicatrice sombre sur l'omoplate gauche de Matt.

La forme était conique ; surprenante. Elle l'avait remarquée la veille mais n'avait pas osé poser de question.

— Cette marque…, murmura-t-elle. Que t'est-il arrivé ? Si ce n'est pas trop indiscret, bien sûr.

Matt se raidit imperceptiblement, et parut même vouloir s'écarter d'elle. Mais il ne le fit pas et, au bout de quelques secondes, se détendit de nouveau.

— À ton avis ?

Hannah hésita, prise de court.

— On dirait une brûlure… Une brûlure qui date d'il y a longtemps… Très longtemps.

Matt acquiesça d'un bref signe de tête.

— Une fois, sur un blessé, j'ai vu ce genre de lésion, reprit Hannah. La personne s'était accidentellement brûlée avec une pointe de fer.

— Une pointe de fer…

Matt resta songeur un court instant, avant de caresser doucement les cheveux d'Hannah.

— Oui, c'était un peu ça… Sauf que ce n'était pas un accident.

Hannah garda le silence, stupéfaite, hésitant à comprendre et admettre ce qu'il impliquait.

— C'était… volontaire ? Quelqu'un t'a fait mal ? Qui ?

— Mon père.

Abasourdie, Hannah prit la main de Matt dans la sienne et la serra fort.

— Dis-moi… Si tu veux, ajouta-t-elle.

— C'est une histoire tragique, tu sais… Mon père était violent et s'en prenait à ma mère, expliqua Matt en fixant le plafond de la chambre. Il a agi ainsi jusqu'à mes huit ans…

— Que s'est-il passé ensuite ?

— Un drame a tout fait basculer. Un jour, il est rentré plus tôt du travail. J'étais dans la cuisine avec ma mère, elle faisait du repassage… La porte d'entrée a claqué, elle m'a demandé d'aller jouer dans le jardin et elle a vite gagné le salon. Mais… ce jour-là, je n'ai pas obéi, poursuivit Matt. J'ai écouté à la porte. Mon père criait à ma mère qu'il avait eu un problème professionnel… Il ne se contrôlait plus.

Je savais à quoi ça ressemblait quand il la frappait, j'en avais déjà suffisamment vu…

Il s'interrompit, visiblement bouleversé par les souvenirs.

La gorge nouée, Hannah se blottit doucement contre lui, espérant lui donner la force de continuer s'il le souhaitait.

Quelques secondes plus tard, Matt reprit la parole d'une voix sourde.

— Pour la première fois, je n'ai pas essayé de me cacher. J'ai foncé dans le salon et j'ai attaqué mon père qui, bien sûr, était bien trop fort pour moi ! Il m'a empoigné par le bras et m'a forcé à aller avec lui dans la cuisine. Il a refermé la porte derrière nous. De l'autre côté, ma mère pleurait… Elle le suppliait de me laisser tranquille, elle lui promettait d'accepter tout ce qu'il voulait s'il me libérait… Mon père l'a ignorée. Il m'a dit qu'il s'apprêtait à me faire quelque chose pour que je me souvienne… Pour que je sache que plus jamais je ne devrais m'interposer entre elle et lui…

— Il t'a brûlé. Avec le fer.

— Oui. Il m'a marqué. La douleur a été tellement atroce que j'ai hurlé et que je me suis presque évanoui… Puis j'ai entendu un bruit de verre qui se brisait. Ma mère avait fracassé la porte de la cuisine, et elle se tenait au-dessus de moi, tournée vers mon père, une bêche à la main. Elle l'a menacé de le tuer si jamais il me touchait une fois de plus. Elle était si différente, prête à tout comme…

— Comme une mère qui protège son enfant.

— Exactement. C'est la dernière fois que j'ai vu mon père. Il est sorti de la maison et ma mère m'a emmené à l'hôpital. Elle saignait parce qu'elle s'était coupée avec du verre. Elle n'a pas osé dire la vérité au médecin, je crois, elle a raconté une histoire… Bref, on nous a soignés tous les deux, puis elle m'a ramené à la voiture et m'a dit que nous ne retournerions plus jamais vivre chez nous. Elle m'a confié à un voisin le temps de préparer les valises et nous avons pris la route.

Hannah avait les larmes aux yeux.

— Et ensuite ?

— Ensuite, j'ai eu l'impression qu'on fuyait… Et c'était

d'ailleurs la vérité. Ma mère a conduit longtemps, sans parler. On est venus à Londres. Et là…

Matt jeta un coup d'œil à Hannah.

— Ça va te paraître incroyable, mais c'est ici que nous nous sommes réfugiés.

— Ici ? répéta Hannah, perplexe.

— Oui, dans cet hôtel précisément ! Ma mère avait de la famille à Londres, mais elle craignait de les contacter. Mon père aurait pu nous retrouver… Donc on est restés ici pendant deux semaines, et j'ai espéré que ce serait le début d'une nouvelle vie pour nous, que j'aurais des amis, et que je fréquenterais une belle école… Mais ça n'a pas été le cas. On a vécu dans différents hôtels jusqu'à ce que nous ayons une petite maison, mais après quelques mois, nous avons appris que mon père était de nouveau sur notre piste. Cet enfer s'est poursuivi pendant longtemps, si bien que, tous les six mois, on déménageait…

Sidérée, Hannah garda le silence. Ces révélations l'émouvaient et la choquaient tout à la fois. Par quel étrange tour du destin Matt revenait dans cet établissement où, tant d'années plus tôt, sa mère et lui avaient connu un bref répit !

— Où est ta mère, maintenant ? Est-elle toujours…

— Vivante ? Oh ! oui. Et elle va plutôt bien ! Pendant mes études de médecine, elle a décidé de partir en France pour un an. Elle aimait Paris et s'y est installée quelque temps. Elle a écrit un livre, plus ou moins basé sur son expérience personnelle, et à sa grande surprise, il s'est bien vendu. Ça lui a donné confiance, et elle est revenue en Angleterre. Elle a commencé à s'impliquer dans une organisation caritative qui aide les femmes victimes de violences conjugales. Elle a obtenu un emploi de chroniqueuse pour un journal. J'ignore si elle se remettra vraiment de son passé, mais aujourd'hui, elle est tranquille et plus heureuse, c'est certain.

Hannah resta silencieuse, s'efforçant d'assimiler tout ce que Matt venait de lui apprendre. Ce lourd secret qu'il cachait sous une apparence de séducteur souriant et sûr de lui…

— J'aimerais lire son livre.

— Pourquoi pas, oui, à l'occasion. Je dois l'avoir chez

moi dans mes affaires… Mais assez parlé de moi, maintenant, poursuivit Matt en serrant Hannah dans ses bras. On vient de passer une nuit merveilleuse, et je gâche tout en te racontant l'histoire de mon enfance sordide…

Il l'embrassa sur le front, le bout du nez, les lèvres. Mais lorsqu'il voulut approfondir son baiser, Hannah s'écarta doucement et, d'un geste tendrement ferme, le repoussa.

— On avait dit une nuit et rien qu'une nuit, pas vrai ? dit-elle, comme il l'observait d'un air surpris. Or, il fait jour… Et on a des choses importantes à accomplir aujourd'hui ! Flash et Robin doivent continuer d'assurer ! insista-t-elle, feignant d'être enthousiaste alors qu'au fond d'elle-même elle mourait d'envie de se lover contre Matt et de s'abandonner encore…

Mais c'était impossible.

Il fallait qu'ils respectent, l'un et l'autre, leur accord. Ils avaient consenti à vivre pleinement leur désir sans attendre quoi que ce soit en retour, sans espérer que cela continue. À elle, qui avait voulu ce moment hors du temps, de prouver qu'elle était à la hauteur de ce défi-là…

Un défi bien plus difficile que tous ceux qu'ils avaient affrontés et surmontés jusqu'à présent.

— Tu as raison, admit Matt à regret. Même si c'est très dur… J'aurais adoré poursuivre notre petite conversation amoureuse, pas toi ? Allez, avoue ! insista-t-il, comme elle restait silencieuse.

Mais, obstinée, Hannah secoua la tête.

— Robin, il est l'heure de se préparer à gagner, dit-elle en se levant.

Elle prit le drap et s'enroula dans le tissu, évitant de regarder Matt qui était encore allongé, nu…

Magnifique.

— Sacrée Flash…, murmura-t-il en la regardant fixement, une lueur admirative au fond des yeux. Toi, je ne t'oublierai jamais…

12.

Ils prirent le temps d'apprécier leur petit déjeuner, servi dans une salle adjacente à celle du restaurant de l'hôtel, et restèrent à table, commandant davantage de café pendant qu'ils se répartissaient ce qu'ils avaient à accomplir.

Régulièrement, Matt sentait qu'Hannah le regardait et qu'elle s'efforçait de n'en rien laisser paraître. Tout comme lui, probablement. La nuit qu'ils venaient de passer marquait leurs traits... Ils étaient fatigués mais pleins d'énergie – emplis de cette vibration très particulière qu'il avait déjà ressentie après avoir fait l'amour...

Mais jamais à ce point-là.

Jamais il n'avait éprouvé un tel plaisir... Un plaisir partagé, il en était sûr. Hannah s'était abandonnée à ses caresses en manifestant une liberté et une audace qu'il n'aurait pas pu soupçonner. Elle s'était aussi montrée d'une sensualité et d'une volupté merveilleuses...

— On va dans la salle de documentation ? Matt ? J'aimerais qu'on peaufine notre liste de propositions.

Matt sursauta, gêné d'être surpris en flagrant délit de rêverie. La jeune femme le contemplait d'un air perplexe.

— Oui, bien sûr, allons-y. Désolé, j'avais la tête dans les nuages.

Hannah se contenta de sourire, et une lueur taquine traversa son regard. Avait-elle deviné à quoi il pensait ? Sans doute...

Quelques instants plus tard, gagnant la pièce spécialement aménagée pour accueillir les candidats désireux de mener des recherches, ils prirent place dans une sorte de cabine équipée d'un ordinateur portable.

Aussitôt, Hannah se connecta et, pendant plusieurs minutes, fit défiler des informations sur l'écran.

— Pour l'agencement des lumières qu'on imagine dans l'espace de bien-être, j'ai trouvé plusieurs fournisseurs intéressants, annonça-t-elle. Il y a un magasin à Streatham, on pourrait y aller.

— Bonne idée. Cherchons la même chose pour l'installation de préfabriqués. Je m'en charge, proposa Matt.

Il s'installa devant l'ordinateur, et tomba rapidement sur le site d'une entreprise de taille familiale située dans la région du Surrey, non loin de Londres. Il les appela aussitôt, et expliqua à la secrétaire ce qu'ils recherchaient.

— Nous intervenons dans le cadre du *Hospital Challenge*, auquel nous participons, donc tout ce qu'on entreprend est susceptible d'être filmé… Accepteriez-vous qu'on vienne sur place pour voir les modèles que vous fabriquez et étudier, avec vous, notre projet idéal ? Je suis le Dr Matt Lawson, chirurgien, et je fais équipe avec Mlle Hannah Green, infirmière et ambulancière.

— Oh ! oui, avec joie ! s'exclama son interlocutrice. Nous sommes tous fans du *Hospital Challenge !* On suit vos prouesses à la télévision… Malheureusement, M. James Laurent, notre P-DG, est absent aujourd'hui. Seriez-vous disponibles demain ?

Matt, qui avait mis le téléphone sur haut-parleur, échangea un coup d'œil avec Hannah et lui demanda son avis.

— Allons-y. J'espère qu'on ne perdra pas trop de temps, dit-elle.

— Moi aussi, mais courons le risque. Allô ! Demain matin 9 h 30 ? proposa Matt à la secrétaire.

Ce fut accepté à condition qu'il n'y ait pas d'enregistrement si des informations internes à la société, donc confidentielles, étaient échangées. De plus, ils auraient rendez-vous au siège social de la société, dans la demeure où résidait la famille Laurent.

— C'est parfait, on a la journée pour écrire le descriptif de l'espace, envisager les mesures, les dispositions, le matériel, et continuer à évaluer les coûts, s'enthousiasma Hannah.

Ils travaillèrent ainsi jusqu'à 18 heures, déjeunant sur place. Puis, en fin de journée, Hannah s'éclipsa dans leur suite afin de téléphoner à Sam. Elle utiliserait la ligne de l'hôtel, ainsi que convenu préalablement.

— Attends-moi au restaurant, proposa-t-elle. Je n'en ai que pour cinq minutes !

Et affichant un sourire radieux, elle fila d'un pas rapide vers l'ascenseur.

Matt alla s'asseoir à leur table et patienta en étudiant le menu du soir. Les autres candidats s'installaient, eux aussi, échangeant quelques regards curieux entre eux. Matt leur adressa un signe amical et se plongea de nouveau dans l'examen de la carte…

Afin de ne pas se laisser envahir par l'inquiétude qui commençait à le gagner. Pourquoi Hannah ne revenait-elle pas ?

Au bout d'une vingtaine de minutes, n'y tenant plus, il finit par monter à l'étage.

La jeune femme ne se trouvait pas dans leur salon commun.

S'approchant de la porte de sa chambre, il perçut des sanglots étouffés.

Il frappa doucement.

Elle ne répondit pas.

— Hannah ? Il y a un problème ?

— Non… J'arrive dans une minute.

Elle avait une voix assourdie par l'émotion qu'elle s'efforçait manifestement de maîtriser.

— Je peux entrer ?

— Non, Matt, je t'en prie, laisse-moi. Je me recoiffe… On se retrouve en bas.

Il soupira. Que lui cachait-elle ?

Conscient qu'il aurait dû écouter Hannah et retourner au restaurant, il s'avança vers le canapé et s'assit.

Il fallut dix minutes à Hannah pour se recoiffer… ou finir de faire ce qu'elle avait entrepris. Quand elle émergea de la pièce, elle partit aussitôt en direction de la porte de la suite. Absorbée dans ses pensées, elle ne vit même pas Matt.

— Hannah ?

— Quoi, tu es là ? s'exclama-t-elle en pivotant vers lui. Elle s'était effectivement recoiffée, mais ses yeux brillaient de larmes contenues.

— Je t'attendais.

— C'est gentil... Très gentil, répéta-t-elle en essayant de sourire. Tu viens ?

Elle ouvrit la porte et, comme Matt ne bougeait pas, lui adressa un regard perplexe.

— Qu'est-ce qu'il y a ? demanda-t-il.

— Rien.

— Rien ? Je te connais un peu, maintenant... Si ce n'était vraiment rien, tu me dirais ce que c'est.

Hannah hésita puis, en soupirant, referma la porte.

— Rien de grave... Rien qui puisse affecter notre performance, en tout cas.

Matt se leva et elle s'approcha de lui, soutenant son regard.

— Pourquoi tu ne m'expliques pas ? Je vois bien que tu as pleuré.

— Oh oui... C'est à cause de Sam.

— Qu'est-ce qui se passe ?

— Il a... du chagrin ! lâcha Hannah. Il a oublié un important devoir dans la cour de l'école, et comme il y a eu un orage et beaucoup de pluie, imagine...

Elle esquissa une moue attristée.

— Les pages sont complètement trempées, illisibles. Ma mère a tenté de le faire excuser en racontant la vérité à son instituteur, en vain. Sam a eu zéro... Zéro alors qu'il avait énormément travaillé. Il était tout chaviré, mon petit garçon... Sa distraction a été durement sanctionnée.

Matt sentit son cœur se serrer.

— Il apprend la vie...

— Oui, bien sûr. Sauf qu'il est encore bien jeune et que ça me paraît très injuste. Il pleurait au téléphone... J'aurais aimé être auprès de lui au lieu de...

— Au licu d'être avec moi, dans mes bras ? compléta Matt.

Il voulut se rapprocher d'Hannah, l'enlacer pour la consoler, mais se souvint de leur promesse mutuelle. *L'affection, la tendresse, ce n'était que pour une nuit… Et rien qu'une nuit*, se rappela-t-il en un éclair.

— Oui, c'est un peu ça, admit Hannah. J'étais avec toi, et je ne pensais qu'à moi… Et à nous.

Elle haussa les épaules.

— Sam est fragile… En même temps, il grandit et, oui, tu as raison, il apprend la vie. Il a envie d'être indépendant. Tu vois, maintenant, quand je viens le chercher à l'école, je dois attendre au bout de la cour de récréation, je n'ai pas le droit d'aller jusqu'à la porte de la classe… Il dit que ça, c'est juste pour les petits !

Matt ne put s'empêcher de sourire.

— L'essentiel, je pense, est qu'il sache que tu es là quand il a besoin de toi, et que tu ferais n'importe quoi pour lui. C'est ce qui compte vraiment.

— Oui, c'est certain.

Hannah poussa un soupir.

— Je suis désolée, Matt, comparée à ce que tu as vécu quand tu étais enfant, une telle situation doit te paraître bien insignifiante, voire stupide.

— Pas du tout ! Au contraire, c'est une preuve d'amour maternel. J'apprécie cela… Et Sam a la chance d'avoir un foyer heureux et stable.

— Stable… Avec une maman et une grand-mère qui l'adorent, mais pas de père, répliqua Hannah. Nous sommes séparés depuis si longtemps…

Puis elle sourit, l'air un peu gêné.

— En fait, je ne veux pas parler de ma vie personnelle.

— Je comprends, dit-il. Je comprends même très bien.

— Merci. En tout cas, notre discussion m'a fait du bien. Tu m'as remonté le moral ! avoua Hannah en souriant. On va dîner, maintenant ?

Et comme si rien ne s'était passé, elle pivota sur ses talons et se dirigea vers la porte.

Ce soir-là, ils travaillèrent tard, préparant un dossier complet destiné à l'entreprise avec laquelle ils avaient rendez-vous le lendemain matin.

Quand ils eurent terminé, Matt se demanda comment se déroulerait ce moment où chacun devrait se rendre dans sa chambre respective…

D'autant plus qu'après sa conversation avec Sam, Hannah éprouvait sans doute de la culpabilité.

Mais contre toute attente, elle lui prit la main et lui chuchota à l'oreille qu'elle voulait rompre leur pacte… Et passer de nouveau la nuit avec lui.

— Tant mieux, murmura-t-il en s'autorisant enfin à la serrer dans ses bras. J'en meurs d'envie, moi aussi.

Ils firent l'amour, envahis d'un même désir, puis s'endormirent blottis l'un contre l'autre. En se laissant gagner par le sommeil, Matt eut vaguement conscience qu'il ne s'était pas senti aussi bien depuis vraiment très longtemps…

Ils se réveillèrent tôt, s'embrassèrent langoureusement, puis se préparèrent sans tarder. Matt alla s'habiller dans sa chambre, les lèvres encore chaudes de leurs baisers. Il revêtit le costume et la cravate qu'il avait apportés. Hannah le rejoignit, vêtue d'une robe sans manches boutonnée sur le devant. Elle portait une veste assortie, des escarpins, et ses cheveux étaient enroulés en un chignon haut, lisse et soigné.

— Tu es magnifique !

— Merci… Tu es pas mal, toi aussi…

Hannah ébaucha un doux sourire et Matt sentit son cœur battre plus vite. Se ressaisissant, il lui effleura tendrement le visage.

— Quel bonheur de faire équipe avec une femme comme toi…

— Je peux te retourner le compliment ! Tu es un homme très… agréable. Et sexy, ajouta-t-elle, une lueur coquine au fond des yeux. On y va ?

— On y va.

Ils descendirent prendre un rapide petit déjeuner, attirant

des regards curieux de certains des autres concurrents qui, contrairement à eux, arboraient une tenue décontractée.

Comme prévu par le règlement du challenge, Cécile, une assistante de production, fut appelée pour les accompagner durant leurs différentes recherches du jour : il lui faudrait s'assurer qu'ils n'accompliraient rien qui enfreindrait les règles du jeu. Elle s'installa à l'arrière de la voiture de Matt, téléphone à la main, et resta discrètement silencieuse. Dès qu'ils émergèrent du parking souterrain, une camionnette les suivit avec, à son bord, une petite équipe de tournage.

— Heureusement qu'on a l'air conditionné, soupira Hannah. Il fait déjà si chaud ! Notre premier arrêt sera le magasin de Streatham. Ils vendent des éclairages de toutes sortes, et comme ils ne sont ouverts que le matin, on devra s'y arrêter d'abord.

— Pas de problème, dit Cécile.

— Allons-y, renchérit Matt. Une chance qu'il n'y ait pas trop de circulation à cette heure…

Ils ne tardèrent pas à rejoindre leur première destination.

Il ne leur fallut que quinze minutes pour examiner les lampes et spots proposés par le magasin. Ils repartirent en emportant de nombreuses brochures et quelques photos des équipements labellisés « bien-être ».

Ensuite, ils quittèrent Londres et empruntèrent l'autoroute pendant environ une heure avant de s'engager sur une petite route de campagne plutôt sinueuse. Le paysage était verdoyant et reposant, typique de la belle région du Surrey, songea Matt.

Il était à peine 9 h 30 quand ils se garèrent sur le parking du siège social de l'entreprise Laurent : une imposante demeure de style victorien, nichée dans un parc ensoleillé à l'extérieur d'un ravissant village. La camionnette de l'équipe de tournage n'était pas encore là.

— J'espère que notre rendez-vous sera concluant, murmura Hannah en se dirigeant vers le perron.

Matt lui emboîta le pas et, sans réfléchir, lui prit le bras. Hannah lui jeta un coup d'œil et sourit.

— Comment va mon super binôme ?

— Parfaitement bien… Et toi, mon super binôme ?

— Un peu nerveuse ! J'espère qu'on ne sera pas venus pour rien !

Une femme vêtue d'un élégant tailleur, impeccablement coiffée, les attendait dans le vaste hall climatisé.

— Mesdames, monsieur, soyez les bienvenus. Je suis Helena, la secrétaire de M. Laurent.

Matt reconnut la voix posée de la femme avec laquelle il avait parlé au téléphone la veille.

— Où sont les cameramen ? demanda Helena.

— Oh ! ne vous inquiétez pas, ils arriveront d'un instant à l'autre, assura Hannah. Voici Cécile, l'assistante de production.

Helena se tourna vers Cécile, qui avait suivi Matt et Hannah en silence.

— Je vais vous montrer où vous pourrez installer les caméras. M. Laurent vous recevra sur la terrasse, donc il n'y aura pas besoin d'éclairage supplémentaire.

De toute évidence, elle était habituée à s'occuper de tout.

À ce moment-là, une femme plus âgée, en jean, tennis et chemisier à fleurs, se précipita vers eux. Elle ôta ses gants de jardin qu'elle posa sur la table du hall tout en regardant ses visiteurs d'un air réjoui.

— Hannah et Matt ! s'exclama-t-elle. Comme je suis heureuse de vous rencontrer !

Matt observa discrètement Hannah. Si elle fut surprise par cet accueil chaleureux, elle n'en montra rien. Elle s'avança vers leur hôtesse pour lui serrer la main.

— Enchantée !

— De même. Je suis Patti Laurent. J'adore le *Hospital Challenge* ! Bonjour, Matt… Vous êtes encore plus grand en vrai !

Matt se mit à rire.

— Vous suivez l'émission ?

— Oh ! oui ! Chaque épisode ! confia Patti. Une fois, je crois que c'était au tout début des épreuves, j'ai vu Hannah accomplir une sorte de petite danse de la victoire avec un enfant, un garçon…

— Vraiment ? Ah oui, à la fin de la première ou deuxième série, au démarrage du challenge, se rappela Hannah en croisant brièvement le regard de Matt. Ce petit garçon était mon fils.

— Oh ! je m'en doutais. Il a l'air adorable ! Quel âge a-t-il ?

— Sam a six ans. Je vous montrerais bien des photos, mais l'équipe a confisqué mon portable jusqu'à la fin du jeu !

— Vraiment ? Quelle idée !

Patti lança un coup d'œil désapprobateur à Cécile.

— Vous pensez vraiment qu'ils tricheraient ? Je me souviens qu'une fois Hannah et Matt ont renoncé à leur victoire pour aider un homme mal en point, vous savez, il avait été victime d'électrocution à cause d'un générateur défaillant… Ce sont des gens dignes de confiance !

— On n'en doute pas, dit Cécile, un peu gênée. Mais c'est le règlement.

— Eh oui… Dans un sens, ce règlement est positif parce que, si j'avais mon téléphone, j'appellerais mon fils très souvent, avoua Hannah. Sam me manque beaucoup.

— Je vous comprends, soupira Patti. J'étais exactement comme vous avec mes deux enfants quand ils avaient l'âge de Sam.

Puis elle s'adressa à Helena.

— Je m'occupe du thé, le plateau est prêt dans la cuisine. Vous voulez bien accueillir les cameramen quand ils arriveront ?

— Bien sûr.

D'un sourire, Helena invita Cécile à la suivre.

— Hannah et Matt, venez donc avec moi, reprit Patti.

Elle les conduisit vers le jardin, jusqu'à une grande terrasse, tout en bavardant avec Hannah qu'elle paraissait apprécier. Elle leur proposa de s'installer sur de confortables sièges en osier disposés autour d'une table vitrée, à l'abri du soleil.

— Je vous laisse un instant, le temps d'aller chercher le thé et prévenir mon mari.

Ce dernier apparut quelques instants plus tard. Comme son épouse, James Laurent paraissait décontracté, en pantalon de lin clair, chemise blanche et mocassins marine. Les cheveux blancs, le visage ridé et bronzé, il semblait gentil et accueillant, mais ses yeux, d'un bleu perçant, trahissaient la vigilance d'un homme d'affaires avisé.

Patti servit le thé et offrit des biscuits.

Helena revint avec un dossier en cuir qu'elle remit à M. Laurent qui la remercia en souriant. L'équipe de tournage venait de les rejoindre et s'était installée à l'autre bout de la terrasse, attendant qu'on leur donne le feu vert. D'un signe de la main, Helena indiqua à Cécile qu'ils pouvaient commencer à filmer.

— Alors, parlez-moi de ce beau projet pour le *Hospital Challenge*, dit M. James. Un projet… idéal, avez-vous confié à ma secrétaire ?

— Exactement. Parce qu'on nous autorise à rêver, à imaginer quelque chose d'idéal dans notre domaine si difficile, puisque c'est celui du soin et qu'on s'occupe de personnes en souffrance, dit Hannah.

Elle lança un coup d'œil à Matt qui l'invita à poursuivre. Elle s'exprimait clairement, et de toute évidence, avait capté l'attention de son interlocuteur.

— En vérité, tout est parti d'une expérience personnelle que j'ai vécue avec mon fils, Sam, alors bébé…, reprit-elle. J'aurais tant aimé qu'il existe un lieu, à l'hôpital, où nous aurions été à l'aise, où nous aurions éprouvé un réel bien-être… Un espace de bien-être, parallèle et complémentaire aux différents endroits où les patients sont soignés…

Matt la regarda, impressionné par la passion qu'Hannah exprimait tandis qu'elle énumérait tous les bienfaits de thérapies multisensorielles associées à des activités de kinésithérapie ou purement sportives. M. Laurent hochait la tête, l'écoutant, lui aussi, avec un vif intérêt.

— Je vois… Et avez-vous imaginé le genre d'espace, de bâtiment, qu'il vous faudrait ? Ma société propose des préfabriqués de grande qualité, des modules adaptables…

— Oui, nous avons vu ce que vous vendez sur Internet. Nous avons analysé nos besoins autant que possible.

Hannah se tourna vers Matt qui lui tendit le dossier qu'ils

avaient apporté, avec tous les documents qu'ils avaient fini d'imprimer à minuit la veille au soir.

— Voici.

M. Laurent consulta attentivement les différentes pages. Son épouse offrit de nouveau des biscuits.

— Il ne vous a fallu que un jour pour concevoir ce projet ?

— Un jour… Et des années de réflexion, précisa Hannah. Je suis maman et je travaille comme infirmière et ambulancière depuis cinq ans. Matt est chirurgien depuis dix ans. Avant le *Hospital Challenge*, on se contentait de rêver sans oser imaginer de concrétisation à nos rêves… Le jeu auquel nous participons nous donne l'occasion d'y croire.

Excellente réponse, songea Matt.

De toute évidence, M. Laurent l'apprécia également car il esquissa un bref sourire avant de lancer un regard circulaire. Helena apparut aussitôt près de lui, comme si elle guettait ce signal.

— Les cameramen ont fini de filmer, annonça-t-elle. Ils ont respecté le souhait de confidentialité, et ont choisi des plans éloignés où l'on voit la réunion sans entendre les propos.

— Parfait. Offrez-leur donc du thé, je vous prie.

— Oui, monsieur.

Alors que sa secrétaire s'éloignait, M. Laurent prit le dossier en cuir posé sur la table et l'ouvrit en grand devant Hannah et Matt.

— Voilà ce que je peux vous proposer : notre toute nouvelle création, avec un design dont je suis très fier. Le module affiche une empreinte carbone proche de zéro, pour un espace configurable avec chauffage au sol et climatisation, ce qui est précieux quand il fait chaud comme aujourd'hui !

Il tendit une brochure imprimée sur papier glacé à Matt et Hannah.

— Vous trouverez le plan en sixième page, accompagné d'une note d'intention de notre architecte designer.

Hannah écarquilla les yeux en découvrant le dessin du bâtiment : en forme de L, doté d'une structure de bois, il évoquait un espace à la fois écologique et élégant. Divers diagrammes montraient comment le module préfabriqué pourrait être converti afin de répondre à pratiquement toutes les exigences.

— Nous exposerons ce modèle-ci, précisément, durant un salon spécialisé, leur apprit M. Laurent. Après, il sera démonté et nous n'en aurons plus l'utilité… Plus du tout. Par conséquent, je serais heureux de vous le donner.

— Donner ? répéta Hannah, abasourdie. Vraiment ?

Elle regarda Matt et, d'un geste enthousiaste, lui saisit la main et la serra dans la sienne.

— Ce serait merveilleux, monsieur Laurent…

Le P-DG de la société les contempla d'un air ravi.

— Mais je suis pragmatique : encore faudrait-il que vous puissiez faire installer un habitacle de cette taille près de votre hôpital. Pensez-vous que ce soit possible ?

— Il existe un grand espace à l'arrière de l'établissement, intervint Matt. Je suppose qu'on aurait besoin d'un permis de construire…

— Je peux vous aider à l'obtenir, l'interrompit M. Laurent.

Il hocha la tête.

— Notre département de planification entretient d'excellentes relations avec les autorités locales dans tout le pays, et nos spécifications de construction sont conçues pour s'adapter de façon souple. Avec un peu de chance, la nécessité d'un permis de construire ne devrait pas être un problème.

Matt sourit à son tour.

— À ce niveau, monsieur, ce n'est plus de la chance… Il s'agit plutôt de compétences.

Voire de relations haut placées, acheva-t-il en son for intérieur, croisant le regard brillant d'Hannah.

— Monsieur Laurent, c'est incroyablement généreux de votre part ! s'exclama-t-elle. Merci infiniment…

Elle hésita. Matt ne la quittait pas des yeux, admiratif. Elle se tenait droite, fière et volontaire. Quelle battante !

— Vous savez, si nous ne gagnons pas le challenge, poursuivit-elle, nous ne posséderons pas l'argent nécessaire pour aménager le lieu. Mais nous pourrons toujours tenter de faire financer un projet moins ambitieux… N'est-ce pas, Matt ?

— Oui… Oui, bien sûr, Hannah.

Matt ne savait pas du tout ce qu'elle avait à l'esprit, mais comment aurait-il pu la contredire ? De toute façon, il avait confiance en elle. Au cours des dernières semaines, il avait pu constater à quel point elle était opiniâtre.

— On trouvera une solution… Il y a toujours des solutions, affirma-t-il.

— Si besoin, je me relèverai les manches et j'irai moi-même recueillir des fonds, insista Hannah. Je créerai une cagnotte sur Internet, par exemple. Tout est possible quand on est motivés ! Quand on sait qu'au final on aménagera un bel espace de bien-être pour nos patients, ça nous porte et nous propulse !

— Je le vois bien… C'est parfait, alors, déclara chaleureusement M. Laurent. Soyez donc assurés, chers Matt et Hannah, que ce module sera destiné à votre hôpital. Vous en ferez bon usage. Espérons quand même que vous gagnerez le challenge !

— Oh oui ! renchérit Patti, en souriant à son mari. Je suis si heureuse qu'on puisse modestement contribuer à votre généreuse dynamique ! On a besoin de gens comme vous !

— Et nous, de bienfaiteurs comme vous ! renchérit Matt.

— C'est vrai ! s'exclama Hannah.

La satisfaction et la joie se reflétaient sur son visage. Enthousiaste, il résista à l'envie de l'embrasser devant tout le monde…

Patti leur servit de nouveau du thé, des gâteaux, puis ils continuèrent à bavarder aimablement. Au bout d'un moment, toutefois, Matt consulta sa montre avec discrétion.

— Je suis désolé, il faudrait que nous reprenions la route. D'ailleurs, l'équipe de tournage n'est déjà plus là, remarqua-t-il.

— Le temps file ! soupira Patti. Nous sommes tellement emballés par votre projet… Et ce jeu, *Hospital Challenge,* est si passionnant !

— Nous vous soutenons, vous, les soignants, reprit son

mari. Ma femme a failli être emportée par une crise cardiaque il y a trois ans, au milieu de la nuit. Une ambulance est arrivée, et les deux jeunes gens étaient…

Il secoua la tête, comme si les mots lui manquaient.

— À l'écoute ? Efficaces ? compléta Hannah.

— Absolument. Et si gentils !

— Ils m'ont vite emmenée à l'hôpital, poursuivit Patti. Ils m'ont sauvée… On m'a posé des *stents*, précisa-t-elle, regardant Matt d'un air entendu, supposant sans doute qu'il savait parfaitement de quoi il s'agissait.

— Vous vous êtes remise ? s'enquit-il, touché par ces confidences spontanées.

— Oh ! oui ! J'ai bien plus d'énergie qu'avant !

Patti lui adressa un sourire rayonnant.

— Ce jour-là, j'ai serré la main aux urgentistes, reprit M. Laurent. Je leur ai serré la main, oui, simplement serré… Pour les remercier comme je pouvais… Sans eux, Patti ne serait plus de ce monde ! J'aurais voulu leur exprimer davantage ma reconnaissance, mais impossible…

— Croyez-moi, ils savaient ce que vous ressentiez, affirma Hannah. Voir un proche souffrir d'une crise cardiaque, c'est terriblement effrayant et angoissant… Quand je secours quelqu'un et qu'on m'encourage en me serrant la main, je vous assure que ça donne de la force !

Un silence s'établit quelques secondes.

— Eh bien, encore une fois, merci à vous, répéta M. Laurent. Vous pouvez compter sur notre soutien…

— Un soutien indéfectible, renchérit sa femme. Et bravo de participer à ce challenge en plus de votre travail, c'est très courageux de votre part ! Tenez-nous au courant, surtout…

— Bien sûr, promit Hannah, visiblement émue. Nous vous remercions aussi beaucoup, du fond du cœur.

Dès qu'ils eurent quitté la terrasse, Matt enlaça la jeune femme par la taille.

— J'aimerais tant te serrer dans mes bras ! Tu as été géniale…

— Toi aussi, tu as été génial !

Elle se retourna pour saluer une dernière fois M. et

Mme Laurent, puis ils se dirigèrent vers la voiture. Matt lui ouvrit la portière.

— Ils sont adorables. On n'est vraiment pas venus pour rien ! ajouta Hannah d'un ton exalté.

— Tu as su le motiver, dit Matt. Je suis fier de toi.

— Et moi, de toi !

— On a été performants tous les deux, alors…

— Oui…

Hannah le regarda dans les yeux.

— Tous les deux. C'est ensemble qu'on relève chaque défi depuis le début. Ensemble !

— Exact. On est imbattables !

Étrangement ému, Matt se glissa au volant. Quelques secondes plus tard, Cécile émergea de la camionnette des cameramen et les rejoignit.

— Où va-t-on maintenant ? s'enquit-elle.

— À Fulham. J'ai repéré un magasin qui vend toutes sortes de sièges thérapeutiques dont nous pourrions avoir besoin, et j'aimerais en essayer certains, expliqua Hannah. Ensuite, on rentrera à l'hôtel. Je pense qu'on réussira à définir l'équipement qui nous manquera en surfant sur Internet !

— Bien d'accord avec toi, dit Matt.

Il mit le contact et démarra. Tout en conduisant, il songea qu'Hannah s'était tellement engagée dans cette action solidaire qu'elle aurait du mal à accepter un échec…

Il faudrait qu'ils gagnent cette dernière épreuve. Coûte que coûte.

13.

Quand arriva dimanche soir, Matt et Hannah travaillaient d'arrache-pied depuis vendredi matin.

Ils étaient tous deux épuisés.

Hannah avait réalisé un montage de photos, et Matt avait saisi les données chiffrées sur un tableur afin de vérifier s'ils respectaient leur budget. Ils avaient imprimé leur présentation en quinze exemplaires, et avaient fait relier les documents.

Ils terminèrent à 19 heures. Tout était prêt pour leur exposé le lendemain matin, devant le jury…

Soulagée et heureuse de ce qu'ils avaient réussi à accomplir en si peu de temps, Hannah téléphona à Sam, qui semblait aller bien mieux. Après quoi, le cœur léger, elle rejoignit Matt dans le salon de leur suite.

Il était étendu sur le canapé, les yeux mi-clos, dans une posture de détente totale. Dorénavant, entre eux, la complicité devenait absolue. *On se laisse aller…*, songea Hannah en lui déplaçant légèrement la jambe afin de s'asseoir près de lui, une main appuyée sur le genou de Matt.

Ils n'avaient plus mentionné leur accord initial… Comme s'ils n'en avaient plus envie. Au fond d'elle-même, Hannah savait pertinemment qu'ils vivaient pleinement le moment présent, et que cela changerait lorsqu'ils réintégreraient leur quotidien.

Tout serait comme avant… ou presque.

— Comment va ton fils ?

— Il est en pleine forme ! Ma mère l'a emmené au zoo aujourd'hui, et il s'est beaucoup amusé.

— Bonne nouvelle…

Matt lui prit la main et lui caressa la paume.

— J'ai tellement sommeil… Tu crois qu'on pourrait aller se coucher ?

— Oh oui ! Vu qu'on n'a dormi que deux heures la nuit dernière… En fait, j'ai l'impression d'être encore plus fatiguée que si nous avions travaillé d'une traite, sans aucune pause, ajouta Hannah en bâillant.

— Ne crois pas ça. Quelques heures de repos, c'est mieux que rien.

Matt lui sourit tendrement.

— Tu sais quoi ? Là, maintenant, j'ai très envie de t'emmener dans ta chambre, ou dans la mienne, et… de te déshabiller pour te faire l'amour !

— Tu aurais encore de l'énergie pour faire l'amour ? le taquina Hannah.

Matt hésita puis lâcha un petit rire.

— En réalité, pas sûr. J'ai bien peur que, ce soir, mon plus grand plaisir soit d'avoir terminé notre présentation ! Mais demain matin…

Il ébaucha un sourire malicieux.

— Je serai en pleine forme… pour nous et pour tout le reste !

Hannah se blottit contre lui. *Dormir dans tes bras, ce sera le paradis*, songea-t-elle.

— Merci, Robin. Je n'aurais rien réussi sans toi.

— Merci, Flash. Moi non plus, je n'aurais rien réussi sans toi.

Lundi matin, dès son réveil, Hannah eut la certitude que cette journée serait mémorable. Et pas seulement à cause des résultats du challenge. Pour cette dernière nuit, elle avait merveilleusement bien dormi, blottie contre Matt.

Impatiente mais heureuse, elle s'habilla de façon décontractée mais élégante malgré tout. Elle choisit un jean bleu marine, un chemisier à fines rayures, et des ballerines. Matt portait un costume clair et une chemise bleu ciel au col ouvert.

Avant de quitter leur suite, ils échangèrent un long baiser.

— Les dés sont lancés, dit Hannah. On a gagné ou perdu, à ton avis ?

Matt lui caressa tendrement la joue.

— N'y pensons pas maintenant… Allons retrouver tout le monde et espérons le meilleur pour notre équipe de choc ! Notre équipe de rêve, ajouta-t-il en la serrant de nouveau contre lui. Une équipe de rêve pour un projet idéal… Quels que soient les résultats du challenge, je n'oublierai jamais ce qu'on a vécu.

— Moi non plus, assura Hannah.

Mais sa gorge se noua. Soudain, la perspective de ne plus partager ses journées – et ses nuits – avec Matt lui paraissait insupportable.

Ils gagnèrent la salle de conférences de l'hôtel, où tous les participants s'étaient rassemblés. Les membres du jury, constitué de responsables de l'organisation du *Hospital Challenge* et de quelques associations caritatives, avaient pris place sur une estrade. L'un après l'autre, ils s'adressèrent aux participants en évoquant les projets que ceux-ci venaient de présenter, sans émettre le moindre jugement : les dossiers de présentations avaient été remis en temps et en heure, il leur fallait maintenant les étudier et se réunir pour en débattre et voter.

On rendit les téléphones aux candidats. Son portable à la main, Hannah dut contenir son impatience : dès que possible, quand Sam serait rentré de l'école, elle émettrait un appel vidéo et, ainsi, lui montrerait l'hôtel, leur suite… Son fils adorerait une visite virtuelle des lieux !

— Je te laisse un instant, je vais voir s'il y a des collègues, dit Matt.

— Entendu.

Comme prévu, les hôpitaux avaient envoyé des représentants afin de discuter, avec le jury, de la faisabilité des diverses propositions présentées par les candidats.

À un moment, Hannah repéra le Dr Gregson, directeur et président du conseil d'administration de leur établissement à Hamblewell.

Matt venait de le rejoindre, et tous deux commencèrent à discuter. Elle les laissa ensemble quelques instants avant de s'approcher d'eux.

— Hannah…

Jovial, le Dr Gregson lui tendit la main.

— Vous et Matt avez déployé des efforts extraordinaires pour notre hôpital. Nous vous en sommes tous extrêmement reconnaissants. Que vous ayez gagné ou perdu, l'essentiel est d'avoir participé !

— C'est vrai, dit Hannah, plus intimidée qu'elle ne l'aurait souhaité.

— Hannah a brillamment convaincu M. Laurent, le P-DG de l'entreprise dont je viens de vous parler, de nous offrir le bâtiment préfabriqué qui pourrait héberger notre espace de bien-être, précisa Matt.

— Vraiment ? Félicitations ! lança le Dr Gregson.

— Disons que je me suis assurée qu'il nous attribuerait le module préconstruit même si nous ne gagnions pas le concours, expliqua Hannah. Je lui ai dit que si nous ne remportions pas le challenge nous n'aurions pas les moyens de réaliser tout ce que nous avions prévu, mais je lui ai promis d'essayer de recueillir moi-même des fonds pour réussir à utiliser l'espace quoi qu'il arrive ! Si le conseil d'administration et vous-même étiez d'accord, naturellement…

— Je vois. Eh bien, c'est très audacieux de votre part !

Le Dr Gregson réfléchit quelques instants.

— En tout cas, vous avez tout mon soutien. Je suis certain que les autres membres du conseil ne seront pas difficiles à convaincre de l'intérêt de votre projet. Il s'avère que j'ai déjà parlé avec certains d'entre eux au téléphone, et ils sont ravis de vos idées.

Hannah poussa un soupir de soulagement.

— C'est une bonne nouvelle, n'est-ce pas, Matt ?

— Excellente, dit Matt en souriant.

Le Dr Gregson hocha la tête d'un air bienveillant.

— Je suis peut-être partial, mais à mon sens, dans la mesure où j'ai pu jeter un coup d'œil aux propositions concurrentes, la vôtre est, de loin, la plus intéressante et la meilleure… Quoi qu'il en soit, nous en reparlerons quand nous saurons si vous avez gagné ! À tout à l'heure…

Sur ce, il s'esquiva et rejoignit des confrères un peu plus loin.

Emplie de fierté, Hannah regarda Matt. Il ne s'était presque pas exprimé durant son échange avec leur directeur.

— Alors ? Tu es content, Robin ?

— Très content, Flash. Toutes mes félicitations.

— Pourquoi ?

— Tu as été parfaite. Tout comme tu l'as été quand tu as en quelque sorte charmé M. Laurent pour qu'il t'offre ce précieux bâtiment préfabriqué, ajouta Matt.

— Charmé ? Mais je n'ai charmé personne ! Premièrement, c'est à notre hôpital qu'il a attribué ce magnifique cadeau, pas à moi… Deuxièmement, inutile de séduire qui que ce soit, notre projet parle de lui-même.

— Avec tes mots et ta voix, insista Matt.

— Et ton soutien logistique, ta présence… Ainsi que tout le reste !

Leur confiance mutuelle, leur complicité qui s'était approfondie au fil des épreuves et des moments de tendresse, de désir partagé, de sensualité incroyable entre eux. *Oh ! Sophie, si tu savais…*, songea Hannah, pensant soudain à sa collègue et amie.

— Oui, tout le reste, répéta Matt d'un air entendu. Vraiment tout.

Il marqua une petite pause puis sourit de nouveau.

— Quelle aventure entre nous, pas vrai ? Inoubliable… Bon, je vais aller lire mes mails, poursuivit-il, changeant brutalement de sujet. J'ai l'impression d'avoir été coupé du monde pendant une éternité ! Et toi, tu vas appeler Sam ?

Hannah jeta un coup d'œil sur sa montre.

— Ah, oui, tout de suite… Je veux lui parler avant la proclamation des résultats !

Lorsqu'elle retourna dans leur suite, téléphone à la main afin de proposer à Matt de dire un mot à Sam, Hannah remarqua tout de suite qu'il avait changé d'humeur. Peut-être avait-il découvert une mauvaise nouvelle dans ses mails ? Il était assis sur le canapé du salon et contemplait le mur d'un air sombre.

— Tout va bien ?

— Oui, oui…

Hannah n'insista pas. Un court instant plus tard, Matt parut se réjouir de parler brièvement avec Sam. Peut-être s'était-elle inquiétée pour rien.

— Je descends filmer les lieux et offrir une visite virtuelle à Sam, dit-elle quand il lui rendit son portable. On se retrouve dans un quart d'heure pour la proclamation des résultats ?

En guise de réponse, Matt lui sourit en croisant les doigts.

Le rejoignant un moment plus tard dans la salle de conférences, Hannah eut l'impression qu'il avait retrouvé son énergie et sa bonne humeur habituelles.

Ils s'assirent et regardèrent les organisateurs achever leurs préparatifs. Matt prit la main d'Hannah dans la sienne et la serra tendrement. Ils étaient tous deux nerveux, mais le fait de partager leur anxiété allégeait en quelque sorte la situation.

Enfin, Andrew Mikey, le président du jury, prit le micro, et un lourd silence s'installa. Il faisait chaud malgré la climatisation, et Hannah sentait de la sueur perler dans son dos. Ce n'était pas seulement à cause de son impatience, elle le savait très bien. En plus de son trac, elle ressentait tant d'émotions à côté de Matt…

— Mesdames, mesdemoiselles et messieurs, soyez les bienvenus ! Je vous épargnerai un long discours car vous avez tous hâte de connaître les noms des gagnants. Je tiens avant tout à vous remercier d'avoir participé et soutenu notre *Hospital Challenge*, poursuivit Andrew Mikey. Les projets que vous avez créés en si peu de temps font tous preuve d'imagination et d'intuition remarquables, et prouvent à quel point vous connaissez les besoins de votre hôpital. J'ai cru deviner que plusieurs de vos projets seront réalisés d'une manière ou d'une autre, qu'ils soient gagnants ou perdants, et je ne peux qu'applaudir la détermination et l'ingéniosité de tous les participants ici présents…

Le cœur battant, Hannah regarda Matt. Il lui sourit et lui pressa gentiment la main.

— Alors, qui a gagné ? reprit Andrew Mikey en ouvrant lentement une enveloppe. Nous allons le découvrir dans quelques secondes…

Il prenait tout son temps, c'était évident !

— Il s'agit de… Mlle Hannah Green et du Dr Matt Lawson, de l'hôpital d'Hamblewell ! proclama-t-il. Hannah et Matt, bravo !

Soudain, Hannah eut l'impression de ne plus pouvoir respirer. Son cœur se mit à marteler sa poitrine.

C'était trop beau pour être vrai…

— Venez ! appela Andrew. Rejoignez-nous vite sur le podium !

Hannah se leva et sentit ses jambes flageoler. Dans la salle, les applaudissements crépitaient, se transformant en roulement sonore à ses oreilles.

— Hannah… Flash… C'est à nous ! Viens ! dit Matt.

Les joues brûlantes, Hannah se dirigea vers l'estrade. Matt marchait à côté d'elle et, ensemble, ils parvinrent devant les membres du jury rassemblés pour les saluer.

Ils commencèrent à serrer des mains, et encore des mains… Puis Andrew Mikey tendit une grande enveloppe dorée à Hannah.

— Encore une fois, toutes mes félicitations !

— Merci…

Hannah n'osa pas ouvrir le pli, ni même regarder à l'intérieur, comme si elle craignait que cette merveilleuse récompense s'évapore au premier coup d'œil…

Matt prit le micro et se lança dans de nombreux remerciements avant de se tourner vers elle.

— Ma partenaire se joint bien sûr à moi… Bon, là, je ne vais pas lui demander de faire un discours, elle est trop émue !

Il lui adressa un sourire de connivence et, dans le public, quelques rires bienveillants s'élevèrent. Hannah garda le silence, consciente qu'elle ne réussirait qu'à bafouiller lamentablement devant tout le monde. Elle fit signe à Matt de poursuivre.

— Pour ma part, j'ai besoin d'ajouter quelque chose, déclara alors Matt. Ce challenge a duré plusieurs semaines, et ça n'a pas été de tout repos, vous vous en doutez. Mais figurez-vous que c'est ma coéquipière, Hannah, qui m'a lancé les défis les plus compliqués ! J'ai essayé d'être à la hauteur…

Il la regarda, et Hannah sentit son pouls s'accélérer follement.

— Merci d'avoir été ma partenaire… Une partenaire absolument merveilleuse. Tu m'as permis de progresser… Et même si nous n'avions pas gagné ce challenge, ce qui aurait été impensable mais bon, comment ne pas y penser, eh bien, Hannah, sache que tu m'as vraiment obligé à donner le meilleur de moi-même à chaque étape ! Du fond du cœur, merci.

Hannah refoula les larmes qui lui piquaient les paupières. Devinant son émotion, Matt lui entoura les épaules d'un geste affectueux et elle s'appuya contre lui, comme pour reprendre des forces.

Ensuite, il y eut d'autres mains à serrer, encore et encore, et lorsque le Dr Gregson vint les féliciter, elle plaqua l'enveloppe dorée dans la paume de Matt afin qu'il la garde. Des boissons furent distribuées mais elle n'avala qu'une gorgée de champagne, trop étourdie pour boire davantage.

Peu à peu, l'assemblée commença à se disperser. Les participants venant de régions éloignées resteraient à l'hôtel ce soir-là, mais ceux dont le trajet de retour était plus court partaient déjà.

Matt lui fit signe, Hannah le suivit hors de la salle, et ils regagnèrent leur suite.

Dès que la porte se referma derrière eux, elle l'enlaça.

— On a réussi !

— Oui. On a relevé le défi, que dis-je, tous les défis… Et on est franchement les meilleurs !

Matt lui sourit, l'embrassa au coin des lèvres puis

s'écarta rapidement. Hannah l'observa. Ne semblait-il pas de nouveau soucieux ?

Un peu déconcertée, elle résista à l'envie de le questionner. Peut-être pensait-il à la route qui les attendait, et au retour à la réalité…

Les quatre derniers jours avaient été tellement merveilleux, fantastiques… Ni l'un ni l'autre n'avaient eu le cœur d'envisager le futur, même proche. Sauf que maintenant, ils devaient y faire face. Leur douce bulle complice s'apprêtait à disparaître…

Et lorsqu'elle se serait évaporée, ils se retrouveraient loin l'un de l'autre, de nouveau sur leurs chemins respectifs.

— Tu es prête à rentrer chez toi ? demanda Matt, en écho des pensées d'Hannah.

— Bien sûr. Et toi ?

— Moi aussi, dit-il sans enthousiasme. Je vais faire ma valise… On part dans une demi-heure ?

Ils prirent congé de tout le monde, remerciant une fois de plus l'équipe de production, et serrèrent la main des participants qui n'étaient pas encore partis. Puis ils s'en allèrent, quittant cet hôtel où Matt avait déjà tant de souvenirs.

Il conduisit en silence, se concentrant visiblement sur la route. De temps en temps, Hannah lui jetait un coup d'œil, consciente qu'il restait pensif, l'air inquiet, même.

Peut-être parleraient-ils lorsqu'ils seraient arrivés ? Elle voulait qu'il sache à quel point il pouvait compter sur elle… S'il le souhaitait.

Matt avait un passé très douloureux. Or, avec une incroyable ironie, le destin l'avait ramené à un endroit où, autrefois, il avait vécu des moments éprouvants avec sa propre mère.

Ils n'avaient plus jamais évoqué les confidences auxquelles Matt s'était livré. Par discrétion autant que par manque d'occasion, Hannah ne lui avait pas posé d'autres questions.

Oui, peut-être dialogueraient-ils encore un peu, cœur à cœur, après leur retour…

Quand ils quittèrent l'autoroute, empruntant des routes

familières, Hannah commença à se sentir plus calme, plus certaine de ce qu'elle voulait…

Et plus déterminée.

Non, entre Matt et elle, ce ne serait pas la fin de leur histoire. Leur amitié – amitié amoureuse ? – perdurerait… Elle le souhaitait tant !

Matt se gara devant la maison d'Hannah et, un court instant, sembla contempler avec une pointe de nostalgie le petit jardin qui entourait l'habitation. La nuit s'annonçait mais l'air demeurait doux.

— On prend cinq minutes rien que tous les deux ? proposa Hannah.

Matt lui lança un coup d'œil surpris.

— Tu n'es pas pressée de retrouver Sam ?

— Si, bien sûr, mais à cette heure, il est couché et dort à poings fermés ! Comme j'ignorais à quelle heure on reviendrait, je lui ai annoncé que je rentrerais tard et que je le verrais demain matin. Faute de quoi, il aurait essayé de rester éveillé.

Matt hocha la tête, songeur.

— Alors oui, je veux bien qu'on s'accorde un moment ensemble. Il faut que je te dise quelque chose d'important.

Sans rien ajouter, il sortit de la voiture, alla prendre les bagages dans le coffre et les porta jusqu'à la porte de la maison.

La mère d'Hannah les accueillit à bras ouverts.

— Vous voilà enfin ! Vous êtes des champions ! Bravo !

Elle embrassa Hannah puis regarda Matt avec hésitation avant de se dresser sur la pointe des pieds et de lui planter un baiser affectueux sur la joue. Il se mit à rire.

— Votre fille est une pure championne !

— Dis donc, sans toi, je n'aurais pas gagné ! rappela Hannah.

Sa mère leur sourit puis chuchota que Sam avait décidé de se coucher plus tôt, ce qui lui permettrait de se lever de bonne heure afin de retrouver sa mère.

— Il a bien fait, admit Hannah. Je reviens dans une minute…

Et, rapidement, elle grimpa à l'étage.

Une douce pénombre baignait la chambre de Sam. Elle resta sur le seuil et, du bout des doigts, souffla un baiser attendri à son fils endormi.

Lorsqu'elle redescendit, sa mère la serra affectueusement dans ses bras. Matt se tenait en retrait, le visage un peu sombre.

— Ma chérie, je suis décidément très fière de toi… Et de ton partenaire ! ajouta-t-elle en adressant un sourire amical à Matt.

— Merci, madame Green. J'ai été ravi de vous rencontrer, répondit-il poliment.

— Moi aussi ! J'espère vous revoir !

— Oh… Maman, on va faire un petit tour, prévint Hannah. À plus tard !

— Prenez tout votre temps, je suis tranquille maintenant que Sam dort !

Hannah fit signe à Matt de la suivre. Elle se dirigea vers un chemin qui serpentait devant la résidence et filait en direction d'un ruisseau qui formait comme une frontière entre la ville et la campagne.

— Comment tu vas ? demanda-t-elle dès qu'ils se furent suffisamment éloignés.

— Pourquoi ?

— Tu as l'air soucieux.

— Je le suis.

Matt marchait les mains dans les poches de son pantalon.

— Que se passe-t-il ?

— Il se passe qu'on m'a offert un poste dans un hôpital londonien. Je l'ai appris tout à l'heure en découvrant mes messages dans ma boîte mail.

— Ah bon ? Et alors ?

— Alors je dois accepter…

Hannah garda le silence, choquée.

Puis, en une fraction de seconde, la tristesse la submergea.

Matt savait-il qu'il allait déménager quand ils avaient fait l'amour ? Sans doute…

Mais ne s'étaient-ils pas promis que justement, eux deux,

ce ne serait que pour une seule nuit ? Ils avaient largement dépassé cet accord-là… Ils étaient allés plus loin, main dans la main, complices comme…

Comme un vrai couple.

Illusions !

En vérité, Matt avait probablement déjà prévu de quitter Hamblewell, de larguer les amarres, de vivre ailleurs pour continuer à fuir des souvenirs douloureux…

— Je vois, dit finalement Hannah, la gorge nouée. Tu comptes t'en aller bientôt ?

Matt croisa son regard et hocha la tête.

— Rien n'est encore fixé, mais prochainement, oui…

— Et tu ne m'en as pas parlé.

Hannah avait énoncé cette évidence sans reproche, tel un constat objectif prouvant qu'il n'avait pas fait attention à elle.

— J'aurais pu te mettre au courant, Hannah, mais il s'agissait d'une candidature que j'ai posée il y a déjà quelques mois, et je n'y songeais plus vraiment, avoua-t-il.

Hannah s'immobilisa pour le contempler.

— Vraiment ?

Matt soutint son regard quelques secondes puis détourna le visage, l'air malheureux.

— Hannah… J'aurais préféré ne pas recevoir cette proposition de poste. J'aurais préféré ne pas te rencontrer, parce que je pensais que j'étais incapable d'aimer une femme, et pourtant…

Il la regarda de nouveau, la mine sombre.

— Pourtant, ce n'est pas le cas. Du moins je crois.

— Tu crois ? C'est-à-dire ? demanda-t-elle, le cœur battant. J'ai rêvé notre tendresse ? J'ai rêvé cette si belle complicité entre nous ?

— Non, tu ne l'as pas rêvée. Pas de regret, surtout… Je ne t'oublierai jamais, Hannah. Tu es une femme merveilleuse et…

Une soudaine colère envahit Hannah.

— Moi, je préférerais t'oublier, Matt. Parce que même si on ne s'est pas promis la lune, même si, au contraire, on a voulu cadrer notre petite aventure en se jurant que ce ne serait que pour une nuit, eh bien, pour moi, finalement, ça a été plus important…

Matt voulut s'approcher, mais elle recula.

— En réalité, pour toi, c'était aussi un jeu, pas vrai ? accusa-t-elle. Si tu m'avais un peu respectée, tu m'aurais dit que tu avais l'intention de partir et…

Hannah s'interrompit brutalement. Matt ne lui devait rien, n'est-ce pas ? Rien du tout ! Elle était en train de lui faire des reproches comme s'ils avaient formé un couple…

Alors qu'ils n'avaient été que des amants censés être insouciants.

Le visage de Matt se crispa.

— Tu as raison. Peut-être qu'au fond je ne t'aime pas, répliqua-t-il d'un ton calme.

Stupéfaite, Hannah le dévisagea. Tout à coup, c'était comme si Matt était un étranger. Elle ne le reconnaissait plus. Ses traits s'étaient durcis, il la regardait de façon détachée…

— D'accord, murmura-t-elle, la gorge serrée. Message reçu. Bonne chance pour tout, et au revoir.

Sur ces mots, elle fit demi-tour et retourna chez elle d'un pas vif.

Peut-être la suivrait-il…

Peut-être la rattraperait-il et lui avouerait qu'en fait il l'aimait, oui, ou qu'il l'aimait bien quand même et voulait garder le contact, être encore un peu avec elle, juste un peu…

Quand elle parvint devant sa maison, Hannah jeta un coup d'œil par-dessus son épaule.

Matt se trouvait derrière elle, à quelques mètres, mais il repartait vers sa voiture.

Il ouvrit la portière, se glissa à l'intérieur, alluma les codes et démarra.

Les larmes aux yeux, Hannah le regarda s'éloigner.

Puis elle fit le tour de la maison et s'assit lourdement sur les marches menant au jardin. La nuit était tombée, et une constellation d'étoiles brillait dans le ciel d'été. Hannah éprouva alors un tel vide qu'elle enfouit le visage dans ses mains et éclata en sanglots.

— Qu'est-ce que tu as ? répéta Sophie en pianotant sur le volant de l'ambulance. Je te connais, quelque chose te tracasse.

Hannah ne répondit pas. Elle aurait vraiment préféré que son amie ne dise rien, ne remarque rien… Elle avait déjà les nerfs à vif, et se confier, aujourd'hui, ne la tentait pas du tout.

— Hannah ? Tu m'as entendue ? reprit Sophie d'un ton impatient. Si tu veux, tu peux agir comme ça avec Sam, même si ce ne serait pas drôle pour lui, mais bon, il est ton fils… Tu peux aussi faire la tête à ta mère si ça te chante, mais franchement, s'il te plaît, pas de ça avec moi !

Hannah leva les yeux au ciel et, lentement, déballa son sandwich.

— Et pourquoi donc ?

— Parce que je dois te supporter toute la journée ! Et je suis ton amie, pas vrai ? Alors, qu'est-ce qu'il y a ? Que s'est-il passé ?

Hannah soupira.

— Désolée, je suis juste un peu fatiguée. Le week-end a été difficile et éprouvant.

— Je comprends, mais depuis, tu as pu récupérer, non ? Et tu as gagné, ça ne te rend pas heureuse ?

Hannah garda le silence, le cœur serré.

Non, elle n'avait rien gagné. L'hôpital entier fêtait la victoire de son équipe avec Matt, mais pas elle.

— Visiblement, non, ça ne te réjouit pas, constata Sophie. Pourquoi ? C'est bizarre…

De toute évidence, elle continuerait d'insister.

Tôt ou tard, Sophie découvrirait le fin mot de l'histoire, Hannah le savait.

— Entre Matt et moi…

Elle poussa de nouveau un long soupir, gênée, mortifiée, tellement blessée !

— Tu as gagné ton pari, lâcha-t-elle en jetant un bref coup d'œil à Sophie.

— C'est-à-dire ?

— Eh bien…

Hannah haussa les épaules.

— J'ai craqué. On était ensemble, lui et moi, dans ce bel hôtel, dans cette… suite luxueuse, et…

— Vous avez passé la nuit ensemble, compléta Sophie. Ah, ah !

Elle laissa échapper un petit rire victorieux.

— Excellente nouvelle ! Tu as accepté de vivre pour toi ! Bravo, Hannah !

— Oui… et non. Car figure-toi que Matt va partir. Il a trouvé un poste à Londres.

Sophie la contempla d'un air perplexe.

— À Londres ?

— Oui.

— Ma foi, c'est sa carrière, non ? Il t'a fait des promesses par rapport à un quelconque avenir ?

— Aucune. On a décidé de passer un bon moment ensemble, rien de plus, sauf que…

Hannah sentit des larmes lui piquer les paupières. Dans un sens, elle avait honte d'avoir été aussi naïve, d'avoir cru à l'impossible.

— Sauf que je me suis stupidement attachée à lui, et évidemment, j'ai imaginé que c'était réciproque. J'ai fantasmé ! Il faut dire qu'il s'est montré tellement gentil, tellement attentionné… J'ai bêtement supposé qu'il tenait un peu à moi !

D'un geste affectueux, Sophie lui serra la main.

— Si tu veux, j'irai lui dire deux mots, à ce beau parleur qui…

— Non ! Ce n'est pas un beau parleur, protesta Hannah.

— Il n'a pas profité de toi, peut-être ?

— Autant que j'ai profité de lui ! J'étais consentante… On s'était même promis qu'entre nous ce ne serait que pour une nuit, une seule nuit… Mais comme on s'entendait bien, heure après heure, minute après minute, j'ai eu l'illusion qu'autre chose se produisait, ce miracle que j'espère, peut-être inconsciemment, depuis que John a disparu de ma vie…

— Matt est au courant pour le père de Sam ?

— Plus ou moins. On n'a pas trop parlé de ma vie, avoua Hannah. En revanche, je sais que Matt a beaucoup souffert durant son enfance.

— Pourquoi ?

Hannah lança un bref coup d'œil à son amie.

— Un père violent, une mère isolée qui s'est enfuie avec Matt petit… Matt a été agressé par son père, précisa-t-elle. Le jour où il a voulu défendre sa mère, il a été victime d'un acte violent horrible… Ensuite sa mère et lui n'ont pas cessé de déménager, et c'est probablement pour cette raison que Matt a souvent besoin de déménager… Enfin, c'est ce que je suppose.

Sophie hocha la tête.

— Tu le défends… Tu l'aimes.

Hannah garda le silence.

N'était-ce pas la vérité ? N'était-elle pas tombée amoureuse de Matt ? Complètement, éperdument, bêtement amoureuse ?

— Oui… Je pense que oui, avoua-t-elle. Résultat, je suis malheureuse. Et seule. Plus seule que jamais.

— Non, pas si seule puisque je suis là pour t'aider et essayer de te remonter le moral ! Et si on allait faire un bon footing pour suer et faire sortir toute cette tristesse de ton corps ? proposa Sophie d'un ton énergique.

Hannah soupira de nouveau.

— Sincèrement, je n'aurai pas le courage d'aller courir. Je suis trop fatiguée. Même si je sais que rien ne vaut une bonne séance de jogging pour retrouver le moral !

— Bon, ce sera une autre fois. De toute façon, tu sais que tu peux compter sur moi.

— Merci… Tu es importante pour moi. Ma meilleure amie.

Hannah prit Sophie dans ses bras, et toutes deux se serrèrent affectueusement.

— Au fond, que demander de plus ? dit-elle en s'écartant. Tu es là, ma mère est là et en bonne santé, mon fils est un amour… Il va falloir que je me ressaisisse et que j'accepte d'avoir rêvé… pour rien.

— Ce n'est pas pour rien. Tu t'es fait du bien en t'accordant un peu de plaisir dans la vie… Tu en avais besoin, poursuivit Sophie. Et n'oublie pas tout ce que tu as pu te prouver à toi-même pendant cet incroyable *Hospital Challenge* ! Tu as repoussé tes limites, encore et encore, et tu as gagné !

— Avec Matt…

— Oui, mais sans toi, il n'aurait pas vécu ce succès, n'est-ce pas ? Pense à toi, Hannah, à toi, et à tout ce que tu as accompli. Tu es une mère exemplaire, une infirmière exemplaire, tu réussis tout ce que tu entreprends… Tu te remettras de cette… petite déception amoureuse !

Hannah hocha la tête.

— J'aimerais avoir autant de certitudes que toi… En tout cas, je ferai de mon mieux, c'est sûr.

En prononçant ces mots, elle fut submergée par un mélange d'émotions contradictoires, colère et déception tout à la fois. « Peut-être qu'au fond je ne t'aime pas », avait lancé Matt. Telle était la réalité.

Il ne l'aimait pas.

Donc oui, il faudrait qu'elle relève vite la tête et qu'elle poursuive son chemin…

Elle tournerait la page.

Elle oublierait…

Avec le temps.

14.

Une semaine s'était écoulée depuis qu'il s'était si cruellement séparé d'Hannah.

« Peut-être qu'au fond je ne t'aime pas… »

Dès que les mots étaient sortis de sa bouche, Matt s'en était voulu.

C'était faux, totalement faux… Et cruel.

Il n'avait lancé cette phrase que pour obliger Hannah à s'éloigner de lui et à rompre de manière radicale.

Si Hannah le détestait, alors peut-être ne souffrirait-elle pas autant que lui, voilà ce qu'il avait pensé.

Mais c'était lâche…

Et impossible.

Pour commencer, jamais il ne quitterait la ville sans lui avoir dit au revoir, à elle et, bien sûr, à Sam.

Ensuite, au fil des jours et presque malgré lui, Matt ne put s'empêcher d'espérer que, dans la mesure où ils avaient réussi à gagner le *Hospital Challenge*, peut-être parviendraient-ils à s'entendre quand même, autrement, amicalement…

Ou plus ?

Et s'il offrait des fleurs à Hannah ?

Un samedi en fin de journée, Matt se rendit chez un fleuriste et regarda longuement les bouquets présentés. Mais aucune des compositions florales, en dépit de leurs couleurs éclatantes, ne lui sembla assez belle pour Hannah…

Sans doute parce qu'il souhaitait avant tout lui demander pardon.

Oui, il voulait impérativement parler avec Hannah et s'excuser.

Si, par bonheur, la jeune femme ne ressentait ni amertume ni rancune à son égard, alors ensemble, ils réussiraient à bâtir une nouvelle relation. Ils seraient amis… Ou amants. Il accepterait ce qu'elle se sentirait capable de donner.

Ce samedi soir-là, Matt se gara devant la maison d'Hannah.

La nuit commençait à tomber, l'atmosphère était tranquille, douce.

La voiture de la mère d'Hannah n'était pas visible. Peut-être que Mme Green s'était rendue à son club de lecture.

Matt sortit de son véhicule et, le cœur battant, s'approcha de la porte d'entrée. À cette heure, Sam devait être au lit, ou sur le point d'aller se coucher… Tant mieux car il voulait voir Hannah seule.

À ce moment-là, il l'aperçut de l'autre côté de la baie vitrée du salon.

Hannah était assise dans un fauteuil avec Sam, en pyjama, sur ses genoux. Tendrement penchée vers lui, elle lui lisait un livre.

Matt sourit, imaginant sans peine à quel point ce devait être doux, bon, heureux pour eux deux. Combien de fois avait-il rêvé de partager ce genre d'instants familiaux, magiques…

Si par miracle il réussissait à se faire pardonner par Hannah, que se passerait-il ensuite ? Il n'avait pas l'habitude du bonheur. Il ne savait même pas ce que c'était. Son enfance malmenée et son adolescence mouvementée ne lui avaient offert aucun repère. Il avait grandi et s'était formé seul. Il savait être seul… Mais saurait-il aimer, et être aimé, tout simplement ? Il n'en était pas sûr…

Pas sûr du tout.

Il aurait tant voulu changer – changer en profondeur –, mais comment ?

La gorge nouée, debout dans l'obscurité, Matt fut soudain submergé de doutes. Là, maintenant, Hannah possédait tout ce dont elle avait besoin. Même si elle élevait Sam seule, elle avait trouvé une forme d'équilibre. Ne valait-il pas mieux qu'il la laisse poursuivre sa vie ainsi ? Un jour, elle rencontrerait un homme qui l'aimerait comme elle le méritait !

Mais imaginer Hannah dans les bras d'un autre lui fut insupportable… À en avoir un goût amer dans la bouche.

Il se détourna, retourna à sa voiture, ouvrit la portière et, machinalement, se glissa au volant.

Tel un papillon de nuit attiré par la flamme d'une bougie, Matt contempla encore la fenêtre éclairée du salon. Combien de temps resta-t-il ainsi, immobile, à regarder la maison d'Hannah ? Il aurait été incapable de le dire. Il ne réagit que lorsqu'il vit la fine silhouette de la jeune femme bouger, puis la lumière à l'étage s'allumer. Il sut alors qu'il devait partir…

Partir avant d'être tenté d'aller frapper à la porte, sachant que Sam serait au lit et Hannah seule. Il mit le contact et démarra.

Durant les quatre semaines suivantes, Matt travailla sans relâche et ne reçut aucune nouvelle d'Hannah.

Il ne chercha pas à en obtenir.

Il avait pris la décision d'accepter le poste à Londres et commença sans tarder à organiser son déménagement et son installation.

Dans un premier temps, il garderait la maison d'un ami pendant quelques mois, ce qui lui donnerait le temps de trouver un endroit à lui. Il fit appel à une entreprise pour transporter sur place l'essentiel de son mobilier et de ses affaires. Le reste, peu volumineux, il s'en chargerait lui-même. Cela remplirait à peine le coffre de sa voiture.

Matt avait toujours voyagé léger.

Jusqu'à présent, cette habitude l'avait aidé à se sentir libre, nomade comme il l'aimait…

Sauf qu'à présent, sans Hannah, cette liberté lui paraissait peu savoureuse, comme si elle ne signifiait plus grand-chose.

Ce jour-là, un vendredi après-midi, Matt entreprit de terminer les rangements en prévision de son déménagement définitif. Lorsqu'il entendit sonner à la porte d'entrée, il ignora l'éventuel visiteur. Il n'avait pas de temps à perdre.

La sonnette retentit de nouveau.

Matt ramassa différentes affaires, les entassa dans des cartons, bien décidé à ne pas répondre. Mais quelques instants plus tard, on sonna encore. Agacé, il finit par aller ouvrir.

— Qu'est-ce que…

Il s'interrompit brutalement.

Sur le seuil se tenait Hannah…

Hannah, vêtue d'une robe blanche au corsage légèrement échancré, la peau bronzée, les cheveux noués en un chignon fluide.

Elle souriait d'un air un peu provocateur.

— Désolée de te déranger… J'ai vu ta voiture et j'en ai déduit que tu étais chez toi.

— Je suis là… Et très occupé, ajouta Matt, conscient des battements désordonnés de son cœur.

Elle était si jolie…

Sa présence soudaine, là, devant lui, le bouleversait. S'il s'était écouté, il aurait pris la jeune femme dans ses bras et l'aurait serrée passionnément.

— Donc je te dérange. Tu as quand même quelques instants à me consacrer ? demanda Hannah.

— Bien sûr. Entre… La maison est vide mais j'ai encore deux chaises, et de quoi t'offrir un thé ou un café.

— Parfait !

En lui adressant un petit sourire, Hannah entra dans le salon et jeta un rapide coup d'œil à la pièce aux murs blancs, dénuée de tout mobilier. Il restait un tapis et des cartons.

— Tu pars bientôt ?

— Oui. Dans deux ou trois jours.

Hannah soutint le regard de Matt.

— Dans quel hôpital as-tu été embauché ? Je ne crois pas te l'avoir demandé…

Matt haussa les épaules.

— Ce n'est pas grave. Je travaillerai à l'hôpital général, à Hampstead.

— Tu as trouvé un logement ?

— Pas encore. Je vais être hébergé chez un ami qui part en mission humanitaire et me prête sa maison. C'est une chance… Ça me laissera le temps de chercher une location.

— Bien sûr.

Hannah prit une inspiration, comme pour maîtriser son émotion.

— Je voulais te voir avant que tu partes. C'est dommage qu'on…

— Très dommage, renchérit-il.

— Tu ne sais pas ce que je vais te dire !

— Non, mais moi, je veux que tu saches que je suis désolé, que je m'en veux beaucoup de t'avoir dit quelque chose que je ne pense pas.

Hannah l'observa d'un air interrogateur et attendit qu'il poursuive.

— Je t'ai dit, l'autre fois, que je ne t'aimais pas… Je croyais que ça faciliterait les choses, pour qu'on se sépare sans regret, mais…

Matt secoua la tête.

— C'était faux.

— Faux ?

— Entièrement faux. J'éprouve des sentiments pour toi… Et je tiens à toi, avoua-t-il.

— C'est vrai ?

— Bien sûr.

Hannah le dévisagea fixement, comme pour lire en lui, puis elle esquissa un pas vers lui.

Il fit de même.

— Tu éprouves des sentiments ? murmura-t-elle. Je suis heureuse de l'entendre… Parce que moi aussi.

— Toi aussi, Flash ?

L'appeler par ce pseudonyme, tellement chargé de tendresse dorénavant, c'était comme lui confier implicitement à quel point il l'aimait…

Troublé, profondément ému, Matt s'éclaircit la voix. Il avait la sensation d'être sur le point d'enjamber un précipice, de s'engager sur un chemin absolument nouveau, où il ne possédait aucun repère fiable. Il ne savait pas ce qui l'attendait…

Il savait juste qu'il voulait poursuivre ce trajet en compagnie d'Hannah. Mais comment un tel miracle pourrait-il advenir ?

— Oui, moi aussi, dit Hannah. Robin…

Elle lui sourit, presque timidement, ce qui ne lui ressemblait pas.

— Quand j'ai appris qu'hier c'était ton dernier jour de travail à l'hôpital, j'ai décidé de venir te voir pour te dire…

Elle hésita un court instant.

— … Que je ne voudrais pas qu'on se perde de vue. Je tiens à toi. Beaucoup.

— Autant que moi, tu crois ? dit-il en souriant.

— Peut-être plus !

— Impossible. Je pense à toi chaque jour, chaque heure, chaque minute, poursuivit Matt en s'approchant.

Il lui effleura tendrement le visage.

— Tu es si belle… Belle à l'intérieur, belle à l'extérieur… J'ai eu de la chance de rencontrer une femme comme toi. Et tu es une maman tellement attentionnée !

Hannah resta silencieuse, les yeux brillants de larmes contenues.

— Merci. Je fais de mon mieux.

— Justement, je ne voudrais pas déséquilibrer ce que tu as réussi à mettre en place avec ton fils.

— Déséquilibrer ? Pourquoi ce serait le cas ?

Matt s'efforça de réfléchir pour trouver les mots justes. Elle se blottit alors doucement contre lui.

— Je t'aime, Matt.

— Moi aussi, je t'aime… Je t'aime comme je n'ai jamais aimé aucune femme.

Hannah leva les yeux vers lui.

— Tu me dis la vérité ?

— Bien sûr. Tu le sens, non, que je t'aime ? Peut-être depuis le premier jour…

— Comme moi.

Elle le dévisagea d'un air grave.

— Alors si on s'aime, que faisons-nous ? On se sépare ou on apprend à être ensemble ?

— On sait déjà être ensemble... Un peu, en tout cas. Mais je dois apprendre à goûter le bonheur de vivre, Hannah. Je suis prêt à me faire aider si besoin, ajouta Matt.

— Je t'aiderai...

— Je crois que j'aurai surtout besoin d'un bon psychothérapeute. Tu ne peux pas être à la fois mon amour, ma femme, ma meilleure amie, et ma psychologue... Il faut que je me prenne en main.

— Et tu pourras toujours compter sur moi... Toujours !

Hannah enlaça Matt.

— Je suis certaine que si nous restons ensemble nous pourrons accomplir des merveilles... Et soulever des montagnes. On est Flash et Robin, pas vrai ?

Flash et Robin... Prêts à tout affronter.

En guise de réponse, Matt l'embrassa passionnément en la serrant dans ses bras comme s'il ne voulait plus la laisser s'éloigner... Plus jamais...

Et ce serait le cas. Dorénavant, ils seraient inséparables.

Épilogue

Six mois plus tard

Rien n'avait été facile, mais les obstacles ne les avaient pas empêchés d'aller de l'avant et de bâtir, ensemble, leur nouvelle vie.

L'amour les avait portés et leur avait donné un élan merveilleux. À deux, main dans la main, ils avaient pu soulever des montagnes et créer les miracles dont ils avaient rêvé.

Matt avait entamé une thérapie afin de se débarrasser du fardeau de son traumatisme d'enfance…

Semaine après semaine, il avait effectué les longs trajets entre Hamblewell et Londres, et passé des nuits solitaires à l'hôpital ou dans le logement qu'il occupait provisoirement.

Hannah l'appelait tous les jours, parfois plusieurs fois durant la journée quand elle le pouvait, et son cœur battait fort quand elle entendait la voix de l'homme qu'elle aimait tant.

Un an plus tôt, aurait-elle pu imaginer un tel bouleversement dans sa vie ? Impossible… Tout était arrivé si vite, au moment où elle s'y attendait le moins !

Les craintes qu'elle avait d'abord éprouvées à propos de son fils – accepterait-il totalement Matt ? – s'étaient peu à peu dissipées. Quant à la mère d'Hannah, elle s'était réjouie tout autant, assurant qu'il était temps, pour elle, de transformer également son quotidien.

« Ne t'inquiète pas, où que tu sois avec Matt et Sam, je viendrai vous rendre visite ! » avait-elle promis.

Sophie avait affirmé la même chose tout en nuançant ses propos : elle était tombée amoureuse d'un médecin urgentiste et ne viendrait voir Hannah et Matt que lorsqu'elle serait libre.

« Je crois que moi aussi je vais passer à une autre étape de ma vie ! avait-elle confié en riant. Une étape plus sérieuse ! Finies, les rencontres trop brèves et décevantes ! »

Hannah s'était profondément réjouie pour sa meilleure amie.

Le temps passait et, soudain, tout semblait plus facile, plus doux…

Désireuse d'en savoir plus sur l'enfance de Matt, elle avait lu le livre de sa mère de la première à la dernière page. Elle avait été émue aux larmes par ces confidences racontées avec précision et pudeur.

Un jour, Matt l'avait emmenée, avec Sam, dans le Devon pour rencontrer sa mère. Celle-ci avait accueilli Hannah avec une évidente affection, visiblement très heureuse du bonheur de son fils qui, enfin, commençait à mener une existence plus paisible.

Peu de temps après, Matt avait invité Hannah pour un long week-end en Italie, dans la région de la Toscane, romantique à souhait… Ce séjour avait été idyllique. Ils avaient fait l'amour, ils avaient nagé dans l'eau tiède de la Méditerranée et s'étaient promenés sur la plage main dans la main… Matt l'avait demandée en mariage et, lorsqu'ils étaient rentrés à la maison, il avait parlé avec Sam, lui expliquant qu'il voulait épouser Hannah… Si, bien sûr, le petit garçon était d'accord.

Sam avait sauté de joie… Et s'était jeté dans les bras de Matt.

Et tout cela nous a menés ici… , songea Hannah, émerveillée.

Elle se tenait sur le seuil de la jolie maison où ils vivraient désormais.

Ils avaient choisi de s'installer dans une banlieue verdoyante de Londres, proche d'un parc. L'école se trouvait au bout de la rue, et Sam s'y était déjà rendu afin de rencontrer les enseignants et ses futurs camarades.

Hannah jeta un coup d'œil à la façade de la maison, récemment rénovée. Le jardin était planté d'arbustes et de fleurs. Oui, tout était parfait, même si l'intérieur avait encore besoin de travaux.

Matt prit la clé dans sa poche, la remit à Sam et souleva le petit garçon afin qu'il puisse atteindre la serrure.

— À toi l'honneur…

— C'est vraiment chez nous ?

Matt se mit à rire.

— Vraiment, oui ! D'ailleurs, il y a une surprise pour toi.

— C'est quoi ?

Impatient, Sam déverrouilla la porte, et Matt le reposa par terre.

L'enfant se précipita, regarda dans le salon puis courut vers l'escalier menant aux chambres, à l'étage.

Hannah glissa un bras sous celui de Matt, et ils franchirent le seuil de leur nouvelle demeure.

Si les murs avaient été repeints, le vieux parquet aurait besoin d'être ciré et il n'y avait pas encore de meubles. La cuisine serait modernisée, mais l'aménagement actuel ferait l'affaire jusqu'à ce qu'ils puissent se permettre de le changer. Dès qu'ils avaient visité cette vaste maison de style victorien, Hannah et Matt avaient su que c'était l'endroit où ils voulaient élever une famille et vieillir ensemble.

Consciente que Matt tenait à être le meilleur père possible, elle lui avait suggéré de décorer la chambre de Sam, et il avait aussitôt sauté sur l'occasion… Toutefois, elle n'avait pas encore vu ce qu'il avait réalisé.

— Waouh, c'est cool ! s'exclama Sam, à l'étage.

Hannah sourit à Matt et ils montèrent à leur tour.

Sam se tenait sur le seuil de la chambre principale, la leur, inondée de soleil. Un grand lit recouvert d'un édredon blanc comme neige trônait au milieu, orné de coussins moelleux. Une commode, une armoire et une coiffeuse complétaient le mobilier assorti, en pin clair verni.

— Tu as déjà tout acheté ! C'est magnifique ! s'enthousiasma Hannah.

Ils avaient présélectionné plusieurs meubles sur un catalogue, et Matt avait choisi ceux qu'elle préférait.

— J'ai un lit, moi aussi ? demanda Sam.

— Va voir ! répondit Matt.

Sam fila vers la pièce qu'il avait choisie comme chambre. Hannah s'attendait à l'entendre réagir mais, au contraire, son fils demeura complètement silencieux. Inquiète, elle jeta un coup d'œil à Matt.

— Viens, dit-il en lui prenant la main.

Le cœur battant, Hannah le suivit.

Elle découvrit une pièce entièrement repeinte, le sol recouvert de moquette bleu océan. Une constellation d'étoiles décorait une partie du plafond avec, suspendues au bout de fils translucides, des maquettes de toutes les planètes du système solaire. Il y avait des étagères, des poufs, un coffre à jouets, une chaise d'enfant. Contre le mur se trouvait le lit, orné d'une couette décorée de lunes et d'étoiles.

— Alors, Sam, ça te plaît ? demanda Matt d'un ton un peu nerveux, comme s'il doutait de lui-même.

Sam acquiesça d'un signe de tête puis se tourna vers lui. Un immense sourire illuminait son visage.

— C'est trop beau ! Je peux dormir ici ce soir ?

— Bientôt, promit Hannah, émue. Moi aussi j'aimerais rester ici, mais nos affaires sont encore dans notre autre maison.

— Pourquoi ? Je vis dans cette maison, maintenant ! protesta Sam.

Hannah se mit à rire.

— Bientôt. On reste ce soir, mais demain, nous devrons retourner à Hamblewell. Les décorateurs travailleront ici encore toute la semaine. On emménagera le week-end prochain.

— Cool ! Merci, Matt… Euh, papa !

Puis Sam commença à explorer sa chambre.

— Je crois que je viens d'être promu, chuchota Matt à l'oreille d'Hannah.

Si le petit garçon avait accepté que Matt soit son père, c'était la première fois qu'il l'appelait ainsi.

En souriant, comblée de bonheur, Hannah se blottit tendrement contre son mari.

— Tu l'as bien mérité… Je t'aime, Robin.

— Je t'aime, Flash.

MEREDITH WEBBER

Une infirmière en Thaïlande

Traduction française de
ELISA MARTREUIL

BLANCHE

HARLEQUIN

Titre original :
CONVENIENTLY WED IN PARADISE

1.

Alexander Monroe McLeod faisait les cent pas sur le balcon de la chambre de sa grand-mère, dans le Palais de la Sérénité et de la Félicité. La résidence hôtelière au nom ronflant était située sur une île du golfe de Thaïlande, et la vue était à couper le souffle : mer turquoise et scintillante piquetée de voiles aux tons sombres pour les petits bateaux de pêche presque immobiles, et couleurs vives pour les planches à voile qui filaient dans un sens puis dans l'autre, au large de la station balnéaire du continent. Sur la droite, l'épaisse forêt tropicale dévalait les flancs de la montagne sur laquelle s'élevait le Palais. Quoi qu'en disent les brochures pour touristes, cela n'avait jamais été un palais et encore moins la résidence d'été des anciens rois du Siam.

L'hôtel de luxe, avec sols en marbre et murs tapissés de soie, avait été conçu à l'époque où le village se réduisait à quelques cabanes de pêcheurs. Les jardins, embaumés par les frangipaniers, étaient parfaitement entretenus. Sur les pelouses en particulier, pas un brin d'herbe ne dépassait.

Aussi grandiose que soit ce cadre, Alexander s'y ennuyait à mourir, mais il n'avait pas d'autre choix que d'y séjourner.

Soudain, ses pensées prirent un tout autre tour : dans l'allée du jardin, il venait d'apercevoir une grande jeune femme au port de reine, aux longues jambes et à l'abondante chevelure noire, qui s'éloignait tête nue, une imprudence dans cette région.

Allait-elle à un rendez-vous auquel elle ne pouvait pas se soustraire ? Ou au contraire vers une destination qu'elle était impatiente d'atteindre ? Peut-être fuyait-elle tout simplement le Palais ?

Ce qu'il aurait compris.

Incompréhensible en revanche était la première idée qui lui était venue en la voyant : cette femme était faite pour monter à cheval.

De toute évidence, son oisiveté forcée lui faisait perdre la tête, ou du moins lui ramollissait le cerveau. Pestant de nouveau, il décocha un coup de pied au palmier en pot qui ornait le balcon. Il devait à tout prix se trouver une activité, mais celle-ci ne pouvait pas l'éloigner de la suite luxueuse où sa grand-mère était en train de s'éteindre. C'était précisément là qu'elle avait passé une lune de miel merveilleuse avec feu son mari.

Elle avait souhaité y revenir et y séjourner jusqu'à sa mort. C'était sa dernière volonté, à ce qu'elle disait, probablement pour contraindre Alexander à l'accompagner. Mais lui n'adhérait pas pleinement au projet même si, renseignements pris, une partie du Palais avait été convertie en centre de convalescence haut de gamme, où une équipe de médecins, de kinésithérapeutes et d'infirmiers veillait au bien-être des patients – pardon, des résidents. Ainsi, trois affables infirmières thaïlandaises s'occupaient de sa grand-mère – toilette, habillage, repas – avec respect et sollicitude.

La bichonnaient, plus exactement !

Car le Palais accueillait quiconque pouvait se permettre ses tarifs exorbitants. Et l'argent, sa grand-mère n'en manquait pas. Pas plus que sa famille en général et que son petit-fils en particulier, car la petite application qu'il avait bricolée pendant ses études avait connu un succès international. « Docadit » lui avait rapporté une fortune d'autant plus inattendue que l'application conseillait la plupart du temps de… consulter un médecin en cas de doute !

Peut-être pourrait-il l'améliorer ? Innover ?

À condition que les muscles de la créativité ne se soient pas atrophiés en lui avec l'exercice de la médecine, son véritable métier.

Mais cela valait la peine d'essayer. Tout était bon à prendre pour sortir de cette oisiveté, de cet ennui.

Si seulement sa grand-mère avait été suffisamment en forme ! Il aurait poussé son fauteuil roulant dans le magnifique parc, ou serait allé avec elle visiter les alentours en *tuk-tuk*, ce tricycle comprenant une carriole typique de la Thaïlande.

Mais il était miné par son impuissance à lui, médecin, à aider cette femme qu'il chérissait.

Depuis qu'elle l'avait recueilli, lorsqu'il avait douze ans, elle lui répétait la même phrase chaque fois que quelque chose le perturbait : « Chez les Monroe, on ne fait ni dans les émotions ni dans les sentiments. »

Pourtant, quand il prenait le temps de réfléchir – et en l'occurrence il avait du temps à revendre —, c'était de l'amour qu'il avait toujours éprouvé pour elle. Alors, peut-être la règle aurait-elle dû être : « Chez les Monroe, on ne montre ni ses émotions ni ses sentiments. »

À l'époque, il lui opposait qu'il était un McLeod, mais elle balayait l'argument d'un « baliverne ! » péremptoire et cassant.

« Peu importe ton nom, tu es un Monroe jusqu'au bout des ongles », précisait-elle même parfois.

McLeod ou Monroe, la douleur qui l'oppressait aujourd'hui à la vue de cette femme ridée et frêle, elle autrefois si énergique et volontaire, était indiscutablement du chagrin.

L'expression de l'amour que je lui porte.

Un amour si profond qu'il avait l'impression qu'une partie de lui-même était en train de mourir. Et le mantra « chez les Monroe, on ne fait ni dans les émotions ni dans les sentiments » qu'il se serinait pourtant ne le soulageait aucunement.

Alors qu'il reprenait sa déambulation sur le balcon, un mouvement attira son attention : la belle jeune femme qu'il avait aperçue revenait… à cheval !

Hilary McKenzie Steele s'interrogeait. Était-il permis d'emprunter à cheval l'allée en gravier soigneusement ratissée du Palais de la Sérénité et de la Félicité ? Mais elle obéissait aux ordres de Muriel Walker, la « résidente » qui lui avait été attribuée.

« Ils ont des chevaux magnifiques, ma petite Kenzie, avait-elle déclaré. Mis à la disposition de tous les clients. »

Muriel Walker, une habituée du Palais, n'avait pas besoin de soins particuliers. Elle souffrait simplement d'une solitude qu'elle traînait d'hôtel cinq étoiles en maison de santé haut de gamme, et était probablement à la recherche de tout ce qui pouvait donner un peu de sel à sa vie.

D'où cette idée de cheval.

Muriel, en dépit de ce que ses poses de mourante et ses maladies imaginaires laissaient penser, n'avait qu'une petite soixantaine d'années et était certainement capable d'apprendre à monter à cheval. Une saine occupation !

Après avoir attaché Bob – quel nom improbable pour un cheval thaïlandais ! – devant la porte de service de l'établissement, Kenzie gagna le petit salon où l'attendait Muriel, dans une tenue « toute simple » qui devait coûter le même prix que le cheval.

— Venez, dit Kenzie avec fermeté. Il est temps de prendre votre première leçon d'équitation.

Muriel, malgré son appréhension, se leva en souriant.

— Je vous préviens, si je tombe, je vous vire, dit-elle.

Kenzie, sans savoir si l'avertissement était du lard ou du cochon, ne put se retenir de rire.

Kenzie avait, après mûre réflexion, décidé que cette entrée, sur le côté de l'établissement, était le meilleur endroit pour la première étape de la leçon : se mettre en selle. D'une part, être à l'abri des regards éviterait à Muriel de se ridiculiser en public et, d'autre part, les socles des pots de fleurs qui décoraient le petit escalier serviraient de marchepied à Muriel pour monter – ou se hisser ? – sur l'animal.

Muriel était en pleine manœuvre sous la direction de Kenzie quand un homme déboucha du virage de l'allée et s'arrêta pour les observer.

— Besoin d'aide ?

Une voix riche et profonde. Un accent anglais. Les

quelques mots résonnèrent aux oreilles de Kenzie, puis dans tout son corps.

Et le feu lui vint aux joues. La simple surprise ? Elle l'espéra et pesta contre l'agaçante facilité avec laquelle elle rougissait encore à son âge.

— Merci, nous allons nous débrouiller, répondit-elle… trop tard.

L'homme les avait déjà rejointes et, tout en aidant Muriel à se maintenir en selle, lui calait le pied dans l'autre étrier.

— C'est votre première fois ? demanda-t-il à Muriel dans un sourire.

Sourire qui eut chez Kenzie un effet encore plus importun que sa voix. Allons ! Elle devait se concentrer sur son élève au lieu de s'intéresser à cet inconnu au beau ramage.

D'autant plus qu'elle était là pour oublier les hommes. À jamais. Dans toute la mesure du possible…

— À présent, prenez les rênes et tendez-les juste assez pour sentir la bouche du cheval, dit-elle à son élève.

— Tenez-les d'une seule main, de façon à libérer l'autre pour la cravache au cas où votre monture se montrerait récalcitrante, précisa l'inconnu.

— Qui êtes-vous ?

La question avait fusé, avec davantage d'agressivité – ou d'audace ? – que Kenzie ne l'avait voulu.

— Alexander Monroe McLeod, prisonnier de ce palais, pour vous servir, répondit-il à l'intention exclusive de Muriel qu'il salua très bas.

Un employé, décida Kenzie bien qu'elle ne l'ait jamais vu depuis son arrivée, dix jours plus tôt.

— Vous accompagnez votre grand-mère ? demanda doucement Muriel.

— Oui, c'est ça.

Kenzie se rappela alors avoir entendu parler d'une vieille femme venue avec son petit-fils médecin au Palais pour y passer ses derniers jours. Mais quelque chose tarabustait Kenzie. Le visage de cet Alexander ne lui était pas inconnu. Pas plus que son nom, d'ailleurs…

— Où avez-vous prévu d'aller ? demanda-t-il, toujours à l'adresse de Muriel.

— Pas très loin. En fait, je crois que je vais arrêter là pour aujourd'hui.

— Ce serait dommage, dit Alexander Monroe McLeod. Si votre amie prend la longe et que je reste à côté de vous, cela vous rassurera-t-il ?

Muriel ayant fini par hocher la tête, Kenzie tira doucement sur la longe avec un « allez ! » suivi d'un claquement de langue, et Bob avança docilement.

Engagée dans une conversation avec Alexander, Muriel oublia ses appréhensions et Kenzie en profita pour examiner du coin de l'œil cet homme à la belle voix et au nom pompeux.

Elle était certaine d'avoir déjà entendu son nom, et tout aussi certaine de n'avoir jamais rencontré ce grand brun élégant au profil sculptural.

Je te rappelle que tu es ici pour oublier un homme, pas pour fantasmer sur un autre, aussi séduisant soit-il !

Il n'empêchait qu'il avait un physique marquant. Aurait-elle vu une photo de lui ?

Mais c'est bien sûr !

— Je sais qui vous êtes ! fit-elle avec une involontaire note de triomphe. Vous êtes le créateur de l'application Docadit !

— Vous la connaissez ? demanda un peu sèchement Alexander.

— Toutes les infirmières la connaissent, répondit Kenzie en éclatant de rire. Quand nous nous ennuyons à l'hôpital, nous regardons comment vous interpréteriez tel ou tel symptôme de nos malades. Une distraction inoffensive : vous concluez toujours en conseillant de consulter un médecin pour vérification. En général, les diagnostics correspondent.

Il en resta abasourdi. Des infirmières comparaient ses conclusions à celles d'autres praticiens comme s'il s'agissait d'un jeu ?

— Et vous, qui êtes-vous ? demanda-t-il, déstabilisé par ce visage hilare aux yeux d'un bleu saisissant.

— Je m'appelle Hilary McKenzie Steele, dit-elle en singeant la présentation d'Alexander. Kenzie pour tout le monde. Ma mère est morte en me mettant au monde et mon père a ajouté son nom au sien.

Aucun doute, elle se moquait de lui. À juste titre, d'ailleurs. Il aurait pu se présenter tout simplement comme Alex McLeod au lieu de dérouler son patronyme complet.

— Vous êtes toujours prêt à me rattraper si je tombe ? demanda Muriel d'un ton inquiet.

— Bien sûr, répondit-il en s'arrachant à ses pensées. Mais dites-moi, comment vous sentez-vous là-haut ?

— Eh bien… On est très loin du sol mais ça va, répondit Muriel. Nous pourrions continuer un peu, peut-être jusqu'à l'écurie ?

— Bien sûr, répondit aussitôt Kenzie.

— Écoutez, Kenzie, dit Alex en savourant l'effet de ce prénom sur sa langue, je ne vais pas pouvoir rester beaucoup plus longtemps.

— Oh ! Pas de problème ! répondit-elle joyeusement. Muriel se tient bien en selle, à présent, et il y a un petit banc pour l'aider à descendre là-bas. Et vous-même, vous montez à cheval ? Les animaux du Palais sont magnifiques, et de nombreux sentiers mènent au sommet de la montagne à travers la forêt tropicale.

— Depuis combien de temps êtes-vous ici, pour connaître aussi bien les lieux ? Personnellement, j'ignorais même qu'il y avait des écuries.

— Dix jours. Mais nous, les sous-fifres, nous nous mêlons davantage aux habitants que les résidents.

— Êtes-vous sûre que ça va aller, si je vous laisse ? demanda Alex à Muriel sans relever la raillerie de Kenzie.

— Oui, absolument, répondit-elle en souriant. Je me sens parfaitement en sécurité avec Kenzie. Peut-être que, d'ici quelques jours, grâce à ses leçons, nous pourrons aller tous les trois en haut de la montagne. Si vous savez vous-même monter…

Il se retint de rire – il était pratiquement né sur un cheval ! – et se contenta de prendre poliment congé des deux femmes, puis il regagna l'hôtel au pas de course. Avec un peu de chance, il tomberait sur un des rares moments où sa grand-mère reprenait ses esprits et le reconnaissait. Il voulait profiter de chacune de ces occasions dorénavant, et se racheter ainsi de toutes les fois où il avait annulé un déjeuner ou un dîner avec elle parce qu'il était retenu à l'hôpital ou, pire, par un rendez-vous galant.

Désormais, les jours de sa grand-mère étaient comptés…

Alors qu'il montait dans l'ascenseur, il ne put s'empêcher, malgré ses remords vis-à-vis de sa grand-mère, de se remémorer la première image de la femme au nom improbable qui s'était gravée dans son cerveau : ses longues jambes, sa démarche souple, son dos très droit et sa tignasse brune. Noire ou châtain très foncé corrigea-t-il, sans réussir à s'expliquer le cours qu'avaient pris ses pensées.

Une chose était sûre : plus vite il les chasserait, mieux il se porterait. Depuis la fin grotesque de ses fiançailles et de ses projets de mariage, il avait gardé ses distances avec les femmes pour se consacrer à une autre passion moins compliquée à gérer : son travail.

Il secoua la tête dans l'espoir de mettre un terme à ces pénibles ruminations, certainement générées par le stress de ne pouvoir soigner sa grand-mère, et par l'oisiveté qui lui laissait trop de temps pour imaginer la vie sans elle…

Elle avait quand même eu une sacrée allure sur son cheval, cette Kenzie…

Le reste de la promenade de Muriel et Kenzie se déroula sans incidents.

— Vous devriez prendre une douche bien chaude, dit Kenzie alors qu'elles s'installaient dans le *tuk-tuk* qui devait les ramener à l'hôtel. Je vais vous réserver un massage aujourd'hui et un autre demain, afin d'éviter les courbatures.

— Il m'en faudra un tous les jours, alors, parce que j'ai bien l'intention d'apprendre à monter correctement à cheval.

Une fois Muriel sous la douche et le rendez-vous pour le massage pris, Kenzie commanda du thé et des scones. Elle ouvrit ensuite l'application Docadit sur son téléphone et ne put réprimer un sourire devant la photo pixélisée d'Alexander Monroe McLeod. Celle-ci ne reflétait que de très loin la réalité. Elle en avait vu des plus réussies dans les pages économiques de journaux sérieux, et c'était grâce à elles qu'elle l'avait reconnu.

Ses collègues ne la croiraient jamais, quand elle leur dirait qu'elle l'avait rencontré en chair et en os ! Ils allaient être jaloux, ceux qui s'étaient moqués d'elle quand elle avait pris ce travail temporaire dans une maison de santé pour riches au large de la Thaïlande.

« Tu vas t'ennuyer à mourir », lui avaient-ils prédit, et elle leur avait secrètement donné raison mais, à l'époque, elle aurait même accepté un poste sur Mars pour fuir sa petite ville natale.

Oui, très petite. Trop petite. Tout le monde avait suivi son histoire d'amour avec le nouveau médecin et parié sur un mariage… Jusqu'à ce que la femme du praticien débarque.

À la grande surprise de Kenzie, du soulagement s'était mêlé à sa douleur et son humiliation. Aussi fort qu'ait été son désir – de plus en plus pressant – de se marier et d'avoir des enfants, quelque chose l'avait gênée chez Mark depuis le début.

— Alors, Kenzie, dit Muriel en sortant de la salle de bains dans un nuage de vapeur et un somptueux peignoir, cette fois je n'accepterai aucune excuse. Vous allez dîner avec moi. Nous établirons le programme de nos leçons d'équitation.

— Il vaudrait peut-être mieux attendre demain matin pour voir comment vous vous sentez.

— Nous pourrons en discuter pendant le repas, répondit Muriel, insistante. Je pensais dîner dans la salle Saphir aujourd'hui. Elle est plus intime.

Une phrase élégamment formulée du règlement déconseillait aux résidents de partager leurs repas avec le personnel, et Kenzie s'était toujours refusée à accéder à la requête de Muriel.

Elle recourut à son excuse habituelle.

— Vous savez bien que je n'aime pas les atmosphères

guindées, Muriel. Sans compter que je ne suis pas venue ici en villégiature, mais pour travailler.

Quelques coups discrets à la porte l'interrompirent et permirent à Muriel de passer outre à ces objections.

— Ce doit être la masseuse. Faites-la entrer, Kenzie, et occupez-vous de mes pilules. Ensuite allez trouver quelque chose à vous mettre. Disons 19 heures, dans ma chambre ? Nous boirons un verre avant de descendre dîner.

Après avoir, comme demandé, préparé les médicaments – comprimés contre l'hypertension, statines contre le cholestérol et calcium pour les os – et un verre d'eau, Kenzie sortit.

Dans l'ascenseur, elle se demanda machinalement si l'inventeur de Docadit prenait ses repas dans une des salles à manger, et plus spécifiquement dans la salle Saphir.

Assez ! N'avait-elle pas fait une croix sur les hommes ? Elle avait d'autres chats à fouetter. Dans l'immédiat, elle devait réfléchir à sa tenue du soir, ce qui n'était pas une mince affaire pour une jeune fille du bush australien, où s'habiller pour sortir consistait à se mettre quelque chose aux pieds.

Elle prit un *tuk-tuk* devant le Palais pour se rendre au marché du petit village. Là, elle dénicha un sarong en coton léger, aux volutes bleues, vertes et violettes. Avec un haut noir et ses belles sandales noires, elle serait sinon élégante du moins présentable.

Muriel, visiblement ravie que Kenzie ait honoré son invitation, vanta son choix de tenue et servit deux coupes de champagne en l'honneur de sa première leçon d'équitation. Elles descendirent ensuite dîner bras dessus bras dessous, comme deux amies et non comme une cliente et une employée.

Si Kenzie s'était habituée à la magnificence du hall d'entrée, avec son sol en marbre noir veiné d'or et ses orchidées en pot qui se dressaient dans un brouillard de fougères, elle trouva la beauté grandiose de la salle à manger Saphir – pourtant la plus petite des deux – presque oppressante.

La salle méritait bien son nom : bleu pâle velouté des

murs et bleu plus soutenu des chaises faisaient ressortir la blancheur éclatante des nappes et des serviettes. Les verres en cristal réfractaient en une myriade de petites étoiles scintillantes la lumière du magnifique lustre.

Kenzie se mordit la lèvre. Elle n'était décidément pas à sa place. D'ailleurs le maître d'hôtel, qui connaissait le règlement, leva un sourcil étonné et les aurait installées à une table à l'écart si Muriel n'avait exigé de s'asseoir près de la fenêtre.

— Oh ! Et voilà ce monsieur si gentil ! dit-elle, ravie, en agitant la main en direction d'Alexander. Demandons-lui donc de nous rejoindre.

Pourvu qu'il refuse !

Hélas, alors que Kenzie se glissait sur sa chaise, elle le vit se lever et traverser la salle dans leur direction.

— Alors, comment s'est passée la suite de votre promenade ? demanda-t-il à Muriel.

— J'ai adoré ! Je remets ça demain. Il faut que j'emploie les grands moyens si je veux avoir le temps de devenir une cavalière accomplie.

Avec un sourire aux deux femmes, Alex s'assit sur la chaise qu'un serveur lui tenait. La plus jeune maudissait certainement sa présence, manque de chance, c'était pour elle qu'il avait accepté l'invitation. Parce qu'elle l'attirait. Parce qu'il avait envie de parler avec elle.

Fallait-il voir un symptôme de l'ennui qui l'écrasait dans l'intérêt qu'il portait à cette femme qui s'était pourtant moquée de sa façon pompeuse de se présenter et qui faisait joujou avec son application ?

Après tout, peut-être la trouvait-il tout bonnement séduisante, bien qu'elle ne fasse pas de charme. Certes, elle avait mis une touche de rouge sur ses lèvres joliment dessinées et un léger trait d'eye-liner rehaussait le bleu de ses yeux rieurs, mais rien à voir avec la perfection étudiée du maquillage de la plupart des femmes qu'il connaissait.

Quelle qu'en soit la raison, elle avait fait naître en lui une émotion dont il s'était toujours cru dénué. Elle devait posséder un don…

Mais c'était Muriel son hôtesse.

— Vous vous appelez Muriel, n'est-ce pas ? Appelez-moi Alex. Êtes-vous ici en convalescence ?

— On peut dire ça, répondit-elle avec son sourire lumineux. J'ai effectivement subi une petite opération. Un micro lifting pour tout vous dire. Mais en réalité, je suis venue ici pour rompre avec un quotidien qui, jusqu'à ma rencontre inattendue avec un cheval aujourd'hui, était devenu si ennuyeux que je me demandais parfois s'il valait la peine d'être vécu.

— Et le cheval a tout changé ? s'amusa gentiment Alex.

— Mais absolument ! D'après Kenzie, on peut louer des chevaux à Central Park à New York, et même à Hyde Park à Londres. Je peux monter presque partout !

— Y avez-vous vous-même fait du cheval ? demanda Alex à Kenzie pour inclure dans la conversation la femme pour qui il avait changé de table.

— Pas encore, répondit-elle, ses yeux bleus pétillant d'un sourire qui révéla des dents parfaites. Mais j'y compte bien.

— C'est sur la liste de vos objectifs à réaliser avant de mourir ?

— Je ne crois pas qu'on se soucie de ce genre de liste à mon âge. Je pense davantage à prévoir mon avenir immédiat.

— Et que prévoyez-vous ? demanda-t-il sur une impulsion.

— De me marier et d'avoir des enfants, répondit-elle avec une promptitude qui les surprit autant l'un que l'autre. Notez que ce n'était pas mon ambition personnelle. À la base, je souhaitais devenir infirmière de bloc. Irréalisable bien sûr puisque je voulais exercer aussi près que possible de chez moi et que les petits hôpitaux comme celui où je travallais n'emploient pas de chirurgiens.

Après un silence, elle reprit :

— Bref. Ma situation a changé et il faut quand même que je m'arrange pour faire deux enfants. Mon père préférerait qu'ils soient légitimes, d'où le mariage, fit-elle avec un haussement d'épaules, comme si son explication se passait de commentaires.

— Je comprends le point de vue de votre père, dit Muriel,

brisant le silence qui s'était abattu après la déclaration par trop personnelle de Kenzie.

Le silence retomba aussitôt.

Ils furent sauvés par l'arrivée d'un serveur venu prendre leur commande. Muriel le renvoya car ils n'avaient pas encore ouvert la carte.

— Allez ! Décidez vite ce que vous voulez manger pour que nous puissions discuter du problème de Kenzie.

— Ce n'est pas vraiment un problème, répondit Kenzie avant d'ajouter en rougissant : enfin… Peut-être que si quand même.

Elle semblait si abattue qu'Alex faillit lui assurer qu'elle trouverait facilement des tas d'hommes prêts à l'épouser. Mais Muriel ne lui en laissa pas le loisir. D'un ton sans appel cette fois, elle les somma de choisir leur menu.

Alex avait été élevé par sa grand-mère, c'était donc pour lui une sorte de seconde nature d'obéir aux personnes âgées. Il se plongea aussitôt dans la carte et opta pour un *meen molee*, un curry de poisson au lait de coco.

— Je ne suis pas aussi audacieuse, dit Kenzie. Pour moi ce sera un curry vert de poulet. Ça a l'air délicieux.

— Et pour moi, le curry végétarien, déclara Muriel avant d'appeler le serveur.

Puis, une fois la commande passée, elle ajouta :

— Et du vin, aussi. Non, du champagne, plutôt.

Alex sourit intérieurement. Il croyait entendre sa grand-mère, pour qui il était inimaginable que quelqu'un ait des goûts différents des siens. Elle ne pensait donc jamais à lui demander son avis.

Chère grand-maman ! Il soupira avec un mélange d'attendrissement et de tristesse.

Il avait perdu ses parents à l'âge de douze ans et avait été élevé par sa grand-mère dans le strict respect des valeurs de la famille – Monroe, bien sûr.

Elle n'était pas démonstrative et ne lui manifestait pas son affection, mais jamais il n'avait douté qu'elle lui portait un amour profond – qu'il lui rendait, d'ailleurs. Et elle l'avait toujours encouragé dans les choix qu'il faisait.

Elle allait désormais partir, elle aussi, et avec elle une grande partie de la vie d'Alex.

Allons ! Chez les Monroe, on ne faisait ni dans les émotions ni dans les sentiments.

— Et vous êtes ici pour réaliser l'ambition de votre père ?

Perdu comme il l'était dans ses souvenirs d'enfance, il se demanda si la question de Muriel lui était destinée. Heureusement, Kenzie comprit plus vite.

— Non, pas du tout ! C'est juste une petite coupure pour recharger les batteries. Je m'occuperai du reste quand je rentrerai en Australie.

— Vous présentez cela comme une opération militaire, dit-il, taquin, dans l'espoir de la voir sourire de nouveau.

Mais elle répondit avec le plus grand sérieux :

— Non, ce n'est pas exactement ça. Simplement, j'ai appris la prudence. On se marie plus tard, de nos jours, et je ne vois pas d'inconvénient à épouser un homme plus âgé, disons la trentaine. Mais je sais que la plupart d'entre eux sont déjà engagés dans une relation stable, à cet âge.

— On est vieux à trente ans ? dit-il, étonné.

Avec ses trente-cinq ans, il se considérait comme jeune.

— Quel âge avez-vous ? demanda-t-il, provoquant cette fois le sourire de Kenzie.

— Vingt-six ans, mais là n'est pas la question. Voyez-vous, ma mère est morte en me mettant au monde et, pendant des années, j'ai espéré que mon père se remarierait et aurait d'autres enfants. Il a fini par tomber de nouveau amoureux mais d'une femme plus âgée qui ne pourra pas lui donner d'enfant. C'est donc à moi de faire en sorte que notre propriété reste dans la famille.

Elle s'arrêta et le scruta comme pour s'assurer qu'il l'écoutait.

— Elle est située dans le Nord, sur le golfe, et appartient à la famille depuis des générations. Elle a survécu à des incendies, des sécheresses, des inondations. Elle a été bâtie avec le sang, la sueur et les larmes de mes ancêtres. Elle est notre raison de vivre, et mon père veut à tout prix qu'elle continue à exister. Nous avons un régisseur à temps plein et il m'aidera à la gérer si quelque chose arrive à mon père, mais c'est la génération suivante le souci. Je dois absolument avoir des enfants pendant qu'il peut leur transmettre son savoir et l'histoire du domaine.

— Ce qu'un régisseur ne pourrait pas faire, dit Muriel. Il ne prend pas les choses aussi à cœur que quelqu'un de la famille.

— Exactement. Nous avons un troupeau de quinze mille bovins de race brahmane. C'est beaucoup de travail, parce que nous les élevons nous-mêmes. Nous châtrons les mâles quand ils sont encore jeunes, nous les changeons régulièrement de pâturage… Et puis il y a le cheptel reproducteur. Nous nous séparons tous les ans d'environ huit mille bêtes, qu'il faut remplacer. Et il y a aussi les décisions à prendre pour l'avenir : solutions contre la sécheresse, nouveaux marchés quand les prix s'écroulent…

Alex essayait de suivre mais il était dépassé. Quand elle avait évoqué une « propriété », il avait imaginé une grande demeure, ou peut-être une ferme, mais jamais une exploitation qui comptait quinze mille bovins et suffisamment de reproducteurs pour compenser les huit mille bêtes dont ils « se séparaient » tous les ans.

— Je vois, dit-il seulement.

Heureusement, Muriel prit la conversation en main.

— Mon deuxième mari avait des bovins de race brahmane, lui aussi. De grosses bêtes affreuses avec leur horrible bosse. Il les élevait pour les présenter à des concours. Lorsqu'il est mort, on a posé sur son cercueil tous les rubans qu'il avait gagnés. Au moins ça ne fane pas.

Pourquoi avait-il accepté l'invitation de Muriel au lieu de dîner tranquillement dans son coin, comme depuis son arrivée, deux semaines plus tôt ?

Il aurait pu prendre congé sous prétexte d'une visite à sa grand-mère et se faire monter son repas dans sa chambre. Mais celle-ci, dont le sommeil ressemblait de plus en plus à un coma, ne se réveillerait pas avant le lendemain matin. Était-il prêt à mentir ?

En outre, depuis qu'il avait rencontré cette jeune femme

au sourire éblouissant et aux yeux bleus rieurs, qui avait grandi au milieu de quinze mille vaches, il avait oublié le sens du mot « ennui ». La franchise avec laquelle elle parlait de son exploitation et de son besoin de faire des enfants pour perpétuer une tradition familiale l'intriguait, et touchait en même temps quelque chose de profond en lui.

À cause de l'attachement à la famille que sa grand-mère lui avait transmis ?

2.

Contre toute attente, Kenzie passait une excellente soirée. Dès les premiers plats, Muriel les avait divertis avec des anecdotes sur ses maris, et Alex avait voulu en apprendre davantage sur les vaches à bosse. Elle-même, après avoir évoqué l'humiliant fiasco amoureux qui l'avait obligée à fuir jusqu'à cette île tropicale, n'y avait plus pensé.

Une aventure pas entièrement négative puisqu'elle en avait tiré une leçon capitale : chez un homme, la beauté et le charme ne suffisaient pas. Avant de sortir avec lui, il fallait aussi s'assurer qu'il était sérieux et n'avait pas rayé le mariage de la liste des possibles… ou bien qu'il n'avait pas déjà une femme légitime.

Elle ne céderait donc plus à une attirance qui brouillait la perception de la vraie nature des gens. Elle devait désormais envisager le mariage tout simplement comme une association d'intérêts, un partenariat froid et réfléchi d'où, au fil du temps, naîtrait éventuellement l'amour. L'amitié se construisait progressivement, alors pourquoi en irait-il autrement pour l'amour ?

— Regardez ! s'écria Muriel, tirant Kenzie de ses pensées.

Kenzie se retourna, une femme imposante montait sur la petite scène.

— C'est une soprano très connue qui séjourne quelque temps ici, dit Muriel. Il y a deux ou trois jours, elle a annulé son récital à cause d'un rhume.

Ravie d'être détournée de ses ruminations, Kenzie se cala sur sa chaise, sa flûte de champagne à la main, et profita de la fascination qu'exerçait la magnifique voix de la cantatrice sur ses deux compagnons pour étudier une fois encore le créateur de Docadit.

Elle ne le considérait évidemment pas comme un partenaire potentiel. Les milliardaires de l'informatique n'étaient pas faits pour elle, qui parvenait à peine à gérer son compte bancaire sur Internet. Elle n'était pour autant pas insensible à son charme, et ce depuis la seconde où elle l'avait vu pour la première fois. La preuve ? La petite étincelle qui s'était instantanément allumée en elle.

Mais n'était-ce pas précisément de cette attirance qu'elle s'était promis de se méfier ?

De toute façon, il y avait peu de chance que cet Alex veuille aller vivre au milieu de nulle part, dans un infini de ciel bleu et de terre rouge où…

Stop ! Sinon le mal du pays allait la gagner. Mieux valait s'intéresser au petit génie de Docadit, ce bel homme, un Écossais à en croire son nom, mais d'allure très anglaise, peut-être parce qu'il portait un costume pour dîner sur une île tropicale.

Alors qu'elle détaillait ainsi leur compagnon de table, il se leva, si brusquement qu'il renversa sa chaise, et se rua vers la scène… où la soprano s'était effondrée, et était recroquevillée sur elle-même au sol.

En bonne professionnelle, Kenzie accourut à son tour pour entendre Alex murmurer :

— Elle ne respire plus… Épiglottite.

Puis ordonner d'une voix forte :

— Appelez une ambulance et que quelqu'un me trouve un petit couteau pointu et des pailles, ou n'importe quoi qui pourra servir à l'intuber.

Un serveur partit vers la cuisine en courant tandis que Kenzie cherchait du regard quelque chose à mettre sous la nuque de la cantatrice. Avisant soudain le coussin du pianiste, elle se précipita pour le tirer de dessous les fesses de l'homme qui resta pétrifié de stupeur.

— Merci, dit Alex comme elle l'aidait à faire rouler la femme sur le dos.

Après avoir mis le coussin en place, elle étira le cou de la cantatrice pour permettre à Alex de localiser avec précision l'endroit où il pratiquerait les incisions, l'une verticale sous la pomme d'Adam, l'autre horizontale pour couper la membrane crico-thyroïdienne.

Le serveur revint avec dans une main un couteau aiguisé comme un rasoir et dans l'autre un morceau de tube en plastique.

Alex s'empara du couteau et fit signe à Kenzie de prendre le tube en lui disant :

— Coupez-en un morceau de cinq centimètres environ.

Elle s'exécuta et attendit qu'il ait effectué les incisions. Avec une dextérité admirable.

— Maintenez-lui la tête pendant que j'introduis le tube.

Une fois cette tâche accomplie, il souffla brièvement dans le tube en vérifiant que la poitrine de la femme se soulevait et s'abaissait. Une tension extrême régnait. Allait-elle respirer par elle-même ?

Il s'apprêtait à pratiquer une compression thoracique quand il fut arrêté dans son élan. Un léger sifflement se faisait entendre.

— Bravo ! lui dit Kenzie. Quelle chance pour elle, que vous vous soyez trouvé là ! Que lui est-il arrivé exactement ?

— C'est une conséquence du rhume dont parlait Muriel, répondit-il sans quitter sa patiente des yeux. Il s'est compliqué d'une infection aiguë et, quand elle a chanté, son épiglotte a gonflé et empêché le passage de l'air. Elle aurait dû continuer à se reposer.

Kenzie acquiesça de la tête avant de demander :

— Vous avez réagi très promptement. Vous exercez toujours ?

Devant l'étonnement de Kenzie, une réaction à laquelle il était pourtant souvent confronté, il éclata de rire.

— Naturellement ! Je ne vais quand même pas rester assis à compter l'argent que rapporte mon appli. J'ai travaillé d'arrache-pied pour terminer mes études, je n'ai aucune envie de perdre le bénéfice de tous ces efforts. Je suis urgentiste et, pour tout vous dire, je crois que je suis devenu accro à cette spécialité. À cause du rythme, de l'adrénaline…

— Ça, c'est sûr ! Mes stages aux urgences pendant ma formation m'ont donné des cauchemars.

Sur ces entrefaites, une ambulance arriva. Les secouristes remplacèrent habilement le tube provisoire par une canule de trachéotomie dont ils gonflèrent et fixèrent le manchon avant de transférer la patiente sur le brancard. Pourtant, malgré leur savoir-faire évident, Alex était tenté d'accompagner la cantatrice à l'hôpital pour vérifier qu'elle serait suivie par quelqu'un de compétent.

Quand Kenzie le vit consulter sa montre avec un froncement de sourcils, elle lui tapota l'épaule :

— Je vais la suivre à l'hôpital pour m'assurer qu'elle est entre de bonnes mains. Vous pourrez expliquer la situation à Muriel ? Je suis sûre qu'elle comprendra. Dites-lui que si je rentre trop tard je viendrai la voir demain matin. De toute façon, je ne suis pas censée être de service le soir. À mon avis, elle s'offre les services d'une infirmière uniquement pour avoir de la compagnie. Difficile de lui en vouloir, dit-elle avec un soupir en levant ses yeux bleus vers Alex.

Il hocha la tête. Effectivement, tout l'argent de Muriel – et elle ne devait pas en manquer pour séjourner au Palais – ne lui servait à rien contre la solitude.

Comme pour toi, lui souffla une petite voix, tout au fond de lui.

Une petite voix qui visait juste car, comme il en avait pris conscience au cours des deux dernières semaines, son travail occupait toute sa vie. D'où l'échec de ses relations amoureuses.

Peut-être aussi n'avaient-elles pas abouti parce qu'elles n'avaient pas été assez solides dès le départ ? Ou parce que, chez les Monroe, on ne faisait ni dans les émotions ni dans les sentiments ? Ou que, comme le lui avait dit une de ses conquêtes lors de leur rupture, quelque chose le minait ?

Il était rongé d'ennui, bien sûr. Il avait besoin de l'adrénaline des situations où la vie ne tenait qu'à un fil. Il était devenu chirurgien pour cela, mais son attente avait été déçue.

Un psychologue aurait probablement attribué ce désir à son enfance, quand ses parents étaient morts quelques minutes après qu'il leur avait dit au revoir, et qu'il avait ressenti avec une force inouïe la fine frontière entre la vie et la mort.

Écartant ces souvenirs, il alla remettre le couteau dans la cuisine et se laver les mains. En sortant, il s'arrêta à la table de Muriel.

— Kenzie est partie à l'hôpital. Moi, je monte prendre des nouvelles de ma grand-mère et je reviens dîner avec vous.

— Ce n'est pas la peine. Je n'ai pas besoin qu'on s'occupe de moi vingt-quatre heures sur vingt-quatre. Comme je n'ai ni enfants ni petits-enfants, je paie des jeunes gens pour le plaisir de la compagnie, et en particulier des infirmières dont je suis sûre qu'elles sauront faire la conversation, vu le niveau d'études requis pour ce métier.

Sa grand-mère dormait profondément, mais Alex s'assit à son chevet, comme tous les jours à cette heure-là, et reprit la lecture du livre en cours : *Les Aventures de David Balfour* de Robert Louis Stevenson, qu'elle lui avait lu quand il était petit. Tous les livres qu'elle choisissait, à l'époque, étaient des œuvres de ses auteurs écossais adorés, alors que lui aurait préféré des récits d'horreur.

Au bout de quelques pages, comme sa grand-mère ne réagissait toujours pas, il alla retrouver Muriel, avec l'intention de revenir faire la lecture plus tard, ne fût-ce que pour ne pas penser à la jeune femme aux radieux yeux bleus.

Et aux quinze mille têtes de bétail.

Une exploitation énorme qui avait mis cinq générations à se construire. Sa propre famille McLeod – proche du chef de clan à Skye – remontait à une vingtaine de générations, mais, à quelques exceptions près, ses membres avaient vécu de leurs rentes en grignotant leur fortune.

Lui était le chef nominal de son autre clan écossais, les Monroe, et les propos de Kenzie sur le mariage et la descendance avaient aiguillonné sa conscience. Comme elle, en tant qu'enfant unique, il lui revenait de perpétuer la lignée.

« Tout dépend de toi ! » « Tu es le seul à pouvoir t'en charger ! » Ces rengaines lui avaient été rabâchées depuis toujours par sa mère, puis par sa grand-mère. Pour ces deux femmes, expertes dans l'art du chantage affectif, qu'il soit un McLeod ne comptait pas.

Finalement, le jour de son douzième anniversaire, il avait promis. On lui avait alors remis son premier vrai kilt et un *sporran*, le petit sac en cuir porté sur le ventre, orné des armoiries des Monroe.

Il pensa à Kenzie qui cherchait un mari pour avoir des enfants. Pourquoi ne pas faire d'une pierre deux coups ?

Les mariages de raison n'étaient pas rares dans l'histoire de sa famille. Ils avaient permis de ne pas éparpiller les biens et, mieux encore, d'augmenter sa fortune.

Il secoua la tête, amusé à l'idée de Kenzie à un dîner du clan McLeod au château de Dunvegan, discutant à la table du chef élevage de bétail et castration de jeunes mâles devant les visages effarés des membres de sa famille.

Non, il trouverait des tas de jeunes femmes éligibles chez lui, en Écosse, même si sa tentative là-bas s'était soldée par un fiasco : au dernier moment, sa fiancée lui avait préféré un ami à lui et avait, par-dessus le marché, gardé la bague de fiançailles et porté la robe de mariage qui avait été confectionnée pour leurs noces.

« Allons, ça n'aurait pas marché, tu ne crois pas, mon chéri ? »

Le souvenir de cette conversation avec sa grand-mère lui arracha une grimace. Parce qu'il avait passé outre à toutes les réserves de ses proches sur cette femme et s'était montré assez stupide pour croire qu'elle l'aimait. Il s'était même imaginé amoureux d'elle bien qu'il ait toujours senti que quelque chose manquait dans leur relation. À cause de lui, vraisemblablement, et de sa difficulté à manifester ses sentiments.

— Vous êtes marié ?

La soudaine question de Muriel le médusa. Avait-elle lu dans ses pensées ?

— Non. Pas d'alliance. Voyez par vous-même.

— Cela ne veut rien dire. Certains hommes l'enlèvent quand ça les arrange.

— Je n'ai pas de marque blanche, répondit-il en tendant sa main gauche par-dessus la table pour que Muriel puisse vérifier ses dires.

— Un problème à la main ? demanda Kenzie, inquiète, en reprenant sa place à table. Je suis revenue plus tôt que prévu parce que le personnel de l'hôpital prenait ombrage de ma présence. Ils avaient l'impression que je les surveillais. À tort, car, pour petit qu'il soit, cet établissement est parfaitement opérationnel.

Elle s'était adressée à ses deux compagnons, mais Muriel ignora son explication.

— Je vérifiais qu'il n'était pas marié, dit-elle, mettant délibérément les pieds dans le plat. Et il ne l'est pas.

— Grand bien lui fasse !

Alex ne fut pas dupe de l'apparent détachement de Kenzie, trahie par le rouge qui lui monta aux joues. Seule sa bonne éducation l'avait retenue de laisser sa colère exploser, il le devinait.

Heureusement, les plats principaux arrivèrent.

— J'ai demandé qu'on les garde au chaud, dit Muriel. Il faut que vous preniez des forces, tous les deux.

Ils mangèrent, la conversation se limitant à des remarques sur la nourriture jusqu'à ce que Muriel remette la situation familiale d'Alex sur le tapis.

— Alors, qu'en pensez-vous ? demanda-t-elle à Kenzie. Vous avez devant vous un jeune célibataire. Exactement ce que vous cherchez.

— Voyons, Muriel, c'est très gênant, dit Kenzie.

La précision ne servait à rien puisque, comme elle s'en doutait, ses joues en feu témoignaient déjà de son embarras. Et en plus, ce satané Alex avait l'air de s'en amuser !

— Je ne vais certainement pas me jeter au cou du premier célibataire que je croise. Ça ne marche pas comme ça.

— Ça a marché pour moi, répondit Muriel d'un air malicieux. Mais si vous avez un autre plan, cela nous intéresserait de le connaître.

Kenzie devint carrément écarlate. Elle avait bel et bien un autre plan dont il lui serait certainement utile de discuter, mais…

— Allez ! Je vois que vous brûlez de nous dire quelque chose.

Elle serra son visage bouillant entre ses mains et se lança.

— Vous allez probablement vous moquer de moi tous les deux, mais je pensais essayer un site de rencontres en ligne. Tout le monde semble le faire aujourd'hui. Si vous avez envie de rencontrer en chair et en os certaines des personnes qu'on vous propose, vous leur fixez rendez-vous dans un café et vous avisez à partir de là.

Sa fin de phrase fut presque inaudible car elle préférait rester floue sur le fameux « à partir de là ».

— Comptez-vous sur une bonne fée pour vous éclairer quant à la marche à suivre « à partir de là » ? demanda Alex.

Kenzie ne put s'empêcher de sourire.

— En fait, même l'étape du café pose problème ; il n'y en a pas à moins de deux cents kilomètres de chez moi. Alors, faire tout ce trajet avec le risque de tomber sur une personne sans intérêt…

— Pourquoi ne pas vous arranger pour en rencontrer plusieurs le même jour, histoire d'amortir le voyage ? dit Alex, qui gardait difficilement son sérieux.

— Comme si je faisais mes courses ou que j'essayais des vêtements ? Non, merci.

— Mais pas du tout ! dit Muriel d'un ton sans appel. Apparemment, c'est un moyen efficace, et courant de nos jours, de faire des rencontres.

La conversation aurait pu en rester là sans l'insistance d'Alex à enfoncer le clou.

— Profitez donc de votre séjour ici pour vous inscrire et lancer le processus.

Il ne cherchait qu'à la voir rougir de honte. De toute évidence, il se servait d'elle pour tromper son ennui.

— C'était une simple idée en l'air, dit-elle en voyant la situation partir en vrille.

— Balivernes ! dit Muriel, manifestement enchantée par la perspective. Nous nous y mettrons demain après ma leçon d'équitation. Nous créerons votre profil. C'est la première chose à faire, non ? Oh ! Comme c'est excitant !

— Oui, je trouve aussi, renchérit Alex.

— Vous pourrez nous aider, dit Muriel. Le point de vue d'un homme sera très utile, n'est-ce pas, Kenzie ?

Si seulement la terre avait pu s'ouvrir sous ses pieds ! Hélas… Aussi décida-t-elle de se battre.

— Alex ne voudra pas s'éloigner de sa grand-mère aussi longtemps, répondit-elle en le défiant du regard d'objecter.

Échec total. Ce satané bonhomme sourit – de ce sourire ravageur – et dit avec une nonchalance calculée :

— Oh ! pas de souci. J'ai un pager. Il est facile de me joindre.

Là-dessus, le repas étant terminé, il quitta la pièce tandis que Kenzie tentait de se persuader que seule sa honte expliquait ses jambes en coton.

Kenzie s'allongea sur le lit de la petite chambre de la suite de Muriel. Elle aurait préféré loger avec le personnel dans l'aile où elle prenait ses repas quand Muriel n'avait pas besoin d'elle. Pendant ses périodes de repos, elle aurait ainsi pu bavarder avec d'autres jeunes, dans une atmosphère insouciante et joyeuse.

Mais elle avait vite compris que l'hôtel l'avait engagée davantage comme dame de compagnie que comme infirmière. Deux fonctions très différentes ! La preuve : cette conversation avec Muriel sur son avenir.

Celle-ci s'était jetée sur cette idée de site de rencontres comme s'il s'agissait d'un nouveau défi à relever. L'équitation ne remplissant pas toutes ses journées, elle s'était trouvé une autre distraction : s'occuper de la vie sentimentale de Kenzie.

Mais franchement, quel besoin d'y mêler Alex ? Ne se rendait-elle pas compte combien c'était humiliant ?

Heureusement, il y avait peu de chance qu'il participe à l'entreprise. Quel intérêt en aurait-il retiré ?

Elle changea de position pour chasser la sensation bizarre qui lui tenaillait le ventre et attendit le sommeil.

La deuxième leçon d'équitation de Muriel s'avéra un succès total d'autant que, au grand soulagement de Kenzie, Alex ne se montra pas.

Cet homme la rendait nerveuse ou, plus exactement, la déstabilisait. Pourquoi ? Parce qu'il était beau ? Ou parce qu'elle le trouvait beau ?

Elle bloqua toute pensée. Elle était venue ici pour prendre du recul avec les hommes, se rappela-t-elle à l'ordre.

Avec l'accord de Muriel, elle avait décidé que la leçon se déroulerait derrière les écuries, dans l'enclos fermé réservé aux enfants et aux débutants. Après quelques tours de piste, Muriel insista pour que Kenzie lâche la longe et elle continua à tourner, droite comme un I, fière de son exploit.

— Je vais rentrer à l'hôtel à cheval, pour montrer mes progrès à Alex, annonça-t-elle au bout d'un moment.

— Non, vous manquez encore de pratique. C'est trop dangereux, les voitures et les *tuk-tuk* risquent d'effrayer votre monture, aussi docile soit-elle. Si vous vous sentez d'attaque pour une promenade cet après-midi, peut-être Alex vous accompagnera-t-il sur un des petits sentiers.

— Avec vous aussi, Kenzie.

— Je pense avoir droit à quelques heures de liberté, non ? répondit gentiment Kenzie. Non que je me sente en prison, mais j'ai des bricoles à faire. Un mail à mon père, un peu de lessive, ce genre de choses.

Et, comme l'avait suggéré Muriel – ou plutôt Alex ? —, elle allait s'inscrire à un site de rencontres sans attendre son retour en Australie.

Mais bien sûr, elle se garda d'en informer Muriel. Elle voulait d'abord comparer les différents sites et étudier le contenu des profils.

Que pourrait-elle bien mettre sur le sien ? « Infirmière, experte en bétail… »

— D'accord, mais soyez là à 18 heures. Je sais que vous n'aimez pas l'idée de dîner avec moi, mais cela ne nous empêche pas de bavarder autour d'un verre avant le repas.

Kenzie réprima une grimace. L'apéritif de prédilection de Muriel était un martini gin qu'elle faisait monter dans sa chambre accompagné d'un bol d'olives plantées sur des cure-dents.

Pour ne pas gâcher le plaisir de Muriel en refusant les cocktails, Kenzie était devenue experte dans l'art de les partager avec la plante la plus proche.

Ce soir-là donc, elle se débarrassait subrepticement de la moitié d'un verre de martini quand Alex frappa à la porte et fit son entrée.

— Soyez gentil et appelez le room service pour qu'on nous prépare un autre shaker, dit Muriel.

Ainsi, Kenzie n'aimait pas le martini, se dit Alex tandis qu'il obéissait docilement à la requête de Muriel.

Du pas de la porte, il l'avait surprise en train de verser une partie de son verre dans les fleurs. Et s'il s'asseyait entre la plante et elle, comment viderait-elle le reste ?

Nul doute que l'ennui lui avait suggéré de lui jouer ce tour… Fort amusant au demeurant.

Les cocktails frais arrivèrent et le serveur emplit leurs trois verres.

— Vous n'aimez pas les olives ? demanda Alex, moqueur, quand Kenzie refusa l'assiette de la main.

— Pas avec le gin, répondit-elle rapidement.

Mais elle avait manifestement la tête ailleurs. Elle cherchait du regard une cachette pour son second verre.

— Vous avez eu des idées ?

La question de Muriel le détourna de Kenzie. Fort à propos, car il commençait à être hypnotisé par son chemisier bleu pâle dont les deux poches soulignaient le galbe de sa poitrine, et ses cheveux qui effleuraient ses seins.

— Alors ? insista Muriel devant le silence d'Alex.

— Je n'y connais pas grand-chose, dit-il en s'obligeant

à fixer son attention sur Muriel. Mais je me suis un peu renseigné sur Internet, et il semble qu'il faille écrire quelque chose d'original, de drôle, et poser une question qui incite l'autre à répondre.

— Quel genre de question ? demanda Kenzie.

Il tourna de nouveau la tête vers elle et s'aperçut que son verre n'était plus qu'à moitié plein. Avait-elle bu ?

Il inspecta la pièce du regard. Aucun récipient où elle aurait pu le vider et le tapis ne présentait à ses pieds aucune tache suspecte.

Mais ses pieds étaient fins et jolis, dans des sandales…

— Alors, cette question ? répéta la propriétaire des pieds.

La bouche sèche, il leva les yeux, croisa son regard… Il avait complètement perdu le fil de la conversation. En désespoir de cause, il sourit.

Muriel fut la première à comprendre et précisa :

— Quel genre de question devrait poser Kenzie ?

Luttant vaillamment pour remettre son esprit sur les rails et bien que toujours intrigué par la disparition du martini, il dit :

— Eh bien… Supposons que vous disiez aimer la musique classique. Vous demandez quel type de musique il aime, lui.

Kenzie le gratifia d'un sourire si adorablement innocent qu'il se sut sur-le-champ en danger.

— Et si je dis que j'aime les chevaux, est-ce que j'ajoute : « Quel type de chevaux aimez-vous ? »

— Vous savez parfaitement ce que je veux dire, répondit nerveusement Alex, éberlué de perdre son sang-froid à cause de cette femme qu'il venait tout juste de rencontrer.

Et tout simplement d'être assis là, à discuter de ce que cette inconnue devait mentionner sur son profil pour un site de rencontres.

Indépendamment de cela, il était totalement ridicule de se chercher un mari sur Internet. Elle pouvait tomber sur n'importe qui. Qui savait de quels mensonges étaient capables les hommes pour attirer une femme, en particulier une femme aussi belle que Kenzie ? Car elle allait certainement devoir mettre une photo d'elle…

Il secoua la tête pour chasser ces pensées inquiétantes. Décidément, à quoi pouvait mener l'ennui !

— Allons, vous deux, l'heure du dîner approche et nous n'avons rien fait, les rabroua Muriel en tendant un bloc-notes et un stylo à Kenzie. Écrivez déjà vos nom, âge et profession. C'est incontournable, je pense.

Elle se tut et les regarda tous les deux avec espoir.

— Quoi d'autre ?

— Les centres d'intérêt, dit-il. Mais je m'abstiendrais de mentionner « les promenades au grand air ». D'après les quelques profils que j'ai consultés, presque toutes les femmes marchent au grand air dans le monde, apparemment.

— Promenades sous la pluie, alors ? demanda Kenzie, le stylo en l'air.

— Vous aimez vraiment vous balader sous la pluie ?

— Pourquoi pas, si c'est sous le crachin anglais qu'on voit sur les photos ? Celui qui tombe sur le manteau en gouttelettes facilement essuyées. Chez nous en revanche, quand il pleut, ce sont des trombes d'eau qui s'abattent.

Il sourit et de nouveau elle se sentit défaillir. Vraiment très étrange ! Même avec l'odieux Mark, qui l'avait pourtant attirée bien davantage, elle n'avait pas ressenti ce trouble intérieur et son visage ne s'était pas embrasé à ce point chaque fois qu'il l'avait taquinée.

Au fait, Mark l'avait-il jamais taquinée ?

De toute façon, à supposer même qu'elle soit attirée par Alex, elle n'avait pas de temps à perdre avec une amourette quand elle cherchait à se marier et à avoir une descendance.

— Il doit bien exister sur Internet des sites d'instructions pour créer son profil, dit Alex. Je vais regarder sur mon téléphone.

— À mon avis, vous allez faire chou blanc.

— Ce qui prouve que vous n'y connaissez rien ! répondit-il d'un ton narquois. Regardez ! Il existe des dizaines de sites avec des tas de suggestions, et même un formulaire pour créer le sien.

— Oh ! Voilà qui me plaît bien, dit Muriel, enthousiaste. Il suffit de remplir les rubriques.

Devant l'excitation croissante de Muriel, Kenzie fut prise de remords. Qu'est-ce qui lui était passé par la tête, d'avouer son désir de mariage et d'enfants à ces étrangers ?

— Alors, qu'y a-t-il dessus ? demanda Muriel, impatiente.

— Des listes, répondit Alex. Des listes de centres d'intérêt qui peuvent amener à une question.

— Du genre « j'aime bien marcher sous la pluie. Quel est votre souvenir de balade le plus pluvieux ? », demanda Kenzie.

— Vous avez tort de prendre les choses à la légère, la chapitra Alex. Nous essayons de vous aider, bon sang ! Sérieusement, quelles sont vos activités préférées ?

Elle s'avoua vaincue. Ils cherchaient vraiment à l'aider. En tout cas, en ce qui concernait Muriel. Car pour ce qui était du Dr Alexander McLeod, ce n'était probablement pour lui qu'une distraction pour passer le temps.

— La lecture.

— Très bien ! dit Muriel avec ferveur. Dites quel livre vous êtes en train de lire et demandez-lui s'il le connaît.

— *L'Iliade ?* Je retiendrais probablement l'attention d'un féru de la Grèce antique, et je ne pense pas que je m'entendrais avec quelqu'un qui en fait son livre de chevet. C'est un tel méli-mélo de dieux et de légendes qu'il est difficile d'y retrouver ses petits.

— Vous l'avez vraiment lu ? demanda Alex.

Elle le regarda droit dans les yeux avec malice.

— Franchement ? Non. Pas en entier. J'ai juste pioché ici et là.

Il lui répondit d'un sourire qui, de nouveau, lui provoqua cette étrange et importune sensation dans le ventre. Elle pensa aux autres hommes avec qui elle était sortie – non pas qu'elle sorte avec Alex ! Pour autant qu'elle s'en souvienne, les relations avec eux avaient été normales, raisonnables. Une attirance avait certes existé, mais cela n'avait provoqué aucun effet bizarre.

Ressaisis-toi, ma petite. Tu es toute retournée à cause d'un simple sourire ? Qu'est-ce qui te prend ?

Et n'avait-elle pas décidé que, quoi qu'elle éprouve pour lui, il ne se passerait rien ?

— Revenez sur terre, Kenzie !

D'un claquement de doigts, Muriel l'arracha à ses ruminations.

— Descendons dîner. Peut-être souhaitez-vous passer d'abord voir votre grand-mère, Alex ? Au fait, Kenzie, j'ai trouvé une jupe à votre taille. Vous pourrez la mettre avec votre débardeur noir. Rendez-vous dans la salle à manger.

Kenzie voulut protester mais cela n'aurait servi à rien, d'autant qu'Alex était déjà parti, comme cela lui avait été suggéré. Muriel les manipulait comme des marionnettes, mais comme elle en tirait du plaisir, Kenzie se laissa faire.

La jupe en soie noire, à l'ourlet bordé d'une imposante décoration florale, était magnifique. Elle suffisait à mettre Kenzie en valeur. Aussi opta-t-elle pour une coiffure stricte : cheveux tirés en arrière en chignon.

Quelle beauté !

Telle fut la première pensée d'Alex quand il arriva dans la salle à manger, un peu en retard parce qu'il avait réussi à bavarder une dizaine de minutes avec sa grand-mère avant qu'elle sombre de nouveau dans un semi-coma.

Alex déglutit. La vue de Kenzie lui avait littéralement coupé le souffle et le « waouh ! » qui était spontanément monté demeura fort heureusement coincé dans sa gorge.

Il avait tout de suite remarqué qu'elle était séduisante, et l'honnêteté de ses yeux bleus limpides l'avait incontestablement remué. Mais belle ?

Pour l'heure, cette femme au port de reine qu'il avait d'abord associée aux chevaux se trouvait là, à deux pas de lui, à la table près de la fenêtre. Une beauté si resplendissante qu'il dut s'arrêter pour reprendre ses esprits.

Qu'est-ce qui ne tournait pas rond chez les mâles australiens pour qu'une femme aussi sublime doive chercher l'amour sur Internet ? Quant au type qui l'avait menée en bateau et blessée… Alex, aussi non violent qu'il soit, aurait aimé le rencontrer dans une ruelle sombre pour lui régler son compte.

Kenzie avait beau traiter son échec amoureux par le mépris et prétendre avoir seulement besoin d'une petite pause pour se ressaisir, il savait d'expérience les ravages et l'humiliation que les commérages pouvaient causer chez leur victime, en particulier dans les petites villes… ou dans les hôpitaux.

Il tira sa chaise d'un geste un peu brusque et s'assit en prenant soin, par précaution, de ne pas regarder Kenzie.

Les deux femmes discutaient du menu et Muriel essayait – en vain – de convaincre Kenzie de goûter aux supions grillés, une spécialité de la région. L'arrivée d'Alex lui offrit l'occasion de changer de sujet.

— Muriel aimerait s'aventurer un peu à cheval dans la montagne demain. Souhaitez-vous vous joindre à nous ?

S'il souhaitait se joindre à elles ? Quelle question !

— Cela dépendra de ma grand-mère. Si demain elle est toujours aussi alerte que ce soir, je resterai près d'elle pour profiter de cette rémission.

— Bien sûr ! répondit Kenzie. Mais vous avez un pager, non ? En cas de problème, vous pourrez rentrer rapidement. Nous n'irons pas loin.

Sur ces entrefaites, le serveur vint prendre leur commande, ce qui laissa à Alex le temps de décider si l'idée d'accompagner Kenzie et Muriel le tentait réellement.

Accompagner Muriel, pas vraiment…

Cela dit, sa présence lui simplifiait un peu la vie car, malgré l'attirance indéniable qu'il ressentait pour Kenzie, il se refusait à entamer une relation sérieuse. Sa vie étant en suspens, il ne pouvait pour le moment s'autoriser qu'un petit flirt. Et comme Kenzie sortait à peine d'une expérience douloureuse, il ne voulait pas qu'elle souffre de nouveau.

C'était sans aucun doute à cause de cette histoire de site de rencontres qu'il s'était mis à la considérer d'un œil différent.

Un verre d'un délicieux shiraz australien à la main, il

observa les deux femmes qui discutaient de l'équipement d'équitation que Muriel avait commandé et décida qu'il était préférable de les laisser seules le lendemain, quel que soit l'état de santé de sa grand-mère.

3.

— La grand-mère d'Alex doit se sentir mieux aujourd'hui, dit Kenzie le lendemain matin alors qu'elle s'installait avec Muriel dans un *tuk-tuk*, direction les écuries.

Une allusion à l'absence d'Alex qu'elle avait faite avec un détachement qui dissimulait en réalité un vrai soulagement.

Au dîner, la veille, dans la salle à manger d'apparat, vêtu de son élégant costume il n'avait pas paru différent de l'homme des soirs précédents et pourtant quelque chose avait changé. Quelque chose qui flottait dans l'air entre eux depuis leur première rencontre aux côtés du cheval.

À moins qu'elle ne l'ait imaginé ? Imaginé que ses taquineries cachaient un message ? Imaginé une attirance mutuelle ?

Elle secoua la tête, incrédule. Avec son esprit de campagnarde, elle n'avait jamais participé aux conversations sur les garçons qui bruissaient autour d'elle dans le dortoir de l'internat après l'extinction des feux. « Tu as vu comment il me regardait ? » « Tu crois que je lui plais ? » « Tu penses que je devrais lui demander de m'inviter à la boum ? »

Imaginer qu'un courant était passé entre eux était donc complètement nouveau pour elle.

N'avait-elle vraiment ressenti aucune attirance quand elle avait vu Mark pour la première fois ? Elle essaya de se rappeler.

Elle l'avait tout de suite trouvé sympathique, drôle et d'une compagnie agréable, c'était certain. Mais y avait-il eu davantage que cela ?

Elle secoua de nouveau la tête. À bien y réfléchir, ce qui lui avait surtout plu chez lui était sa confiance en lui et en son pouvoir de séduction.

Mais Mark appartenait au passé désormais, et Alex était très différent de lui. En fait, elle n'avait jamais rencontré un homme comme lui.

Était-ce ce qui l'ébranlait ?

Peut-être était-elle simplement perturbée par cette histoire de site de rencontres ?

Quoi qu'il en soit, elle se félicitait de son absence.

Enfin… D'une certaine façon…

Muriel, enthousiasmée par leur promenade en bordure de la forêt tropicale, se déclara prête à s'aventurer plus loin le lendemain, mais Kenzie l'en dissuada. Une débutante, surtout de l'âge de son élève, devait laisser à ses muscles le temps de récupérer.

— Ne vous inquiétez pas, dit Kenzie alors qu'elles arrivaient devant la chambre de Muriel, vous n'oublierez pas ce que vous avez appris en un jour, et cela vous sera bénéfique de changer d'activité. Pour le moment, douche et massage au programme.

— Et vous-même, qu'avez-vous prévu ? demanda une voix grave et profonde.

Kenzie fit volte-face et se trouva nez à nez avec Alex.

— Oh ! Kenzie est libre jusqu'à notre apéritif. Mais entrez donc. Pouvons-nous vous aider à quelque chose ?

— Je souhaiterais discuter un peu avec vous, dit poliment un Alex inhabituellement sérieux.

Il regarda tour à tour les deux femmes, s'arrêta sur Muriel et haussa les épaules dans une attitude d'impuissance.

Il ne se décidait pas… Il atermoyait…

Où était donc passé le brillant inventeur, l'homme décontracté et posé qu'elles connaissaient ? Kenzie, qui bouillait intérieurement, n'y tint plus.

— Vous allez hésiter encore longtemps à cracher le morceau ?

— Vous en feriez autant à ma place, répondit-il dans un demi-sourire.

Il prit alors une profonde inspiration et se mit à parler à toute allure comme s'il craignait de ne pas avoir le temps de terminer ses phrases.

— Alors qu'elle était parfaitement lucide, ma grand-mère m'a fait part de sa dernière volonté : assister à mon mariage. J'ai eu beau souligner que c'était virtuellement impossible, qu'il y avait de légers obstacles, comme l'absence d'une mariée potentielle et l'existence de réglementations internationales, elle a balayé mes objections d'un revers de main.

Il s'interrompit un instant, le visage tendu.

— Ce n'est pas la première fois qu'elle aborde le sujet, mais jusque-là je lui avais toujours bêtement assuré qu'elle serait là quand je franchirais le pas.

Il tourna la tête vers la fenêtre et regarda la mer émeraude d'un air rêveur : si la santé de sa grand-mère ne s'était pas détériorée au point que ses jours étaient désormais comptés, il serait marié à l'heure qu'il était.

Non qu'il regrettât le moins du monde l'avoir accompagnée ici. D'autant qu'il comprenait aujourd'hui que sa relation avec Melanie n'avait jamais été viable. Ils s'y étaient tous les deux laissés glisser par inertie.

— Mais à présent, si je repousse encore, elle ne sera plus là pour y assister.

Il paraissait si abattu que Kenzie fut tentée de lui tapoter la main, mais elle sentit qu'il n'avait pas encore tout dit ; il avait besoin de s'épancher.

— Je n'ai pas eu mon mot à dire. Elle a tout planifié. Comme d'habitude, elle fait du chantage affectif.

Avec un soupir, il se tourna de nouveau vers Muriel et Kenzie.

— Elle est persuadée que je n'aurai aucune difficulté à trouver une femme. Il n'empêche qu'aucune de celles qu'elle a évoquées ne me semble convenir.

— J'imagine que le choix doit être difficile, dit Kenzie d'un ton compatissant en essayant de cacher son amusement à l'idée d'une file de jolies jeunes filles attendant devant le Palais.

— Je me suis alors rappelé que Kenzie cherchait à se marier, reprit-il, interrompant Muriel qui avait voulu intervenir, et j'ai décidé de lui demander si elle verrait un inconvénient à m'épouser.

Il s'était adressé à Muriel sans inclure Kenzie, mais ce fut elle qui réagit.

— Vous épouser ?

— Oui. Cela nous arrangerait tous les deux, non ? répondit-il avec sérieux, comme si sa proposition tombait sous le sens. Il me faut une femme et vous voulez un mari. Ce serait une association d'intérêts, en quelque sorte.

— Vous voulez dire que nous organiserions une fausse cérémonie et que nous arrêterions les frais à la fin de la journée ?

— Oh non ! répondit-il, horrifié. Jamais je ne bernerais ma grand-mère ainsi. Non, j'avais en tête un vrai mariage, mais bien sûr qui ne serait pas obligé de durer éternellement. Seulement un an ou deux, par honnêteté envers elle.

Kenzie se mordit la langue pour retenir le « mais elle sera morte d'ici là » qui avait failli lui échapper. Elle opta plutôt pour l'indignation.

— Comment ça « bien sûr » ? Pourquoi ne voudriez-vous pas rester éternellement marié avec moi ? Naturellement, tout cela a très peu de chance d'arriver. Il n'empêche que c'est fort vexant de m'évincer avec une telle désinvolture.

— Non, non ! Vous m'avez mal compris. Je voulais seulement dire qu'il s'agirait d'un accord pour faire plaisir à ma grand-mère. Elle a été si bonne pour moi et ce serait si important pour elle que…

— Stop ! dit Kenzie pour ralentir ce déluge verbal avant qu'il les emporte tous. Mon intention à moi est de me marier et d'avoir des enfants. Deux enfants, pour être précise. Je ne vois pas comment j'y parviendrai si je suis prisonnière d'un mariage blanc avec vous. À supposer d'ailleurs qu'il soit possible pour des étrangers de se marier ici.

— Oh oui, ça l'est ! dit Alex avec un grand sourire, ne

retenant que la dernière phrase de Kenzie, celle à laquelle il était facile de répondre. Ma grand-mère a demandé à Robert… Robert est son majordome en Écosse, il lui sert ici d'homme à tout faire. Bref. Elle lui a demandé de se renseigner à ce sujet. Il y a un prêtre sur l'île et, au prix d'un peu de paperasse, le mariage sera légal.

— Voilà qui est réglé ! s'écria Muriel, qui était probablement déjà en train d'organiser les noces.

— Mais c'est précisément ce qui me gêne, protesta Kenzie. Je veux me marier pour avoir des enfants. Rapidement. Or Dieu sait combien de temps prendrait un divorce !

Certes, elle devait paraître un peu hystérique, mais comment garder son sang-froid quand cet homme – par-dessus le marché accompagné de Muriel – programmait son avenir ?

— Je n'ai rien contre l'idée d'avoir des enfants, dit Alex avec magnanimité. En fait, cela fait intégralement partie du projet de ma grand-mère, qui veut que notre nom se perpétue.

— Mais il doit y avoir des centaines de milliers de McLeod dans le monde.

— Des dizaines de milliers seulement, répondit-il, amusé. Mais c'est son nom à elle, Monroe, qu'elle ne veut pas voir s'éteindre. C'est un clan totalement différent.

Il s'interrompit un instant avant d'ajouter :

— Verriez-vous un inconvénient à ce qu'on insère « Monroe » dans le patronyme des enfants ?

Kenzie, les yeux écarquillés de stupeur, leva la tête vers lui et dut se pincer pour s'assurer qu'elle ne rêvait pas.

Ressaisis-toi !

Elle se redressa sur sa chaise, regarda Alex, puis Muriel, qui, à en juger par son air rêveur, continuait à planifier les noces dans sa tête, puis de nouveau Alex.

— Ça ne tient pas debout, dit-elle. Vous ne voulez quand même pas que nous nous mariions pour de bon juste pour faire plaisir à votre grand-mère ?

— C'est sa dernière volonté, répondit-il avec une gravité qui surprit Kenzie, car nul doute qu'il se régalait de sa réaction à la situation… et de ses joues écarlates.

— Vous êtes venu sur cette île parce que sa dernière

volonté était de finir ses jours là où elle avait passé sa lune de miel. Je ne crois pas qu'on ait le droit à plus d'une dernière volonté !

À cette remarque, les yeux d'Alex devinrent carrément rieurs.

— À mon avis, il est possible d'en formuler autant qu'on veut. Après tout, qui serait assez mesquin pour compter les vœux d'une mourante ?

Déroutée par cette logique imparable, elle ne put que lui lancer un regard furibond avant de remarquer :

— Cela n'explique toujours pas que vous soyez prêt à épouser une femme que vous connaissez à peine, et même à avoir des enfants avec elle, uniquement pour que votre grand-mère meure en paix.

— Elle ne m'a pas parlé d'enfants, même si je sais que c'est son souhait. J'ai lancé l'idée pour vous appâter.

— Ah d'accord !

Elle devait garder son calme, car la colère lui aurait brouillé les idées.

— Et où habiterons-nous ? Avez-vous aussi résolu ce problème ? Car je ne vois pas comment échapper à une cohabitation pour faire mes enfants ?

— Nos enfants, corrigea-t-il avec une expression tellement narquoise que seule la présence de Muriel retint Kenzie de le gifler.

— Non, *mes* enfants, vous ne serez pas obligé de vous en occuper, rétorqua-t-elle, vaguement consciente de l'absurdité de la conversation.

Il sourit et Kenzie dut croiser les bras pour ne pas le frapper.

— Ne vaut-il pas mieux que les enfants aient deux parents ? N'est-ce pas ce que préconisent les spécialistes ?

— Personnellement, je m'en suis très bien sortie avec seulement un père, s'emporta-t-elle.

Sur quoi elle se leva et partit avant d'exploser.

Elle quitta le Palais à grandes enjambées pour s'éloigner de cette conversation invraisemblable, qu'elle n'avait hélas pas inventée.

C'était cette ridicule histoire de liste de choses à faire avant de mourir qui avait tout déclenché. Pour elle, pas besoin de liste puisqu'elle n'avait qu'un seul objectif : se marier et avoir deux enfants.

Aurait-elle donné à Alex l'impression qu'elle était à ce point pressée ?

C'était en effet son vœu le plus cher et elle souhaitait le réaliser le plus vite possible pour que ses enfants connaissent leur grand-père et bénéficient de son savoir comme elle-même l'avait fait toute sa vie.

Elle prit alors le temps de réfléchir un peu plus sereinement. Alexander Monroe McLeod ne serait-il pas préférable à un total inconnu trouvé sur le Net ? N'était-il pas de notoriété publique que des centaines de femmes avaient été dupées, voire escroquées, par des hommes rencontrés sur Internet ? Au moins, elle était sûre qu'Alex ne s'intéressait pas à elle pour son argent puisqu'il roulait sur l'or et ignorait qu'elle-même n'était pas à plaindre.

Peut-être n'était-ce pas une si mauvaise idée ? Après tout, les mariages de raison ne dataient pas d'hier. En Australie, la plupart des grosses propriétés s'étaient constituées grâce à ces alliances.

Au secours ! Je ne suis quand même pas en train d'envisager pour de bon de donner suite à la proposition d'Alex !

Elle se sentit tressaillir au plus profond de son être. Et ce n'était pas d'effroi. Non. C'était une réaction différente de tout ce qu'elle avait pu connaître jusque-là. Un frémissement qui ressemblait fort à de l'excitation. Serait-ce ce « quelque chose » qu'elle avait ressenti entre eux depuis le départ ?

Si une petite attirance physique ne posait pas de problème et serait même un plus pour concevoir des enfants, en revanche elle ne pouvait tomber amoureuse de cet homme.

Si elle acceptait sa proposition, il s'agirait uniquement d'une association d'intérêts.

— Qu'en pensez-vous, Muriel ? demanda Alex tandis qu'il regardait Kenzie sortir en trombe de la suite, comme si toutes les furies de l'enfer la pourchassaient.

— C'est une excellente idée. Au moins vous savez tous les deux à quoi ou plutôt à qui vous attendre et dans quoi vous vous embarquez. Vous, Alex, vous voulez une femme et Kenzie veut des enfants. C'est parfait !

Stupéfait par ce verdict, il décida que la meilleure réponse était de se taire. D'autant plus que l'allusion aux enfants et donc à leur conception l'avait troublé… physiquement.

Muriel attendit d'avoir son attention pleine et entière avant de poursuivre.

— Alors, maintenant, la cérémonie. Bien sûr, l'état de santé de votre grand-mère interdit une fête grandiose, mais, une fois qu'elle se sera retirée pour se reposer, je suggère un dîner au restaurant, au champagne cela va sans dire.

Il aurait voulu protester. Toujours émoustillé à la pensée de partager son lit avec Kenzie, il aurait préféré faire monter un repas et du champagne dans la chambre. Mais il avait déjà compris que seul un bulldozer pouvait arrêter Muriel une fois qu'elle était lancée sur une idée. Et après tout, peut-être Kenzie apprécierait-elle un dîner festif pour marquer l'événement.

— Vous avez de quoi vous habiller ? demanda Muriel, le ramenant sans ménagement à une question concrète.

— J'ai des costumes, répondit-il finalement au bout de quelques secondes.

— Au village, il y a un tailleur qui pourrait vous confectionner un smoking ou peut-être une jaquette en quelques jours seulement. À moins qu'une tenue tropicale revisitée ne plaise davantage au père de Kenzie quand vous ferez sa connaissance ?

Alex dévisagea cette femme qui organisait sa vie.

— Non merci, pas de « tenue tropicale », revisitée ou non. Pas de jaquette non plus, Kenzie trouverait cela ridicule, et pas de costume le matin. J'opterais plutôt pour quelque chose d'élégant mais décontracté : pantalon gris et chemise blanche sans cravate.

Muriel fit une moue désapprobatrice, mais la discussion en resta là car Kenzie apparut.

— D'accord, j'accepte, dit-elle, une certaine agressivité dans la voix, en se plantant devant Alex. Je suppose que vous voulez qu'on règle ça le plus rapidement possible ? Que me faut-il, en dehors de mon passeport ?

— Votre livret de famille attestant que vous êtes célibataire, répondit Alex en réprimant une nouvelle bouffée de désir. Votre père pourrait demander à un notaire de vous le faxer. Nous le ferons traduire ici par un interprète officiel.

Elle acquiesça d'un signe de tête avant de reprendre la chaise qu'elle avait occupée précédemment, aussi loin que possible du canapé où Alex et Muriel s'étaient installés.

— J'imagine que le passage devant un prêtre suffira à votre grand-mère ? Elle ne va pas exiger tout le cérémonial d'une vraie noce, avec pièce montée et tout le tralala ?

Amusé, Alex jeta un coup d'œil à Muriel : elle avait les lèvres pincées et baissait la tête. De toute évidence, une pièce montée avait fait partie de ses plans.

— Non, non ! Un prêtre et la cérémonie suffiront.

Kenzie, les yeux fixés sur lui, sembla réfléchir.

— Dans ce cas, ne pourrait-on pas faire semblant, en demandant à quelqu'un de se déguiser en prêtre ?

Elle faisait une ultime tentative pour donner un peu de normalité à la situation.

— Et berner une mourante ? demanda-t-il, gentiment moqueur.

Comme elle baissait les yeux d'un air contrit, il vit le rouge monter joliment le long de son cou et gagner ses joues. Quelle femme hors du commun il s'apprêtait à épouser !

— Bien sûr, vous avez raison. Je ne sais pas ce qui m'a pris. Mais tout ça est tellement bizarre que je perds un peu les pédales. En fait, le problème n'est pas tant de savoir quoi penser de la situation que de savoir comment l'aborder.

— Vous vous posez trop de questions, vous faites inutilement une montagne de cette histoire, dit Muriel d'un ton sans appel. L'idée est géniale parce qu'elle répond à vos attentes à l'un et à l'autre.

Puis elle ajouta d'un ton plus doux :

— Mais il va falloir que vous y mettiez chacun du vôtre. La plupart des gens ne se rendent pas compte qu'un mariage réussi nécessite des efforts, beaucoup d'efforts.

Kenzie regarda avec attention cette femme qu'elle connaissait depuis à peine deux semaines. Combien de temps lui avait-il fallu pour tirer cette conclusion si juste ? D'après leurs diverses conversations, Kenzie avait calculé que Muriel avait été mariée quatre fois. Au moins.

De toute évidence, l'homme qui avait chambardé sa matinée – et peut-être sa vie – se posait la même question qu'elle.

Et elle profita de ce qu'il dévisageait Muriel pour étudier en détail cet Alex diaboliquement beau qui allait devenir son mari. Ses cheveux bruns et sa peau hâlée faisaient ressortir le gris étonnant de ses yeux qui, elle le craignait, voyaient beaucoup trop de choses. Avec ses paupières souvent mi-closes, il donnait l'impression d'observer les gens avec un mélange de compassion et de lassitude.

Avait-elle perdu la raison ? Cette histoire de mariage lui était-elle montée à la tête au point de balayer son bon sens habituel avec des pensées fantasques ? Comme cette prétendue attirance ?

Non. L'attirance était réelle. Elle existait depuis leur première rencontre. Mais il fallait veiller à ce qu'elle ne l'entraîne pas trop loin, qu'elle n'évolue pas en quelque chose de plus puissant. Ils avaient conclu un accord pragmatique qui les arrangeait tous les deux et il serait stupide de tout déstabiliser en laissant les sentiments s'en mêler.

Qu'y avait-il de pire qu'un amour à sens unique ?

Kenzie s'interrogeait. Comment allait-elle s'habiller pour le mariage ? Avec son sarong ?

Elle sursauta. Avait-elle vraiment pris sa décision ? Avait-elle réellement accepté ?

Oui ! Quelques minutes auparavant.

Elle ferma les yeux dans l'espoir d'éclaircir ses idées. Elle finissait par oublier le grotesque de la situation.

— Il va vous falloir une robe.

Muriel, elle, allait de l'avant sans état d'âme.

— Pas une robe de mariée, en tout cas, répondit Kenzie un peu abruptement.

— Vous ne voulez quand même pas être en sarong sur vos photos de mariage ?

— Des photos de mariage ? demanda Kenzie d'une voix étranglée.

Une main se posa avec fermeté sur son épaule.

— Détendez-vous, dit Alex, dont elle trouva la main et la douceur de la voix très rassurantes. Le mariage n'est pas pour aujourd'hui. Il y a d'abord quelques démarches à accomplir, quelques détails à mettre au point mais…

Il s'interrompit pour lui sourire, l'empêchant sans le vouloir de se détendre.

— … Je déduis de ce que je viens d'entendre que vous maintenez votre décision ?

Elle opina de la tête.

— Magnifique ! Vous me tirez une belle épine du pied et je ferai tout ce qui est en mon pouvoir pour que vous ne regrettiez rien. Je vais m'occuper des formalités. Je vous vois toutes les deux au dîner. À tout à l'heure.

C'était au tour d'Alex de s'interroger. N'aurait-il pas dû ressentir un soupçon de mauvaise conscience après avoir, grâce à l'aide inattendue de Muriel, plus ou moins forcé la main à Kenzie ?

Cette femme, qu'il avait croisée par hasard au Palais de la Sérénité et de la Félicité, le fascinait. Parce qu'elle venait d'un pays incroyable. Parce qu'elle souriait et riait si spontanément. Parce qu'elle rougissait dès qu'il la taquinait. En fait, s'il avait existé des mots pour décrire ce qu'il ressentait en sa présence, il aurait parlé de fièvre et d'une chaleur étrangement agréable.

Creuser la question aurait été tentant, mais il avait à

faire ; il gagna les appartements de sa grand-mère où Robert, avec son efficacité sans faille, réunit tous les documents nécessaires pour les faire traduire.

Sa grand-mère, adossée à plusieurs oreillers, dormait d'un sommeil un peu moins profond que le quasi-coma dans lequel elle avait été plongée les semaines précédentes.

Il la regarda avec attendrissement. Pas un instant elle n'avait douté qu'il accéderait à sa requête, ni pensé que son exigence pouvait présenter la moindre difficulté ou être irréalisable.

Et Kenzie était miraculeusement apparue, avec son désir d'enfants, et alors que lui-même se sentait prêt à en avoir…

Aussitôt, les pensées d'Alex divaguèrent de nouveau vers des terrains hasardeux, entre autres vers la question de savoir quand ils pourraient commencer à…

Arrête ! Concentre-toi sur la cérémonie !

Sa bonne éducation lui dicta de parler au père de Kenzie, sinon pour lui demander solennellement la main de sa fille comme le voulait la tradition au moins pour se présenter et expliquer les raisons de leur décision précipitée. Il connaissait son nom de famille – Steele – et savait qu'il possédait une grosse exploitation dans le nord de l'Australie. Ces renseignements lui permirent de commencer ses recherches.

Internet lui en apprit davantage qu'il n'aurait cru possible. Comme l'avait indiqué Kenzie, la propriété était vaste et appartenait à la famille depuis des générations. Le tout premier M. Steele, en s'installant dans ce que les photos montraient comme un désert rouge, avait dû nourrir des doutes sur ses chances de réussite puisqu'il avait appelé le domaine « Spéculation ». Mais l'entreprise avait prospéré. Ce que cela représentait en termes d'argent Alex l'ignorait, mais les Steele devaient vivre confortablement.

Il était 16 heures dans le nord de l'Australie…

— Angus Steele, à l'appareil. Nous nous connaissons, monsieur McLeod ?

— Pas encore. Je suis en Thaïlande, dans le même hôtel que votre fille. Tout va bien, ne vous inquiétez pas, mais…

Il s'interrompit, ne sachant comment poursuivre.

— Vous voulez l'épouser ?

Alex en resta plusieurs secondes muet de stupeur.

— Euh… Oui. Elle vous a appelé, monsieur ?

— Je viens de lui parler, et si ce que vous avez mis sur pied ensemble lui convient, je ne vois rien à redire.

Il y avait un message sous-entendu que, même par téléphone, Alex perçut. Quelque chose du genre : « Mais si vous la faites souffrir, je vous ferai mourir à petit feu dans d'atroces souffrances et j'enterrerai votre corps là où personne ne le trouvera jamais. »

Peut-être dramatisait-il un peu, n'empêche, M. Steele lui lançait bel et bien un avertissement.

— Je vais prendre le plus grand soin d'elle, assura-t-il.

En même temps qu'il prononçait ces mots, il sut qu'il tiendrait sa promesse, et de bon cœur. Cette femme unique, si différente des autres, s'était réfugiée sur cette île parce qu'elle avait été blessée par un homme. Et cette seule pensée lui nouait le ventre.

— Vous avez intérêt, dit Angus Steele, confirmant qu'Alex ne s'était pas trompé sur le message implicite. Je suis impatient de faire votre connaissance. Au revoir.

« Steel », acier en anglais… Le père de Kenzie méritait bien son nom.

Kenzie avait téléphoné à son père moins parce qu'il lui avait semblé correct qu'il soit le premier à apprendre le changement capital qui allait se produire dans la vie de sa fille que parce qu'elle avait tout naturellement voulu partager la nouvelle avec ce père dont elle était si proche.

Oh ! Pas pour qu'il la « mène à l'autel ». Cela n'avait jamais fait partie de ses rêves de petite fille. Quant à son père, qui ne la considérait pas comme sa propriété mais comme une femme capable de décider de sa vie, il ne lui serait pas venu à l'esprit de la « donner » en mariage.

Grandir comme elle l'avait fait dans un endroit isolé apprenait à être indépendant et à ne compter que sur soi-même pour se sortir des situations délicates.

Des enfants élevés en Écosse, même pendant quelques années seulement, en seraient-ils capables, ou était-il nécessaire qu'ils vivent sur place dès leur naissance ?

Arrête ! Tu n'as pas encore d'enfants !

Et elle n'en aurait pas si elle ne se ressaisissait pas et ne décidait pas comment elle allait s'habiller. Pourtant, même pour cette décision, la pensée des enfants intervenait. À un moment ou un autre, ils demanderaient à voir les photos de mariage de leurs parents et elle ne voulait pas y apparaître en sarong…

Muriel frappa à la porte et entra, les bras chargés de vêtements qu'elle étala soigneusement sur le lit.

— Regardez s'il y a quelque chose qui vous plaît là-dedans. Et si des retouches s'avèrent nécessaires, nous irons demain chez le tailleur du village après ma promenade.

Du Muriel tout craché, de gérer les aspects pratiques de la situation ! Kenzie sourit intérieurement.

— Je croyais que vous deviez vous reposer.

Muriel balaya l'objection d'un revers de main nonchalant.

— Oh ! J'ai décidé que je pouvais m'en dispenser. Gan, le palefrenier, va amener mon cheval ici demain matin et nous irons faire une balade. D'ailleurs, fit-elle après un petit silence, comme je serai probablement en retard pour le déjeuner, j'ai suggéré à Alex d'en profiter pour vous présenter à sa grand-mère pendant le repas, si elle est suffisamment éveillée pour manger.

— Quoi ?

Kenzie, brutalement ramenée à la réalité, manqua s'étrangler.

Elle qui était censée avoir les pieds sur terre s'était mise à divaguer sur la question de savoir où élever ses enfants – qu'elle n'avait pas et n'aurait peut-être jamais – et s'ils souhaiteraient regarder les photos de son mariage, mais il y avait des questions plus pressantes !

— Vous avez parfaitement raison, Muriel. Il faut que je fasse sa connaissance. J'aurais dû y penser.

— Ce n'est rien, dit Muriel en lui tapotant gentiment le bras. Toutes les futures mariées sont un peu nerveuses. Moi-même je l'étais avant tous mes mariages. Pourtant j'aurais dû être habituée. Mais chaque fois, j'étais absolument certaine d'avoir trouvé le bon mari. Ça prouve bien que je n'y connaissais rien !

Muriel sortit, et Kenzie se laissa tomber sur le lit à côté de la pile de vêtements, pour la plupart des robes de soirée sophistiquées.

Elle irait au village demain matin. Le tailleur lui confectionnerait certainement une jolie tenue plus simple.

4.

Prétextant une migraine, Kenzie s'excusa pour le dîner.

— C'est courant chez les futures mariées, dit Muriel. Ce sont les nerfs. Faites-vous monter quelque chose à manger et couchez-vous tôt.

Kenzie obéit et se mit au lit à 20 heures. Mais comment trouver le sommeil quand des images d'Alex, de robes de mariée et d'enfants défilaient dans sa tête ? Et, lorsqu'elle sombra enfin, longtemps après avoir entendu Muriel rentrer, les mêmes visions traversèrent ses rêves.

Aussi eut-elle l'impression de n'avoir quasiment pas fermé l'œil lorsque Muriel la réveilla en entrant dans sa chambre, à près de 9 heures pourtant.

— Je pars pour ma balade. N'oubliez pas d'aller chez le tailleur et ne vous souciez pas du prix. Quoi que vous choisissiez, ce sera mon cadeau de mariage.

— Mais voyons, Muriel, je n'ai même pas encore essayé les robes que vous m'avez prêtées. Il y en a sûrement une qui fera l'affaire.

— Faire l'affaire ? dit Muriel avec une expression d'horreur que Kenzie espéra feinte. Cela ne suffit pas. C'est votre mariage, vous vous rappelez ?

Oh ! Trop bien !

— Et ne manquez pas le déjeuner avec Alex et sa grand-mère.

Kenzie n'avait qu'une seule envie : se pelotonner sous le drap et dormir. Au lieu de quoi elle se leva, se doucha, s'habilla, se coiffa de son chapeau et prit le chemin de la boutique du tailleur providentiel.

Là, au centre d'une minuscule baraque, elle se trouva nez à nez avec l'homme qu'elle allait épouser, immobile comme une statue et criblé d'une myriade d'épingles assassines.

— Votre parure nuptiale ? demanda-t-elle, moqueuse, en espérant que le tressaillement qui l'avait parcourue ne s'était pas accompagné d'un rougissement.

Car même dans un vêtement retourné sur l'envers et piqué d'épingles, Alex était beau. Qu'elle le veuille ou non, c'était bien de l'attirance qu'elle éprouvait. Tant mieux, finalement.

— Grand-maman, dit-il pour toute réponse.

Elle s'attendrit aussitôt devant ce nom qu'il devait utiliser depuis l'enfance.

— Et vous ? Muriel ?

— Qui d'autre ? D'après elle, il faut que je pense aux photos de mariage.

— Les photos de mariage ? fit-il en écho.

— Je pouvais difficilement lui annoncer qu'il n'y en aurait pas, si ?

Il ébaucha un sourire.

— Et grand-maman, qui semble d'ailleurs reprendre un peu vie, m'a seulement assuré que vous seriez déçue si je débarquais en pantalon gris et chemise blanche.

Il se tut, l'air rêveur, tout sourire disparu.

— Finalement, des photos, ce ne serait pas mal. Vous voudrez certainement en envoyer à votre père.

À sa grande surprise, elle sentit ses yeux s'embuer de larmes. Les remarqua-t-il ? Fut-ce pour cela qu'il vint lui poser une main sur l'épaule ?

Elle s'essuya les joues, stupéfaite de réagir ainsi.

— Je ne suis pas une sentimentale, vous savez, dit-elle d'une petite voix.

— Oh ! Bien sûr ! dit-il en s'approchant autant que les épingles le lui permettaient pour la prendre par les épaules. Cela vous ferait plaisir qu'il vienne ? Je peux envoyer un jet le chercher.

Elle refusa d'un signe de tête. Si la saison du rassemblement du bétail n'avait pas battu son plein, son père aurait déjà été là. Elle fut cependant touchée par l'attention d'Alex.

— Non, ça va, assura-t-elle en s'écartant. Je ne sais pas ce qui m'a pris. Je promets que ça ne se produira plus.

Il fut pris de court par la déception que lui causa cette promesse – ou bien le fait que Kenzie ait rompu le contact physique ?

Avait-il cherché un prétexte pour la toucher ? Pour la tenir contre lui ? Ne fût-ce que pour la consoler…

Non, pas consciemment en tout cas. Cela dit, depuis que cette idée de mariage avait germé, des pensées pas toujours avouables tourbillonnaient dans sa tête.

Et des images aussi, pour être franc…

— Bien… Ce devrait être bientôt terminé, dit-il comme le silence devenait pesant. Ce sera votre tour, après.

Lui s'étant reculé pour permettre au tailleur de travailler, ils se tenaient à bonne distance l'un de l'autre à présent. Mais le trouble qu'il lisait dans les yeux de Kenzie s'apparentait au sien et n'avait rien à voir avec l'absence de son père.

Et alors ? Pourquoi ne seraient-ils pas attirés l'un par l'autre ? Comme l'avait souligné Muriel, ils étaient tous les deux jeunes et pleins de vitalité.

Une vitalité dont il ressentait les effets physiques en ce moment même…

— Vous avez fini ? demanda-t-il, impatient.

— Presque, répondit le tailleur alors qu'une femme – son épouse sans nul doute – emmenait Kenzie dans un coin de la boutique vers une minuscule alcôve fermée par un rideau… très léger.

Non ! Il ne s'imaginerait pas Kenzie en train de se déshabiller. Il allait penser à autre chose. À n'importe quoi.

Mais rien ne l'intéressait quand elle était dans les parages. La perspective du mariage devait brouiller son bon sens, qu'il avait toujours jusque-là vu comme sa qualité principale.

Il enleva avec précaution la chemise crème de style thaïlandais que le tailleur lui confectionnait sur mesure, lança joyeusement un « au revoir » en direction du rideau, ravi de retrouver le soleil et la foule du marché, ravi de retourner à l'hôtel et, il l'espérait, d'y recouvrer sa santé mentale.

Il allait quitter le marché lorsqu'il entendit quelque part derrière lui un cri strident. Vraisemblablement un enfant surexcité. Mais un second cri déchira l'air, accompagné de commentaires affolés des passants.

À contrecœur, il rebroussa chemin, se guidant au son à présent continu. La foule formait un cercle autour d'une femme qui se contorsionnait à terre. Elle était visiblement en train d'accoucher. Alex se fraya un chemin et, s'agenouillant à côté d'elle, repoussa les mèches de cheveux collées à son visage en sueur.

— Quelqu'un a appelé une ambulance ? demanda-t-il, certain que des villageois parlaient anglais et comprendraient sa question.

Mais il n'obtint aucune réponse.

— Quel est votre nom ?

— Elle s'appelle Malee, dit un des curieux.

— Moi, c'est Alex. Je suis médecin.

Il se demandait comment procéder à un examen intime devant tant de gens quand une femme émergea de la foule.

Kenzie !

— Reculez-vous ! Laissez-la respirer ! dit-elle en se précipitant vers la parturiente, à côté de laquelle elle s'agenouilla à son tour.

Avisant une passante qui l'avait suivie timidement, elle lui dit :

— Allez chercher un drap et des serviettes-éponges, et aussi de quoi couvrir le bébé.

Comme par magie, de grandes bandes de tissu, des serviettes et des sorties-de-bain encore sous plastique apparurent.

— Demandez à des femmes de tenir ce tissu en guise de rideau. La pauvre n'a certainement pas envie que tout le village la regarde accoucher.

— Elle s'appelle Malee, dit Alex dans un souffle.

Puis il envoya chercher de l'eau et si possible de la glace pendant que Kenzie mettait la femme en position gynécologique afin d'estimer la dilatation du col.

Il aida à mettre le « rideau » en place.

Eau et glace arrivèrent aussi rapidement que les serviettes et Alex redressa légèrement Malee pour lui permettre de boire entre les contractions.

— Tout va bien se passer, Malee, dit-il d'un ton rassurant. Pour vous et pour le bébé.

Elle lui agrippa les bras, ses doigts s'enfoncèrent dans sa chair comme des serres.

— On voit le sommet du crâne, annonça Kenzie. Je suppose que vous ne savez pas dire « poussez » en thaïlandais ?

Mais cela ne s'avéra pas nécessaire. Avec un nouveau hurlement, Malee serra à les marquer à vie les avant-bras d'Alex.

Le bébé fut accueilli par un cri de joie de Kenzie, un soupir de Malee, et l'arrivée de deux ambulanciers. Kenzie leur confia de mauvaise grâce le nouveau-né, sous le regard attendri d'Alex.

— Vous auriez voulu le garder encore contre vous, n'est-ce pas ? dit-il gentiment en la prenant par le coude pour traverser la foule toujours dense de curieux.

— Non, pas du tout ! dit-elle, s'indignant pour la forme.

— Vous avez reçu une formation de sage-femme ?

Ils étaient à présent au calme sur le sentier qui montait vers l'hôtel.

— Bien sûr ! C'est indispensable dans un hôpital rural.

Il lui glissa un bras autour des épaules et la serra brièvement contre lui.

— Bravo ! Vous avez été formidable !

Elle eut beau balayer le compliment d'un haussement d'épaules, il vit ses joues rosir et sut qu'elle avait apprécié.

En atteignant l'écurie ils tombèrent sur Muriel qui se précipita vers Kenzie.

— Que s'est-il passé ? Vous êtes blessée ? Vous avez du sang partout.

Kenzie se libéra de l'étreinte d'Alex, qui ressentit une impression de vide.

— Ce n'est pas mon sang mais celui de la mère du

petit garçon qu'Alex et moi venons de mettre au monde, au marché. Oh ! zut !

— Quoi ? demanda Alex, aussitôt inquiet.

— J'ai oublié mon chapeau et mon sac à main chez le tailleur. Il faut que j'y retourne.

— J'y vais, dit-il. Vous, rentrez et lavez-vous.

— Pour que je ne fasse pas peur à votre grand-mère ? demanda-t-elle, joueuse, bras tendus pour montrer les taches sanguinolentes qui les maculaient.

On aurait dit qu'elle s'offrait à lui. Mais bien sûr, il prenait ses désirs pour des réalités.

— Filez ! fit-il d'une voix qu'il espérait plus calme que son cœur.

Dans un état de douce exaltation probablement lié à l'accouchement pratiqué au marché, Kenzie se doucha et passa une robe bain de soleil jaune que son père adorait.

Plairait-elle aussi à la « grand-maman » d'Alex ?

Elle se surprit à l'espérer, comme si cette union de pure circonstance avait pris une autre dimension.

Ce qui n'était pas le cas.

La preuve ? Alex lui avait lâché le coude dès qu'ils étaient sortis de la cohue. Pourquoi aurait-il continué à la tenir ? Il n'y avait plus eu aucune raison. Ce bref contact avait cependant suggéré une proximité, voire une complicité, entre eux. Et n'était-ce pas ce qui unissait un couple ?

Ces pensées décousues tournoyaient en elle tandis qu'elle se passait du rose pâle sur les lèvres et disciplinait ses cheveux en une jolie tresse.

Satisfaite du résultat, elle se rendit dans le salon demander l'avis de Muriel.

— Vous êtes magnifique ! J'espère qu'Alex a conscience qu'il épouse une perle.

— Vous aussi vous resplendissez. Ces balades à cheval vous réussissent.

— J'adore ça ! J'y retourne cet après-midi. Gan connaît une petite plage déserte. Les chevaux aiment avoir les pattes dans l'eau, paraît-il. Vous imaginez ça, Kenzie ? Moi à cheval dans la mer ?

Kenzie lui sourit.

— Souhaitez-moi bonne chance, Muriel, dit-elle en déposant un baiser sur la joue de la femme qui était devenue son amie.

— Comme si vous en aviez besoin ! C'est Alex qui a de la chance que vous ayez accepté de l'épouser. D'après Gan...

Kenzie ne sut jamais ce que Gan avait dit car la sonnette de la porte de la suite annonça l'arrivée d'Alex, il venait la chercher pour le déjeuner avec sa grand-mère.

Elle l'accueillit un peu distraitement, ignora son compliment sur sa tenue et se retourna d'un air soucieux vers la porte qu'elle venait de fermer.

— Vous semblez inquiète de laisser Muriel toute seule.

— Non, ce n'est rien. Et de toute façon, ce ne sont pas mes affaires ni une chose dont je puisse discuter avec un inconnu.

— Vous me considérez encore comme un inconnu ? demanda-t-il avec un sourire pincé.

— Eh bien... Nous ne sommes pas exactement de vieux amis, si ?

5.

Mme Monroe – grand-maman – s'avéra être une femme impressionnante, bien que flétrie par l'âge et recroquevillée contre les oreillers du lit le plus somptueux que Kenzie ait jamais vu.

Tout aussi somptueuse, la chambre semblait scintiller sous les rayons du soleil qui filtraient à travers la soie dorée du voilage des fenêtres et du dais du lit à baldaquin. Quelques touches argentées ici et là agrémentaient la dominante dorée avec laquelle le rose et le vert vifs des coussins contrastaient joliment.

Cette luxueuse décoration était très éloignée de l'aménagement purement fonctionnel dans les tons marron et gris – les couleurs les plus adaptées au désert rouge – de la maison de Kenzie en Australie.

Peut-être que si sa mère avait toujours été de ce monde…

Une soudaine vague d'émotion la submergea, aussi violente qu'inattendue : sa mère, qu'elle n'avait jamais connue, se mit à lui manquer comme jamais. Elle ferma les yeux pour refouler ses larmes et chasser ses idées noires.

— Grand-maman vous demandait si vous vous plaisiez ici.

— Oh ! excusez-moi, madame Monroe. C'est cette chambre. Je n'en ai jamais vu d'aussi magnifique.

Dans la douceur du sourire que la vieille dame lui adressa, Kenzie devina qu'elle avait été très belle. Les pommettes saillantes sous la peau pâle et ridée retenaient encore l'attention, tout comme ses yeux d'un bleu profond pourtant voilé par l'âge.

— La mère d'Alexander a été conçue dans ce lit, dit de but en blanc Mme Monroe sans s'embarrasser de circonlocutions.

Un silence interloqué suivit, mais Kenzie était là pour faire bonne impression, et elle s'efforça de rebondir.

— Vous devez encore plus apprécier d'être revenue ici avec son fils.

— Revenue pour mourir !

Cette nouvelle remarque abrupte créa un second blanc dans la conversation. Heureusement, Alex vola au secours de Kenzie.

— Si nous commandions le déjeuner ? Grand-maman prend le sien au lit, mais Robert nous a installé une petite table à son chevet.

Il indiqua un guéridon couvert d'une nappe d'un blanc immaculé, avec un vase de roses rose pâle au centre. Des couverts en argent étaient disposés devant deux chaises placées de façon à ce que les visiteurs voient la vieille femme et soient vus par elle.

— Votre mère est morte en vous mettant au monde, je crois ? Cela n'a pas dû être facile pour vous de grandir avec ce vide, dit Mme Monroe d'une voix faible et essoufflée mais avec une compassion qui toucha Kenzie.

— Je n'ai jamais rien connu d'autre, répondit-elle calmement. J'ai toujours été seule avec mon père. Enfin… Nous étions entourés quand même. Quand j'étais bébé, ma grand-mère maternelle vivait avec nous et deux couples habitaient sur la propriété. Les deux femmes ont toujours été là pour moi.

— Un élevage de bétail, c'est bien ça ?

— Oui, des bovins de race brahmane. Ce sont les plus adaptés aux conditions tropicales. Ils résistent bien à la sécheresse et n'attirent pas les tiques.

La vieille dame ne relançant pas la conversation, Kenzie vit avec soulagement Robert arriver avec un plateau en argent. Il en déplia les pieds et l'installa par-dessus les jambes de Mme Monroe. Il posa ensuite une assiette devant chacun des visiteurs et, entre les deux, un plat débordant de viande froide, de légumes en salade et de fruits exotiques.

Mme Monroe, comme Kenzie préférait l'appeler plutôt qu'un « grand-maman » trop familier, avait commencé à boire à petites gorgées un grand verre d'une potion qui ressemblait à ces jus de légumes « sains » devenus si populaires. Tout était fait pour l'hydrater et éviter la pose d'une encombrante et inesthétique perfusion.

Kenzie se servit de viande et de salade mais, préoccupée par la conduite à tenir, n'y toucha pas. Devait-elle continuer à échanger avec Mme Monroe pendant qu'elle buvait sa préparation ? Ou se taire pour de bon ? Poser des questions sur le jus de légumes, peut-être, quitte à paraître indiscrète s'il s'agissait d'une prescription médicale ?

Elle finit par lever la tête vers Alex… qui l'observait de ses fichus yeux rieurs.

Elle l'incita d'un regard furieux à alimenter la conversation mais, de toute évidence, la gêne qu'elle éprouvait l'amusait beaucoup trop pour qu'il songe à y mettre un terme.

— C'est un médicament, que vous buvez ? demanda-t-elle en désespoir de cause.

— Non, mais d'après Robert c'est bon pour la santé.

Kenzie espéra qu'elle ajouterait quelque chose ou qu'Alex interviendrait… Mais non ! Le silence s'abattit de nouveau sur la pièce.

Qu'à cela ne tienne !

— Mon père boit une mixture rouge vif à base de betteraves spécialement cultivées pour lui par notre jardinier. Il souffrait d'arthrose dans les mains, ce qui le handicapait énormément, jusqu'à ce qu'il décide, il y a des années, de supprimer de son alimentation pommes de terre, tomates, aubergines, poivrons, bref les plantes de la famille des solanacées. Et ce régime a fonctionné.

Un ricanement étouffé lui parvint de l'autre côté de la table… Son futur mari se régalait manifestement de la situation. Eh bien, tant mieux pour lui ! Elle était prête à parler à tort et à travers plutôt que de supporter un silence stressant.

Elle lui lança malgré tout un regard assassin auquel il répondit… par un sourire mielleux.

Incapable d'avaler quoi que ce fût, elle jouait avec la nourriture dans son assiette lorsqu'elle entendit, d'abord avec soulagement puis avec gêne lorsqu'elle comprit les paroles, la petite voix fatiguée de Mme Monroe :

— Je crois qu'elle sera très bien pour toi, Alexander.

Sur ce verdict, la vieille dame les congédia tous les deux de la main et Robert s'approcha pour retirer son plateau. Elle se laissa alors aller contre les oreillers et ferma les yeux.

Les joues rouges de honte, Kenzie se leva, murmura un merci et un au revoir à peine compréhensibles et s'apprêta à partir, à fuir cette chambre, fuir cet hôtel pour réfléchir à l'air libre à ce qu'elle allait dire à Alexander Monroe McLeod.

Mais il la retint par le bras au moment où elle passait devant lui, lui prit la main et l'entraîna dans le couloir.

— Vous n'avez rien avalé. Venez ! Je vous emmène au village manger quelque chose de chaud et de bien épicé.

— Je préfère être seule, rétorqua-t-elle avec hauteur.

— Parce que j'ai ri ?

— Vous m'avez délibérément laissée tenir le crachoir. Vous m'avez laissée dégoiser sur du jus de betteraves ! Vous auriez pu venir à mon secours, poser des questions, même, bref, agir au lieu de rester là à assister avec délice à mon supplice.

— Le spectacle était bien trop bon pour que je l'interrompe, répondit-il dans un sourire. En outre, vous avez fait très bonne impression sur grand-maman. Pour elle, il est important de savoir faire la conversation.

— Vous n'avez rien dit, vous ! fit-elle sèchement avant de s'apercevoir qu'il lui tenait toujours la main.

Pire, qu'elle n'avait rien fait pour se libérer… et qu'étrangement elle n'en avait pas envie.

Elle la retirerait quand ils arriveraient à l'ascenseur. Ou en tout cas, avant le hall.

Pourtant, quelques minutes plus tard, alors qu'ils avaient parcouru la moitié de l'allée, elle ne s'était toujours pas exécutée.

Après tout, ils allaient se marier. Peut-être était-ce normal qu'ils marchent main dans la main.

Alex, lui, était très fier de se promener ainsi avec la belle Kenzie.

Il avait connu d'autres femmes dans sa vie, mais à aucune il ne s'était attaché très longtemps. En fait, peu avaient vraiment conquis son cœur, pas en tout cas comme il s'imaginait que ses parents avaient été conquis l'un par l'autre.

Certes, la priorité qu'il avait donnée à son travail lui avait coûté nombre de ses histoires d'amour. Malgré tout, il soupçonnait qu'il lui manquait une case dans le domaine sentimental, ou que la mort prématurée de ses parents avait faussé sa vision du monde et placé trop haut la barre de ses attentes amoureuses.

L'année de ses douze ans, ses parents étaient venus le déposer chez sa grand-mère pour les vacances puis étaient repartis dans leur petit avion, qui s'était écrasé quelques minutes plus tard dans les Highlands. Dans le souvenir qu'il gardait d'eux, ils formaient un couple si fusionnel qu'ils semblaient ne faire qu'un. Il avait vu les regards et sourires complices qu'ils échangeaient par-dessus une table élégamment dressée ; ou le visage de sa mère qui s'empourprait et ses yeux qui s'éclairaient d'un éclat très particulier lorsque son père posait nonchalamment la main sur son épaule.

Avec leur joie de vivre, ils avaient donné à tout ce qui les entourait davantage de lumière, de vie, d'énergie.

Peut-être la quête de cette magie, dont il avait été témoin et qu'il avait même ressentie autrefois – car leur amour s'était diffusé jusqu'à lui —, expliquait-elle ses échecs amoureux. Mais peut-être aurait-il dû se méfier du jugement d'un gamin de douze ans.

Le remède de grand-maman contre le chagrin avait consisté à ce qu'ils restent occupés en permanence. Tous les deux, ils allaient ainsi à la chasse aux papillons, qu'ils épinglaient ensuite sans état d'âme dans des boîtes pour monter une collection.

M. McNab, le garde forestier, lui avait appris à tirer – bien que son père ait décrété un jour qu'il devait attendre d'avoir quatorze ans –, d'abord dans de grosses cibles rondes difficiles à manquer, puis dans des boîtes de conserve posées sur les poteaux des clôtures. Quand il eut acquis suffisamment d'adresse, avec grand-maman, McNab et un panier bourré de victuailles, ils prenaient la carriole attelée à un poney pour se rendre au-delà de la forêt tirer sur les lapins qui s'attaquaient aux récoltes des fermiers.

Et tous les jours sans exception, même s'il ne disposait que d'une petite heure, il montait le grand hongre noir qui avait appartenu à son père. Pour le faire travailler, avait dit grand-maman. Mais, avec le recul, Alex soupçonnait que c'était surtout parce que monter Duke requérait toute sa concentration et ne laissait donc pas de place pour la tristesse.

Malgré le vide laissé par la disparition de ses parents, qui ne serait vraisemblablement jamais comblé, il n'avait pas eu le temps de s'apitoyer sur lui-même. Et puis, comme lui avait dit grand-maman un jour en le surprenant en train de pleurer : « Chez les Monroe, on ne fait ni dans les émotions ni dans les sentiments. »

Perdu dans le passé, il ne s'aperçut qu'ils avaient atteint le marché qu'en entendant les gens les acclamer comme les héros du jour. Dans la cohue, Kenzie fut poussée contre lui. Lâchant la main qu'il tenait toujours, il lui passa un bras autour des épaules. Pour la protéger bien sûr…

Arrête ! Tu aimes la toucher. Avoue-le !

Oui, il avait pris plaisir à lui tenir la main et il en prenait encore plus à sentir la douceur de son corps contre le sien. Et finalement, comme ils avaient conclu une alliance de raison, peu importait que l'étincelle de magie qu'il avait vue entre ses parents ne soit pas présente.

— Qu'est-ce qui vous tente ? demanda-t-il.

— Des brochettes de poulet satay, répondit-elle avec une détermination qu'il apprécia. Celles de la baraque aux parasols jaunes, à la sortie du marché, près de la plage.

Il l'entraîna à travers la foule jusqu'à l'échoppe, commanda le même plat pour eux deux, installa Kenzie à une table sur la plage et la rejoignit avec leur repas.

Elle avait enlevé ses sandales et remuait ses orteils dans le sable. Des petits orteils roses, sans vernis, mais parfaits.

Des orteils parfaits ? Était-il en train de perdre la raison ?

Quoi qu'il en soit, assis à côté de cette femme à regarder les petits arcs de sable qu'elle projetait avec ses doigts de pied, il éprouvait un immense bien-être. Parce qu'elle lui plaisait, cette femme qui riait, plaisantait, souriait, qui lui faisait du bien et qui l'attirait physiquement, il l'avouait. Mais tant mieux, non, puisqu'elle voulait des enfants ?

— Alors, à quand est fixé le grand jour ? demanda-t-elle.

— Le grand jour ? répéta-t-il en se forçant à détourner le regard de ses lèvres où elle venait d'essuyer une goutte de sauce satay.

Comme il aurait voulu pouvoir lécher la sauce !

— Le mariage, répondit-elle, un « imbécile » non prononcé mais audible dans son intonation.

Il ferma les yeux et prit une profonde inspiration pour mettre de l'ordre dans ses idées.

— Je crois que Robert a parlé de demain, dit-il enfin. Cela vous conviendrait ?

— Bien entendu ! répondit-elle avec beaucoup trop de décontraction et de désinvolture au goût d'Alex.

Mais peut-être était-elle aussi sereine qu'elle le paraissait, après tout. Une particularité australienne ?

Demain ? Elle allait se marier demain ?

Kenzie n'en revenait pas.

Certes, il ne s'agissait que d'un mariage de convenance, mais n'aurait-elle pas dû ressentir un peu d'excitation malgré tout ?

En revanche, si elle pensait à ce qui se passerait après la cérémonie, si elle pensait à la nuit de noces, pour être précise…

Cette seule évocation avait suffi à lui donner des frissons, à lui nouer l'estomac et à lui colorer les joues d'une rougeur traîtresse.

— J'aimerais rentrer, à présent, dit Alex. Il faut que je

passe chez le tailleur. M'accompagnerez-vous ou préférez-vous retourner toute seule à l'hôtel ?

— Oh ! la couturière ! Ça m'était sorti de la tête. Je viens avec vous. Mais ça risque de prendre un peu de temps, parce qu'elle voudra vraisemblablement que j'essaye ma tenue. Ce ne sera pas la peine de m'attendre.

Il lui sourit.

Elle se mordit la lèvre. Si seulement il pouvait arrêter avec cette manie ! Car elle peinait de plus en plus à ne pas craquer.

— Vous ne voulez pas que je vous voie dans votre robe de mariée avant le plus beau jour de votre vie ? demanda-t-il d'un ton léger, au grand agacement de Kenzie.

— Et d'une ce n'est pas une robe de mariée et de deux ce n'est pas le plus beau jour de ma vie.

Et il continuait à lui sourire ! Horripilant !

Malgré tout, ils se rendirent ensemble chez le tailleur. Alex récupéra sa chemise et Kenzie, comme elle l'avait prévu, fut conduite derrière le fin rideau.

— Allez-y, dit-elle à Alex. Ça peut durer des heures, et votre grand-mère a peut-être besoin de vous.

Après une brève hésitation, il hocha la tête et s'en alla.

Ouf !

Ouf, vraiment ?

Pas le temps de s'appesantir sur la question. Elle devait se concentrer sur les aspects pratiques de la situation et chasser toute pensée au sujet de l'après-mariage.

La proposition d'Alex répondait à son objectif de se marier et d'avoir deux enfants. C'était un contrat clair, net, sans bavure, satisfaisant pour chacune des parties.

Alors pourquoi était-elle dans tous ses états ? Parce qu'ils avaient marché main dans la main et qu'elle y avait pris plaisir ?

Mais n'était-ce pas une bonne chose ? S'ils faisaient des enfants, ils devraient devenir beaucoup plus intimes !

Et voilà ! De nouveau ce tressaillement d'excitation dans la poitrine, son cœur qui battait fort dans ses oreilles et, par-dessus le marché, ce satané feu aux joues !

Elle soupira et, avec l'aide de la couturière, enfila sa

robe par la tête. Elle fut stupéfaite en se découvrant dans le miroir. Une robe était-elle vraiment capable d'opérer pareille métamorphose ?

Elle tourna lentement sur elle-même. La soie glissait sur sa peau…

Et soudain son estomac se noua. Cette robe fourreau thaïlandaise, mi-longue, en soie blanc crème, sans fioritures inutiles, était bel et bien une robe de mariée.

Et elle se sentait belle dedans.

— Merci beaucoup, c'est parfait, dit-elle à la couturière dont le visage s'illumina.

— Tout le plaisir d'habiller une si jolie mariée est pour moi.

Quand Kenzie se présenta à la caisse, Alex avait déjà réglé. Comment avait-il osé ? La prenait-il pour une pauvresse ? Pour une croqueuse de diamants ? Malgré une petite voix qui lui soufflait qu'elle se faisait une montagne d'un rien, elle ne décolérait pas.

Après avoir insisté pour connaître le prix de la robe, elle alla retirer de l'argent dans un distributeur de billets, pour rembourser Alex bien sûr mais aussi pour parer à d'éventuels frais supplémentaires.

Sa robe soigneusement pliée sur le bras, elle traversa le marché et s'arrêta devant un étal de lingerie où n'étaient exposés que des vêtements de nuit érotiques bleus, violets ou rouge vif. Rien qui l'intéresse.

Mais elle s'était trop attardée. Une fillette, davantage en âge de travailler à l'école que sur le marché, l'aborda.

— Suivez-moi à l'intérieur, madame, chuchota-t-elle en entraînant Kenzie vers une petite porte derrière laquelle était proposée de la lingerie raffinée – chemises de nuit en soie magnifiquement brodées et déshabillés assortis.

Pourquoi ne pas porter une tenue spéciale, un peu plus affriolante que son T-shirt en coton usé jusqu'à la corde avec un kangourou sur le devant ?

Elle acheta trois chemises de nuit mais se limita à un seul déshabillé, sans savoir si elle les porterait un jour.

6.

Réveillée par le carillon de la sonnette, Kenzie se leva d'un bond du canapé où elle s'était endormie.

Comme Muriel dînait avec des amis arrivés à l'improviste et qu'elle-même avait déjà mangé sur la plage, elle était restée dans la suite lire un livre – qui gisait à présent à terre – pour ne pas réfléchir à ce qui l'attendait. Car elle avait les nerfs à fleur de peau et la tête pleine de questions et d'incertitudes sur l'avenir.

Demain.

Elle ouvrit la porte sur l'homme à qui elle ne voulait surtout pas penser.

— J'ai vu Muriel dans la salle à manger, et je me suis dit que c'était l'occasion ou jamais que nous discutions des détails pratiques.

— Les détails pratiques ? répéta Kenzie, l'esprit encore un peu embrumé.

Il la regarda en souriant.

— Des détails techniques, si vous préférez.

— Des détails techniques ?

Arrête de répéter bêtement tout ce qu'il dit !

— Nous avons conclu un partenariat, dit-il gentiment en la prenant par l'épaule pour la ramener au canapé.

Entièrement obnubilée par l'onde de chaleur qui se propageait à l'endroit où il avait posé sa main, elle ne comprenait toujours pas où il voulait en venir.

— Avez-vous signé un contrat avec Muriel ou avec l'hôtel ? Il faut que je sache à qui m'adresser.

— Eh bien… Euh… J'ai répondu à une petite annonce pour un poste d'infirmière-dame de compagnie mise en ligne par l'hôtel.

— Dans ce cas, je vais voir avec l'hôtel.

Était-ce à cause de son petit somme que tout lui semblait confus ? Et son trouble était-il à ce point visible qu'Alex lui ait pris la main et lui parle comme à une enfant ?

— Kenzie, nous allons être mari et femme. Je vais enfin avoir de la compagnie après quelques semaines d'ennui mortel.

— Alors, vous allez prévenir l'hôtel que je ne travaille plus pour Muriel mais pour vous ?

— Voyons, Kenzie, vous allez *vivre* avec moi, pas avec Muriel. Pas le choix si vous voulez des enfants.

— Je croyais que nous allions nous marier pour votre grand-mère et continuer comme avant. Je ne peux pas abandonner Muriel comme ça !

Il lui emprisonna les mains entre les siennes… et lui sourit, ce qui causa la perte de Kenzie dont les joues étaient devenues écarlates après l'allusion à la conception des enfants.

— J'adore la façon dont vous rougissez, Kenzie. Ma mère aussi rougissait facilement. À son grand désespoir, d'ailleurs. Parfois, un seul regard de mon père suffisait.

Pff ! Que pouvait-elle répondre ? Rien. Le mieux était de ne pas relever.

— Pour en revenir à Muriel, je sais qu'elle ne veut de personne d'autre que moi. Partir reviendrait donc à l'abandonner. Ne pourrions-nous pas… Ne pourrais-je pas…

— Ne pourrions-nous pas dormir tous les deux dans la suite de grand-maman et, pendant la journée, vous descendriez distraire Muriel, c'est ça ?

Elle acquiesça de la tête.

— Non ! dit-il.

Et alors qu'elle croyait qu'il avait clos le débat, il poursuivit :

— De toute façon, j'en ai déjà discuté avec Muriel. C'est moi, « les amis » avec qui elle dînait ce soir. Elle ne voit aucun inconvénient, au contraire, à ce que vous emménagiez avec moi dans les appartements de grand-maman au dernier étage. En fait, c'est sur son conseil que je suis venu vous dire de préparer vos bagages. Je les ferai monter demain. En ce moment, elle fait tranquillement la lecture à grand-maman.

Kenzie, les yeux écarquillés de stupeur, le regardait fixement. Peut-être était-ce à cause de la vitesse à laquelle tout arrivait ? Mais quelle que fût l'explication, elle était dans l'incapacité de prononcer la moindre phrase sensée et encore plus de protester contre les manières autoritaires d'Alex.

Alex lisait quasiment à livre ouvert les pensées de Kenzie : pour qui se prenait-il, à tout organiser sans lui demander son avis ? Il savait qu'elle était farouchement indépendante.

Il aurait dû pressentir qu'avec sa générosité et son empathie elle se soucierait de Muriel.

— Muriel survivra très bien, dit-il avec douceur. En fait, je crois qu'elle a déjà pris ses dispositions. Oh ! bien sûr, elle va regretter de ne plus vous avoir à ses côtés vingt-quatre heures sur vingt-quatre. Mais vous pouvez avoir la conscience tranquille, vous avez plus que rempli votre mission. Personne ne vous obligeait à lui apprendre à monter à cheval, par exemple.

Sa future femme leva la tête vers lui et lui sourit.

— Vous imaginez comme sa vie devait être vide, pour qu'elle se lance avec autant d'enthousiasme dans cette aventure ?

Il lui serra tendrement les doigts.

— Oui, je n'imagine que trop bien. C'est seulement en venant ici que je me suis rendu compte que le travail occupait toute ma vie, absolument toute ma vie. Au point que, quand je ne travaillais pas, je me sentais perdu.

Il lui lâcha une main pour lui entourer les épaules de son bras et l'attirer plus près de lui.

— Notre rencontre m'aura au moins ouvert les yeux, fit-il tout en se demandant s'il ne devrait pas l'embrasser, maintenant que ses lèvres étaient si proches…

À moins que, dans un mariage de convenance, il ne s'agisse d'un point du contrat qui devait être débattu ?

Il se contenta de l'embrasser sur la joue et sentit un frisson parcourir le corps collé contre le sien.

Elle s'écarta, lentement pour qu'il comprenne qu'elle

n'avait pas été choquée, et le scruta, la tête légèrement inclinée sur le côté.

Il ébaucha un sourire, qu'elle lui rendit.

— C'est un peu bizarre, vous ne trouvez pas ? demanda-t-elle.

Le sourire d'Alex s'élargit.

— Un peu ? C'est un euphémisme.

Elle continua à l'étudier encore quelques secondes, puis se pencha… et l'embrassa à son tour sur la joue.

— Muriel doit être fatiguée de faire la lecture à présent, dit-elle. Et il faut que je fasse mes valises.

Elle se leva. Il l'imita sans lui lâcher la main.

— Un baiser pour me souhaiter bonne nuit ? suggéra-t-il, en partie au moins pour la voir s'empourprer.

Ce qui ne manqua pas de se produire. Et devant son joli visage en feu, ses yeux bleus à la fois méfiants et pleins d'attente, comment aurait-il pu résister ?

Il se contenta malgré tout de lui effleurer les lèvres des siennes, de peur de ne plus pouvoir s'arrêter s'il allait plus loin.

Le lendemain matin, Kenzie reçut un énorme bouquet de fleurs australiennes, certainement très difficiles à trouver sur l'île. Avant même de lire la carte, elle sut qu'elles venaient de son père.

« Pour toi, ma chérie, de la part de nous tous à Spec »

Fermant les yeux pour retenir ses larmes, elle s'imagina tout le monde réuni, regroupement du bétail ou pas, pour fêter son mariage.

Sur ces entrefaites, Muriel entra dans la chambre presque en sautillant, dans un tel état d'excitation que Kenzie l'invita à s'asseoir et à se calmer. Vêtue d'une élégante robe cintrée, elle était resplendissante. Pas étonnant que tant d'hommes se soient épris d'elle.

— L'amour ne suffit pas, décréta Muriel comme si Kenzie avait parlé à voix haute. Plus j'y pense, plus je trouve que le mariage que vous allez conclure est le plus sage qui soit. Une alliance d'intérêts avec du sexe en prime. Les gens parlent de « tomber » amoureux, mais le problème c'est que beaucoup, et moi la première, se relèvent. Aussi la raison constitue-t-elle une base plus solide que l'amour pour une union réussie.

La conversation dévia alors sur les fleurs que la femme de chambre était en train de disposer dans des vases un peu partout dans la pièce.

— Elles sont magnifiques, dit Muriel. Je veux savoir le nom de chacune d'elles.

— Pas maintenant. Il faut que je me coiffe. Je n'en ai pas pour longtemps. Ensuite nous monterons toutes les deux aux appartements de Mme Monroe.

La grand-mère d'Alex, vêtue d'une spectaculaire liseuse écarlate, n'avait jamais été aussi en forme depuis son arrivée au Palais.

Le prêtre bavardait avec elle tandis que Robert disposait des brassées d'orchidées, fleurs qui poussaient à l'état sauvage sur l'île, sur toutes les surfaces horizontales disponibles.

Alex, quant à lui, arpentait le balcon en pestant de ne penser qu'à la nuit de noces, à l'exclusion de la cérémonie elle-même.

Il était également envahi de doutes ; ainsi craignait-il que Kenzie ne soit pas physiquement attirée par lui.

Ridicules, ces angoisses d'adolescent chez un homme de trente-cinq ans qui, en outre, se mariait uniquement pour faire plaisir à sa grand-mère !

Le carillon de la porte d'entrée de la suite interrompit le cours de ses réflexions. Il alla ouvrir et resta le souffle coupé devant la femme qu'il allait épouser.

Avec ses cheveux noirs relevés en une masse de boucles sur le sommet du crâne, une robe moulante qui mettait ses formes en valeur, une petite touche de brillant rose sur les lèvres et un trait d'eye-liner noir qui rehaussait l'éclat de ses yeux, c'était la plus belle femme qu'il ait jamais vue.

Muriel le ramena sur terre :

— Alors, vous comptez nous faire faire encore longtemps le pied de grue dans le couloir ?

Toujours frappé de mutisme, il s'effaça pour les laisser entrer mais garda les yeux rivés sur Kenzie qui se dirigea droit vers le lit où Mme Monroe trônait au milieu de ses oreillers dans l'immense salon.

Sa future femme bavardait avec grand-maman et lui était toujours planté là, à tenir la porte !

— Elle est belle, n'est-ce pas ? dit Muriel en le prenant par le bras. Et pensez à le lui dire, tout à l'heure, quand vous irez au lit.

Comment allait-il arriver au bout de cette journée, surtout à présent que cette maudite Muriel lui avait de nouveau mis en tête des images de nuit de noces ?

Il s'obligea à se ressaisir et alla rejoindre Kenzie. Il lui prit la main et, avant que la cérémonie commence, eut le temps de lui dire combien il la trouvait superbe.

Robert conduisit le prêtre au pied du lit devant une petite table de l'autre côté de laquelle se tenaient Kenzie, avec Muriel à ses côtés, et Alex, que Robert rejoignit.

La main de Kenzie se ferma sur celle de son futur mari. Leurs cœurs battaient la chamade. Puis, comme dans un rêve, les paroles rituelles furent prononcées, les vœux échangés, et soudain Robert faisait sauter le bouchon d'une bouteille de champagne d'une cuvée millésimée. Kenzie se pencha vers Mme Monroe pour lui parler à l'oreille. Muriel, elle, s'était assise sur un canapé et levait sa flûte de champagne aux nouveaux mariés.

Pas à « l'heureux couple », nota Alex, qui s'aperçut alors qu'il s'était détendu.

Il prit deux flûtes sur le plateau que lui présentait Robert et se dirigea vers Kenzie, au chevet de sa grand-mère.

— C'est très sage, ma petite, disait grand-maman d'un ton approbateur.

— Et qu'a dit ma femme, – « ma femme » ! – de si « sage » ?

— Simplement qu'elle va garder son nom, comme tu le saurais si tu avais lu les papiers que tu as signés. Je regrette tellement que ta mère n'ait pas continué à s'appeler Monroe. À sa décharge, ça ne se faisait pas à l'époque.

Quand la décision de Kenzie atteignit enfin le cerveau d'Alex… elle ne lui plut pas du tout.

— C'est à cause de votre père ? Pour garder le nom de Steele dans votre propriété en Australie ?

— Non ! Les propriétaires n'ont pas tous porté ce nom au fil des générations. Mais je me vois mal me présenter comme Mme McKenzie McLeod !

Il y eut un court silence, puis elle reprit :

— Ça vous ennuie ? Au fait, on peut peut-être se tutoyer, maintenant ?

Il hocha la tête avec conviction.

— Je ne pensais pas que cette histoire de nom poserait problème, vu le genre de mariage que nous avons conclu, dit-elle. J'aurais dû t'en parler avant, c'est vrai. Mais franchement, tu voudrais être marié à Mme McKenzie McLeod ?

Ses satanés yeux bleus se moquaient de lui et il dut se retenir de toutes ses forces pour ne pas la prendre dans ses bras, flûte de champagne comprise, pour embrasser ses lèvres roses.

Répondrait-elle avec ardeur ? Ses yeux s'embrumeraient-ils de désir ?

Il ferma les siens brièvement et respira profondément.

Muriel vola à son secours en annonçant que le repas était arrivé.

— Ta grand-mère fatigue, chuchota Kenzie à l'oreille d'Alex tandis qu'ils se dirigeaient vers la table que Robert-le-magicien avait déjà dressée pour eux.

Alex constata que la vieille dame avait fermé les paupières et repoussait le plateau en argent que Robert s'apprêtait à poser devant elle.

— Descendons chez moi, proposa Muriel.

— Je vais y faire porter le repas, répondit Robert.

— Quand nous aurons mangé, je remonterai voir si elle est réveillée, dit Alex.

— Nous y remonterons tous les deux, déclara Kenzie en

prenant la main de son mari. Je pense que c'est ce qu'elle souhaiterait.

Alex lui serra les doigts en guise de remerciement et tout le monde quitta les appartements de Mme Monroe.

Pourquoi être bouleversée de tenir quelqu'un par la main ? Kenzie ne se l'expliquait décidément pas. Elle n'avait conclu qu'un mariage de convenance avec Alex, pourtant les palpitations de son cœur et les papillons dans son ventre laissaient penser qu'il s'agissait d'un vrai.

Ce qu'il serait en ce qui concernait… le sexe, puisqu'ils voulaient tous les deux des enfants.

Elle fut détournée de ses pensées par le cri d'admiration que poussa Alex en découvrant toutes les fleurs disséminées dans la pièce, et il insista en outre pour connaître leurs noms.

Elle se détendit alors et Muriel et eux s'assirent pour goûter aux nombreux plats que Robert avait commandés. Non que Kenzie ait eu beaucoup d'appétit. Elle était trop préoccupée par la « suite ». Après tout, son mari et elle n'avaient échangé qu'un baiser.

Un baiser furtif, qui plus était. Si furtif qu'il ne comptait pas vraiment.

Elle regarda du coin de l'œil cet homme qu'elle venait tout juste d'épouser. Il avait de belles lèvres, bien dessinées, pleines mais pas trop, vraiment faites pour…

— Dehors, tous les deux, dit Muriel si brusquement que Kenzie faillit tomber de sa chaise. Vous avez mieux à faire que de rester assis à bavasser avec une vieille femme. À ce propos, Kenzie, inutile de vous inquiéter pour moi. Je suis une grande fille. En fait, Gan va venir s'installer dans votre chambre et me tenir compagnie. J'ai tout arrangé avec l'hôtel.

Alors que Kenzie en restait bouche bée, les yeux écarquillés fixés sur son amie – son ex-patronne plutôt —, Alex s'écria :

— Super ! Merci beaucoup pour tout ce que vous avez fait pour nous, Muriel. Au revoir.

Attrapant Kenzie par la main, il la fit se lever et l'entraîna inexorablement vers la porte.

Dans l'ascenseur, il la serra contre lui en lui souriant.

— Le prêtre a oublié le plus important à la fin de la célébration : « Vous pouvez embrasser la mariée à présent. » Je vais réparer cet oubli sur-le-champ.

Kenzie, qui en était encore à essayer de digérer la nouvelle concernant Muriel et Gan, sentit ses lèvres se poser sur les siennes pour une ébauche de baiser… pleine de promesses.

7.

Alex resserra son étreinte et embrassa de nouveau Kenzie. Un vrai baiser cette fois, qui l'enflamma tout entière. Elle n'avait jamais rien connu de tel.

Leurs lèvres toujours jointes, ils se déplacèrent vers la chambre d'Alex. Des lèvres il effleura ses paupières, puis la petite zone sensible sous son oreille, encore sa bouche, avant de descendre plus bas, explorant, butinant, goûtant.

De son côté, elle entrouvrit les lèvres dans une invite à un baiser plus profond. Elle bredouilla quelques mots…

Les vêtements gênaient ? crut-il comprendre. Qu'à cela ne tienne !

Il la débarrassa prestement de sa robe tandis qu'elle déboutonnait sa chemise avec fébrilité. Il accéléra le mouvement en l'enlevant par la tête, découvrant un torse couvert d'une soyeuse toison noire. Il se pressa alors contre Kenzie, peau contre peau, et ils se perdirent dans un même plaisir partagé.

— Tu es belle, murmura-t-il peu après d'une voix étouffée, le visage contre le sein de Kenzie dont il taquinait le mamelon de la langue, déclenchant en elle un désir foudroyant.

Ils étaient nus à présent, et il la conduisit jusqu'au lit où, excitant l'impatience de Kenzie, il prolongea les préliminaires, tétant ses deux seins à tour de rôle, un doigt sur son clitoris, son membre tumescent plaqué contre sa cuisse.

Il introduisit un doigt en elle… Elle se raidit, savourant la sensation qui en appelait d'autres, plus intenses encore.

Mais il n'était manifestement pas pressé. Il continua à

agacer ses sens encore et encore avant qu'enfin, à califourchon sur lui, elle glisse sa verge dressée dans la moiteur de son sexe palpitant.

Alors, à un simple effleurement de ses mamelons, des spasmes de plaisir l'amenèrent à l'extase. Elle s'effondra sur lui mais l'incita à poursuivre son va-et-vient, à la pénétrer profondément jusqu'à ce qu'il explose en elle. Il se laissa ensuite retomber en arrière, l'entraînant avec lui, leurs sexes toujours réunis, une expression de surprise sur leurs deux visages.

— Nos corps se connaissaient déjà, dit-il finalement, et elle se blottit contre lui dans un état de béatitude suprême.

Kenzie fut réveillée par un puissant grondement dont elle n'identifia pas l'origine.

Le lit non plus ne lui était pas familier…

Petit à petit, la mémoire lui revint, ravivant des souvenirs brûlants. Elle songea à l'incroyable harmonie sexuelle qui s'était révélée entre cet homme et elle !

Incroyable et merveilleuse.

Elle resta un moment allongée, à savourer sa chance, quand soudain le bruit prit une ampleur effrayante.

Elle étendit le bras vers la place à côté d'elle dans le lit. Personne !

Alex était-il parti se renseigner sur la cause du vacarme ?

Elle écouta, entendit des cris et des gémissements d'angoisse, très audibles alors qu'elle se trouvait au dernier étage de l'hôtel.

Elle se glissa hors du lit, enfila un short et un grand T-shirt et sortit sur le balcon où elle découvrit Alex, nu, qui contemplait en contrebas une scène de désolation : un torrent d'eau déferlait dans le village, charriant jusqu'à la mer tout ce qui se trouvait sur son passage.

— Que se passe-t-il ? demanda-t-elle.

Il l'entoura de son bras.

— Un tsunami.

— Un tsunami ? Mais alors il va toucher toutes les autres

îles du golfe, et la côte aussi. Descendons. Les gens vont avoir besoin d'aide.

Il se tourna vers elle, l'attira contre lui et l'embrassa avec passion.

— Habillons-nous d'abord, dit-il avec son pragmatisme habituel. Mets des chaussures de sport solides. Il faut aussi que nous avalions un morceau.

De retour dans leur chambre, elle échangea son short et son haut contre un jean et une chemise en coton à manches longues et rejoignit Alex dans le petit salon. Il engouffrait déjà quelques sandwichs préparés par l'irremplaçable Robert qui emplissait à présent un sac à dos avec des serviettes et une trousse de premier secours bien garnie.

— Il faut de l'eau minérale, Robert, dit Kenzie en attrapant un sandwich.

— Il y en a une douzaine de bouteilles, là.

— Prends la trousse de secours et deux bouteilles d'eau, je me charge du reste, dit Alex.

Au moins, avec Robert au chevet de grand-maman, il n'avait pas à se soucier d'elle.

Quelques minutes plus tard, finissant leurs sandwichs, ils quittèrent la suite et, l'ascenseur ne fonctionnant pas, empruntèrent l'escalier de secours.

— L'hôtel est équipé d'un générateur, dit Alex. Le courant va donc être bientôt rétabli. Mais pour ce qui concerne l'hôpital, en contrebas, je crains qu'il ait été plus sérieusement touché.

Elle pria pour que la situation ne soit pas aussi désastreuse que vue d'en haut, mais plus ils descendaient plus les cris de terreur et les pleurs se précisaient.

Quand ils parvinrent enfin au rez-de-chaussée, le directeur avait déjà fait procéder au déblaiement du hall d'entrée. Apercevant Alex et Kenzie, il leur dit :

— Nous avons le personnel qu'il faut pour soigner les blessés, ou les soulager au moins, et de quoi nourrir autant de monde qu'il faudra. Et nous avons de l'eau à volonté grâce à notre source privée. Vous pouvez aller chercher des victimes et les envoyer ici.

Alex hocha la tête et se tourna vers Kenzie.

— Reste ici pour aider.

— Tu m'as bien regardée ? répondit-elle avec une expression de défi.

Ils descendirent l'allée au pas de course, passèrent devant les écuries où les palefreniers essayaient de calmer les chevaux. Une bonne nouvelle : elles n'étaient pas inondées, ce qui signifiait qu'aucune maison située à la même altitude n'avait été touchée.

Comme ils le découvrirent au virage suivant, la vague mortelle qui avait saccagé ce paradis tropical s'était arrêtée juste un peu plus bas. Elle avait dû déferler dans l'obscurité, puis se retirer en emportant maisons, habitants et animaux. Il ne restait plus qu'un paysage dévasté : un palmier déraciné ici, un toit en feuilles de palmier là, des débris de meubles, des voitures retournées, des *tuk-tuk* en miettes…

Alors qu'ils contemplaient sans y croire cette scène apocalyptique, un cri sur leur gauche les fit se retourner.

Un homme, affalé contre un palmier encore debout, hurlait de douleur et de frayeur.

— Fais attention où tu poses les pieds, dit Alex d'un ton si autoritaire qu'en toute autre circonstance, Kenzie lui aurait répondu par un salut militaire.

Trébuchant à chaque pas sur le sol jonché de débris, ils atteignirent l'homme qui saisit la main d'Alex en bredouillant des phrases incohérentes. Alex, impassible, s'accroupit à côté du blessé – dont le bras gauche formait un angle inquiétant avec son épaule – pour le rassurer et l'examiner.

Tandis qu'Alex poursuivait son auscultation, Kenzie sortit une bouteille d'eau et fit boire l'homme.

— À première vue, il est seulement touché à l'épaule, dit Alex comme elle se penchait tout près de lui. Essayons de le mettre debout. Ensuite nous l'aiderons à marcher jusqu'aux écuries et demanderons à un des employés de l'emmener au Palais. Ils ont sûrement des antidouleurs dans leur pharmacie.

— Si tu mets son bras sur mon épaule, dit Kenzie une

fois qu'ils eurent relevé l'homme, je peux m'en occuper toute seule. Il y a certainement beaucoup d'autres personnes à secourir.

— Hors de question que nous nous séparions. Il y a assez de monde pour aider et nous serons plus efficaces à deux.

Ils venaient de s'engager sur la route des écuries quand leur parvinrent des pleurs d'enfant.

— Je te laisse t'occuper de monsieur tout seul, dit Kenzie. Je vais voir de quoi il retourne. C'est juste là, dans les ruines de cette maison. Rejoins-moi là-bas ou sinon je te rattraperai un peu plus haut.

Les pleurs étaient déchirants et, sans attendre l'assentiment d'Alex, elle courut dans leur direction.

La façade de la maison avait été littéralement aspirée lors du reflux de la vague, l'intérieur était entièrement à découvert. Un petit d'un an ou deux, hurlant de peur, était assis par terre, tout seul au milieu du chaos qui avait été une pièce.

Elle lui parla doucement en lui souriant malgré son inquiétude. Après l'avoir méticuleusement palpé, elle le prit dans ses bras et le frictionna avec une serviette pour le sécher et le réchauffer.

Repérant alors un tissu couvert de boue – un sarong ? – elle s'en servit comme d'un porte-bébé. Rassuré par la chaleur du corps de Kenzie, le gamin se calma petit à petit.

Alex, qui avait confié l'homme à l'épaule démise à un secouriste, la rejoignit et admira son ingéniosité.

— Il n'est apparemment pas blessé mais il n'a plus personne. C'est affreux.

Alex ébouriffa les cheveux du petit, qui lui sourit, et tous trois reprirent leur chemin.

Ils avaient soigné cinq autres personnes, pour des blessures légères, quand ils découvrirent une femme recroquevillée sur le sol, une profonde plaie à la cuisse droite.

Alex s'agenouilla près d'elle tandis que Kenzie entreprenait de nettoyer la plaie avec l'eau d'une bouteille avant de la tamponner avec du désinfectant.

— Il faudra des points de suture mais en attendant je

vais la bander serré pour arrêter le saignement, dit Alex qui semblait malgré tout soucieux.

Kenzie se retourna et vit ce qui l'inquiétait : la longue file de gens qui se dirigeaient vers le Palais.

— Tu crois que nous serions plus utiles là-haut ? demanda-t-elle.

— Oui, j'en suis convaincu.

Avec tendresse, il enleva de la boue de la manche de Kenzie, et elle sentit aussitôt son corps frissonner au souvenir de leur nuit.

— Mais avant tout, il faut trouver un moyen de transporter cette femme. Sa cheville gauche est très enflée. Elle ne peut pas marcher, même en boitillant. Heureusement, elle est menue. Tu penses pouvoir m'aider à la porter, si nous faisons une chaise avec nos mains et que je me charge du sac à dos ? Il suffit d'arriver à la route. Là, quelqu'un prendra sûrement le relais.

— Oui, pas de problème.

Après avoir exécuté leur plan, ils se mirent en route au milieu des décombres.

— Ça va, Kenzie ? Nous pouvons la poser pendant que tu vas chercher de l'aide.

— Et puis quoi encore ? répondit-elle, de l'espièglerie dans le regard en dépit des circonstances. On n'élève pas des mauviettes, en Australie !

— Ici non plus apparemment, répondit-il avec un large sourire en indiquant le bébé de la tête. Tu as beau l'écraser avec ton bras, il dort à poings fermés.

— Je fais pourtant attention, je t'assure. En fait, j'aurais dû le mettre sur mon dos, mais si je m'arrête maintenant nous n'arriverons jamais.

Ils continuèrent donc à avancer, laborieusement, et, alors qu'ils approchaient de la route, deux hommes vinrent à leur rencontre.

— Nous allons la porter, dit l'un d'eux.

Kenzie, soulagée d'entendre quelqu'un parler anglais et encore plus d'être allégée du poids de leur protégée, le remercia chaleureusement.

Alex s'occupa de l'échange puis il prit Kenzie par la main, et ils montèrent vers l'hôtel avec leurs deux sauveurs.

Au Palais de la Sérénité et de la Félicité, c'était le chaos.

Alex embrassa la scène du regard et, après avoir envoyé Kenzie se laver, il alla trouver le directeur, qui contemplait son hall somptueux d'un air hébété.

— Tous ces gens, même ceux qui sont indemnes, sont potentiellement porteurs de microbes, dit Alex. Pourriez-vous faire une annonce pour demander à tous ceux qui sont sains et saufs d'aller se doucher à la piscine ? Ils pourraient aussi y laver leurs vêtements, et les remettre pour aller se faire sécher au soleil, sauf s'ils doivent revenir auprès d'un enfant accidenté.

— D'accord.

— Passez aussi le message aux employés des écuries d'empêcher les gens qui n'ont pas besoin de soins de monter ici. Je sais qu'ils cherchent leurs proches mais, pour le moment, nous devons nous concentrer sur ceux qui sont atteints physiquement.

Il laissa le directeur à la mission qu'il lui avait confiée et se rendit vers des rangées de lits, probablement récupérés dans les suites au-dessus de sa tête.

L'homme à l'épaule déboîtée était assis sur l'un d'eux et parlait posément avec la femme qui y était allongée. Quelqu'un lui avait confectionné une écharpe pour son bras et certainement donné un analgésique, car il ne semblait plus souffrir.

Un interprète tout trouvé. Alex lui demanda son nom.

— Lamon.

— Que vous a dit cette femme ?

— C'est son dos. Elle ne peut plus bouger les orteils.

— On devrait peut-être la transporter à l'hôpital.

Lamon secoua la tête.

— Le bâtiment est encore debout mais il y a de l'eau partout. L'hélicoptère, sur le toit, n'a rien, lui.

On pouvait donc transporter les victimes le plus sévèrement

touchées dans un établissement du continent, à condition de mettre la main sur le pilote.

Il avança jusqu'au lit suivant où un homme avait été allongé en position latérale de sécurité. Une infirmière d'un certain âge lavait son dos couvert de boue.

— C'est difficile de savoir s'ils sont blessés, avec toute cette terre, dit-elle.

Puis ses yeux s'embuèrent de larmes quand elle ajouta :

— Ma famille. Dans le village en bas. Tout le monde dit que le village n'existe plus.

Alex lui tapota l'épaule et prit le pouls de l'homme en regrettant de ne pas disposer au moins d'un stéthoscope, d'un thermomètre et de gants.

— Et voilà, dit une voix énergique qui déclencha chez Alex une vague de délicieux frissons.

Il se retourna… Kenzie était là, non seulement propre et avec le bébé à présent sur son dos, mais poussant un chariot chargé d'une quantité impressionnante de matériel médical.

— Tu n'as trouvé personne pour s'occuper du bébé ?

— Je n'ai pas cherché. Il me connaît, maintenant, et puis, si je le garde comme ça sur moi, peut-être que quelqu'un le reconnaîtra.

Alex approuva. De toute évidence, elle avait les idées plus claires que lui.

— Les antiseptiques vont poser problème, dit-elle. Ils n'en stockent pas des litres, comme nous à l'hôpital.

Il lui sourit, chassant les souvenirs ébouriffants de la nuit précédente, et attrapa un stéthoscope.

— Je te présente Lamon, mon interprète, dit-il tout en commençant à ausculter l'homme couché sur le côté. Je crains fort qu'il ait été enseveli sous de la boue et qu'il en ait inhalé. Ce qui porte à deux le nombre de personnes à hospitaliser.

Dans le lit suivant, ils trouvèrent la femme blessée à la cuisse. Pendant que Lamon l'interrogeait dans sa langue maternelle, Kenzie enleva le pansement de fortune qu'ils lui avaient posé à peine une heure plus tôt. La plaie maintenant en pleine lumière parut à Alex beaucoup plus inquiétante qu'il ne l'avait cru à la lueur de l'aube.

— De quelle quantité d'anesthésique local disposons-nous ? demanda-t-il.

— Dix ampoules et, à mon avis, cette blessure en nécessite deux.

— OK, on les lui administre. Les secours vont arriver avec des médicaments. Nous allons certainement bénéficier d'une aide internationale ; d'ici demain les premières organisations humanitaires seront à pied d'œuvre.

Quelque peu réconfortée par son optimisme, Kenzie enfila une paire de gants chirurgicaux, sortit de sa pochette hermétique une pince à épiler et entreprit d'enlever les grains de sable et la terre qui souillaient encore la plaie.

Sans pour autant détourner son attention de la patiente à laquelle il avait injecté une dose d'anesthésique, Alex sentait Kenzie à côté de lui qui s'affairait. Étonnant comme un simple coup d'œil à cette femme suffisait à l'embraser, même en situation de crise. Chassant ces pensées déplacées, il fouilla dans le matériel que Kenzie avait récupéré et trouva de quoi suturer les plaies… en grande quantité.

— Voilà, je crois que c'est propre, annonça Kenzie. Je vais poursuivre ma tournée.

Quelle chance d'être tombé sur cette perle !

Il se reprit.

Concentre-toi sur ton travail !

Il se pencha vers la patiente et commença à coudre méticuleusement la plaie, laissant les fils pendre pour le moment. Des antibiotiques seraient nécessaires. Mais l'hôtel en possédait-il ?

— Alex ! fit Kenzie de là où elle s'était arrêtée, deux lits plus loin.

— Une minute ! Je termine le pansement et j'arrive.

L'homme près duquel Kenzie attendait souffrait d'une fracture ouverte du tibia ; il relevait lui aussi d'une hospitalisation.

— J'ai trouvé une note d'après laquelle de la morphine

lui a été administrée. Mais nous ne pouvons rien faire pour lui, si ?

Alex s'agenouilla pour examiner la blessure et grimaça.

— Il y a une petite hémorragie mais qui ne vient pas d'une artère principale. Tu as vu des attelles, quand tu as fait main basse sur les réserves ?

— Non, mais en cherchant du matériel j'ai remarqué des caisses en bois, à l'arrière de l'établissement. On pourrait en arracher quelques planches qu'on rembourrerait avec du tissu. J'y vais. J'en rapporte trois ?

Il n'eut pas le temps de répondre, elle était déjà partie.

Au bout d'un long moment – mais il avait été trop occupé pour s'en inquiéter – elle revint avec trois morceaux de bois protégés par des coussinets. L'ensemble, maintenu par des bandages, tiendrait très bien le rôle de gouttière pendant le transport du blessé.

Mais quand le transfert aurait-il lieu ? Là était la question, à laquelle s'en ajoutait une autre : par quel moyen ? Il y avait peu de chance que des bateaux prennent la mer, encore agitée de vagues menaçantes.

Avec l'aide de Kenzie et un peu d'ingéniosité, Alex posa l'attelle et banda la jambe du blessé pour protéger la plaie et l'extrémité de l'os qui ressortait.

— Il est temps que vous preniez une pause.

Muriel ! En compagnie d'un homme d'un certain âge à l'air jovial – Gan probablement – qui poussait un chariot avec une thermos d'eau chaude, des tasses en carton, du lait, du sucre, des sachets de thé et des barrettes de café soluble. Sur le plateau inférieur, des sandwichs étaient empilés.

— C'est la seule façon que j'ai trouvée de vous aider, dit Muriel sur un ton d'excuse. En cuisine, les employés sont trop occupés à faire de la soupe et des plats de riz pour tous ces malheureux, en plus des repas pour les clients qui, entre parenthèses, veulent pour la plupart partir. Alors, avec Gan, nous avons préparé ces petits en-cas.

Alex, se rendant soudain compte qu'il mourait de faim, la prit dans ses bras.

— Hé ! N'en faites pas autant ! fit-elle de son ton autoritaire. Accordez-vous une vraie pause et sustentez-vous. Dites-moi juste ce que vous voulez boire et je m'en occupe. Servez-vous de sandwichs et allez les manger sur les marches.

Alex tourna la tête vers l'escalier monumental du hall, la fierté de l'hôtel, où une demi-douzaine de personnes étaient assises en train de manger et de boire dans un silence presque total.

8.

La nuit était déjà tombée lorsque Alex et Kenzie finirent d'installer dans des conditions acceptables de confort les victimes qui se trouvaient encore là. D'autres continuaient à arriver, au compte-gouttes heureusement. Aussi Alex essaya-t-il de persuader Kenzie de monter se reposer. Il eut beau faire valoir que l'une des villageoises, qui avait reconnu le bébé, l'avait pris en charge, rien n'y fit.

Ils rejoignirent donc ensemble le directeur, qui semblait très éprouvé, sur les marches de l'escalier.

— Une bonne partie de nos employés et du personnel infirmier habite le village. Je crains que les pertes soient énormes.

Un silence pesant accueillit cette déclaration et Kenzie, avisant un grand costaud maculé de boue qui venait d'entrer dans le hall, abandonna Alex et le directeur pour aller à sa rencontre.

Avant qu'elle parvienne à la hauteur de l'homme aux traits tirés et au bras droit bandé jusqu'à l'épaule, il se campa au milieu du hall et lança d'une voix de stentor :

— Je suppose que personne ici ne sait piloter un hélicoptère ?

— Si, moi, répondit Kenzie en approchant à grands pas. D'où je viens, on s'en sert pour rassembler le bétail.

— Très bien. Vous avez des blessés graves, je crois. On peut en emmener deux allongés et deux assis. Un de mes gars apporte les brancards.

— Vous voulez que je prenne les commandes de votre

appareil ? demanda Kenzie, décontenancée par la rapidité de la décision. Mais je ne saurai pas où aller !

— Je serai là, *mate*, répondit-il, ce qui confirma à Kenzie que, comme elle l'avait soupçonné à son accent, l'homme était lui aussi australien.

— Tu as perdu la tête ?

Alex s'était précipité vers Kenzie et l'avait attrapée par l'épaule.

— Tu vas piloter l'hélicoptère de ce monsieur ?

— Lui n'est pas en état. Je ne sais même pas comment il a réussi à arriver jusqu'ici. Si je l'emmène jusqu'à un hôpital sur le continent, je trouverai certainement un autre pilote pour faire le vol du retour avec moi, et je pourrai rapporter les fournitures médicales que je parviendrai à récupérer.

— Ah ! Voilà mon gars ! Où sont vos malades ?

Kenzie se retourna vers un jeune Thaïlandais chargé de deux brancards pliables.

— Peut-être que le blessé à la jambe peut s'asseoir ? Qu'en penses-tu ? demanda-t-elle à Alex qui paraissait un peu sonné.

— J'en pense que tu ne peux pas prendre les commandes d'un hélicoptère que tu ne connais pas, répondit-il avant de s'excuser d'un sourire contrit. Suis-je bête ! Tu ne l'aurais pas proposé si tu ne t'en étais pas sentie capable.

D'un air résigné, il prit les brancards des mains du jeune homme et les porta jusqu'à leurs deux patients le plus sévèrement touchés.

Deux infirmières françaises, qui reprenaient des forces sur les marches de l'escalier, accoururent pour l'aider tandis que Kenzie conduisait l'inconnu – un ange de la miséricorde plutôt – jusqu'à l'homme à la fracture ouverte.

— Je m'appelle Kenzie, dit-elle tandis qu'ils traversaient le hall, et vous venez de parler à Alex, un médecin écossais.

— Brad, dit l'homme avec une poignée de main. Ça fait plaisir de rencontrer une compatriote.

La conversation s'arrêta là parce que l'inévitable Muriel

débarqua de nulle part avec Gan et le chariot de ravitaillement. Constatant que Brad était à bout de forces, elle l'emmena manu militari vers l'escalier.

Kenzie continua son chemin vers l'homme à la jambe cassée. Lamon, qui avait joué l'interprète pendant toute la journée, était assis à côté de lui.

— Nous pensons le transférer en hélicoptère sur le continent, expliqua-t-elle à Lamon, mais il n'y a de place qu'en position assise. Pouvez-vous lui demander s'il s'en sent capable ?

Quand Lamon lui eut traduit, le blessé, bien que groggy par les antidouleurs, hocha la tête et entreprit de se redresser.

— Non, attendez, dit Kenzie en accompagnant ses paroles d'un geste de la main. Il faut d'abord que nous réfléchissions à un moyen de vous transporter jusqu'à l'hélicoptère.

— Je vais chercher de l'aide, dit Lamon.

Il revint à peine quelques minutes plus tard avec cinq jeunes hommes vigoureux que Kenzie salua d'un signe de tête.

— Ils sont dans mon équipe de football, dit fièrement Lamon. Contrairement à beaucoup d'autres, et en particulier à ma famille, ils étaient à l'abri au moment du drame.

Comment les survivants allaient-ils gérer le traumatisme lorsqu'ils prendraient pleinement conscience de la réalité de la catastrophe ? Elle-même ne voulait pas y penser.

— Tiens !

Alex venait d'apparaître à son côté avec une chaise et un drap.

— J'aimerais venir aussi mais il faut réserver le second siège à la femme blessée à la tête.

L'inquiétude se lisait sur son visage et le fait qu'il manifeste le désir de les accompagner – et elle en particulier ? – fit chaud au cœur de Kenzie.

— De toute façon, tu es plus utile ici. L'hôtel continue à recevoir régulièrement de nouvelles victimes.

Il opina mais il demeurait contrarié.

Parce qu'elle savait piloter un hélicoptère et pas lui ?

Non, peu probable. Alors parce qu'il tenait à elle ?

Elle rejeta aussi cette hypothèse et se concentra sur ses explications.

— Nous allons transporter notre blessé jusqu'à l'hélicoptère sur cette chaise. Comme son attelle l'empêche de plier la jambe, je me mettrai de ce côté-là pour veiller à ce qu'il ne se cogne pas.

Elle regarda Alex et Lamon mettre le plan à exécution. Les footballeurs, quant à eux, soulevaient déjà les brancards sous l'œil vigilant de Brad qui, revigoré par les sandwichs et le café, prit gaillardement la tête du cortège. Ils longèrent le sentier dans les ténèbres que seuls trouaient les faisceaux de leurs lampes frontales.

Après ce qui leur parut une éternité, ils atteignirent l'hélicoptère et, après une autre éternité, les blessés y furent installés.

Alex aida Kenzie à grimper dans le siège du pilote et lui retint un moment la main, les yeux plantés dans les siens, une expression indéchiffrable sur le visage.

— Reviens entière, dit-il finalement en lui pressant brièvement les doigts.

Quelque chose dans la douceur de sa voix fit monter les larmes aux yeux de Kenzie. Elle les chassa d'un clignement de paupières en voyant Brad prendre place à côté d'elle.

— J'ai inspecté l'appareil de l'extérieur, dit-il comme Kenzie procédait aux vérifications d'avant décollage. Nous serons arrivés en ville dans une vingtaine de minutes, fit-il à l'adresse d'Alex par-dessus la tête de Kenzie, mais il n'est pas sûr que le retour puisse se faire ce soir. La situation sur le continent n'est certainement pas meilleure qu'ici et il risque d'être difficile de trouver un pilote disponible.

Alex hocha la tête, serra de nouveau les doigts de Kenzie et ferma la porte.

Là-dessus Brad boucla sa ceinture, tendit un casque à Kenzie et se munit du sien.

— Mettez le cap à l'est, dit-il. Je vais avertir les autorités que nous transportons des blessés pour qu'elles nous donnent des instructions. Inutile de tenter l'hôpital sur la côte. Ce doit être la panique. Nous irons plutôt à l'hôpital régional. On peut y atterrir sur le toit.

Il était calé contre le dossier de son siège, paupières closes, et Kenzie espérait qu'il n'allait pas s'évanouir. Que ferait-elle sans guide ?

Incroyable ! Kenzie savait piloter un hélicoptère !

Alex avait rebroussé chemin le long du sentier, après avoir suivi l'appareil des yeux jusqu'à ce qu'il disparaisse derrière la forêt.

En fait, qu'y avait-il d'étonnant à ce que cette femme, qui avait accepté de l'épouser alors qu'elle le connaissait à peine, détienne une licence de pilote ? Mais son estomac noué prouvait qu'il ne prenait pas la situation avec autant de détachement qu'il l'aurait souhaité.

De retour à l'hôtel, il passa voir les blessés et monta enfin prendre des nouvelles de sa grand-mère.

— Elle a dormi toute la journée, lui dit Robert, ce qui vaut probablement mieux. Autant qu'elle ne voie pas ce qui est arrivé.

— Vous avez raison, répondit Alex, lui-même très affecté par la catastrophe. Je vais me doucher et ensuite je reviens la veiller.

— Vous devriez aller dormir, dit Robert avec fermeté.

— Je dormirai dans le fauteuil quand je lui aurai lu quelques pages, répondit Alex avec un sourire las.

Dans la chambre, il ne put s'empêcher de rêvasser devant le lit. Robert l'avait impeccablement fait, mais Alex ne voyait que des draps froissés et Kenzie entièrement nue.

Il pensa une fois encore à leur nuit d'amour et à leur surprenante et formidable entente sexuelle.

Une autre image vint gâcher la précédente : celle de Kenzie aux commandes de l'hélicoptère survolant un paysage ravagé des deux côtés du golfe…

Il ouvrit à fond les robinets de la douche pour chasser toute vision d'accidents et de scènes apocalyptiques.

Kenzie, éreintée mais soulagée que Brad ait trouvé quelqu'un pour la ramener sur l'île, avançait seule sur le sentier ; le pilote avait préféré rester dans l'hélicoptère pour répondre à un éventuel ordre de mission.

Une douche et dodo, se promit-elle. Elle aurait pu dormir jusqu'à la fin des temps.

Et Alex ? Se reposait-il au moins ou, par conscience professionnelle, avait-il continué à s'occuper des blessés dans le hall ?

Quand elle entra, elle ne le vit pas. En revanche, des infirmières qu'elle ne connaissait pas soignaient des blessés et le personnel d'entretien lavait le sol, un travail visiblement sans fin.

Au moins, un certain calme régnait pour le moment dans cette partie de l'île. Un motif supplémentaire de satisfaction l'attendait : l'ascenseur fonctionnait. Dans l'état où elle se trouvait, jamais elle n'aurait réussi à monter jusqu'à leurs appartements par l'escalier de secours.

Pas d'Alex dans la chambre. Elle fut prise de court par la déception qui la saisit, car elle s'était cru trop harassée pour ressentir une quelconque émotion, inutile, qui plus était.

Néanmoins, elle n'avait pas envie de dormir seule. Alors, une fois qu'elle fut douchée et eut enfilé son vieux T-shirt chemise de nuit, elle traversa le petit salon sur la pointe des pieds et alla tout doucement ouvrir la porte de la grande chambre de Mme Monroe.

Alex faisait la lecture à sa grand-mère, et sa voix était si apaisante que Kenzie avança à pas de loup jusqu'au canapé, où elle s'allongea et s'endormit instantanément.

Vaincu par la fatigue, Alex ferma le livre et le posa sur la table de chevet. Il prit la main de sa grand-mère, se cala confortablement dans son fauteuil et ferma les yeux.

Il allait sombrer dans le sommeil quand un bruit assourdi, un souffle un peu fort plutôt qu'un ronflement, le fit se redresser brusquement. Une des infirmières, sans doute. Mais il ne vit aucun mouvement dans la chambre.

Le bruit reprit.

Il se leva.

Kenzie dormait à poings fermés sur le canapé, les mains sous la tête, un T-shirt avec un animal bizarre couvrant son corps svelte.

Il fouilla du regard la pénombre, que seules quelques veilleuses dissipaient, et trouva un plaid en angora qu'il avait acheté bien des années auparavant pour grand-maman. Avec précaution, il le déposa sur sa femme. Comme il aimait ce mot !

À cause de sa nouveauté sans doute, mais pas seulement. Il sourit.

Allons ! Il était tellement épuisé qu'il se laissait aller et se berçait d'illusions.

Il retourna s'asseoir dans son fauteuil et ferma les yeux, se trouvant bien là où il était et… ravi de la présence de Kenzie non loin de lui.

Était-ce sa grand-mère qui l'avait réveillé en bougeant la main qu'il tenait toujours dans la sienne ?

Quoi qu'il en fût, il ne dormait plus et, dans la lumière du jour qui se levait, il vit que grand-maman non plus. De ses doigts elle lui caressait le dos de la main, si légèrement qu'il le sentait à peine, et elle murmura son nom.

— Alexander Monroe.

Non ! C'était celui de son mari défunt !

Les yeux fermés, elle souriait. Sa respiration devint plus régulière. Alex se pencha et l'embrassa sur la joue.

— Je t'aime, grand-maman, murmura-t-il.

Son estomac se noua, son cœur se serra de tristesse…

Il sut qu'il venait de lui dire adieu.

9.

Cette fois, ce ne furent pas des cris de terreur qui réveillèrent Kenzie mais le vrombissement d'un hélicoptère, différent de celui qu'elle avait piloté la veille.

Les secours commençaient-ils à arriver, comme Alex l'avait prévu ?

Alex ? Mais où était-il, au fait ? Les draps à côté d'elle n'étaient pas froissés… Et d'ailleurs, que faisait-elle dans le lit d'Alex ? Elle était certaine de ne pas s'être couchée là au retour de son expédition sur le continent.

Elle se leva et se dirigea comme une somnambule vers la douche dans l'espoir de s'arracher définitivement aux brumes du sommeil. Il restait du pain sur la planche pour aider l'île martyrisée.

Surprenant mais pourtant bien réel, elle avait une envie impérieuse, pour ne pas dire le besoin, de voir Alex. D'être près de lui, pas nécessairement pour lui parler, mais pour le voir tout simplement.

Ce bourreau de travail, comme tout le monde le décrivait, était certainement en bas en train d'accueillir le flot apparemment infini de victimes. En attendant que les organisations humanitaires mettent en place des opérations de sauvetage à grande échelle – abris provisoires, approvisionnement en eau et nourriture – les habitants continueraient à se réfugier au Palais.

Elle se devait de donner un coup de main.

Alors qu'elle laçait ses tennis après avoir enfilé un bermuda et un chemisier, elle se rendit compte qu'elle mourait de faim. Pourvu que Muriel et Gan tournent encore avec leur chariot…

Cet espoir en tête, elle ouvrit la porte de la chambre… et fut accueillie par Robert.

— Je guettais votre réveil, dit-il tandis qu'une délicieuse odeur de café et de viennoiseries chatouillait les narines de Kenzie.

Se retenant de sauter au cou du majordome, elle le suivit dans le petit salon.

— Et Mme Monroe ? demanda-t-elle une fois installée devant son petit déjeuner.

— Sa vie ne tient plus qu'à un fil, répondit Robert avec tristesse. Monsieur a passé la nuit à son chevet, et maintenant il est descendu dans le hall s'occuper des blessés. Grâce à son pager, je peux le joindre en permanence.

Dire qu'elle n'avait jamais pensé à ce qui se passerait à la mort de la grand-mère d'Alex ! Parce que les choses étaient allées trop vite ? Parce qu'elle s'était mariée pour répondre à un objectif à court terme sans réfléchir au long terme ?

Eh bien ! Il est temps d'y réfléchir, ma jolie.

Alex voudrait vraisemblablement faire rapatrier le corps de Mme Monroe en Écosse. Et rien ne le retenant plus ici, il rentrerait là-bas lui aussi.

Bois ton café et mange un croissant. Tu n'as pas récupéré de ta journée d'hier et tu vas te mettre à pleurer pour un rien.

Non que la mort de grand-maman soit « un rien ». Certes ce serait une délivrance pour la vieille femme. Et pour Alex aussi. Mais il serait en même temps accablé de chagrin.

Devrait-elle l'accompagner en Écosse ? Le souhaiterait-il ? Accepterait-il sa compassion et son soutien ?

Pensées stériles ! Finis plutôt ton petit déjeuner et va te rendre utile.

Le cœur d'Alex s'arrêta un instant de battre quand sa femme, ses beaux cheveux soigneusement tressés derrière la tête, apparut dans le hall.

Comme elle est belle ! fut sa première pensée avant que la panique le saisisse.

Elle était venue lui annoncer que grand-maman était morte !

Mais non ! Elle lui souriait. Tout allait donc bien.

Enfin… C'était vite dit, étant donné l'état de santé de sa grand-mère, les ravages causés par le tsunami à cette île paradisiaque et la douleur et le désespoir de ses habitants d'habitude si chaleureux et gais.

— Robert insiste pour que tu montes prendre ce qu'il appelle un vrai petit déjeuner, c'est-à-dire du boudin noir, fit-elle avec une grimace. Mais je l'ai prévenu qu'il y avait peu de chance que tu acceptes. D'autres blessés graves sont-ils arrivés pendant que je me prélassais ?

— Deux personnes ont été emmenées par hélicoptère à l'hôpital. La plupart des autres, nous pouvons les soigner ici pour le moment. Le matériel médical que tu as trouvé là-bas nous a bien servi, le pilote nous l'a apporté ce matin.

Il se tut de peur de faire disparaître son sourire si spontané, si joyeux…

— Mais ? Ne me dis pas qu'il n'y a pas de mais, je l'ai entendu dans ta voix.

Mû par le besoin de la toucher, il lui effleura l'épaule de la main.

— L'hôpital du continent est débordé par ses propres blessés. Alors le pilote n'est pas chaud pour y emmener les cas moins graves.

Il s'interrompit, perdu un instant dans le souvenir d'autres situations de crise.

— Et il a raison, reprit-il. Ici, les équipes de secours vont très vite installer un hôpital de campagne avec un bloc opératoire, petit certes mais performant.

— Avec le personnel nécessaire ?

— Pas au départ. La première équipe sur place commence par évaluer la situation et les besoins. Le plus gros problème concret, c'est en général les conditions d'hygiène au sens large du terme. Ensuite vient celui de la nourriture, puis de l'hébergement, moins crucial ici grâce au climat chaud et sec.

— Tu as déjà été confronté à ce genre de situation, si je comprends bien.

— En Italie, après un tremblement de terre, répondit-il sans s'appesantir, et aussi au nord de la Grèce après un gigantesque incendie de forêt.

— Je comprends pourquoi tu t'ennuyais ici. Ce que tu fais pour ta grand-mère est d'autant plus admirable.

— « Admirable » ? répéta-t-il en retenant difficilement un rire. Tu m'admires ?

— Beaucoup, répondit-elle avec conviction. Allez ! Arrête de chercher les compliments et dis-moi à quoi je peux servir. Qui a besoin d'une infirmière dans l'immédiat ?

Comme il pouvait difficilement répondre « moi », il l'emmena passer tous les patients en revue, lui expliquant chaque cas, lui signalant ceux dont il fallait changer la perfusion ou refaire les pansements.

Alors qu'ils arrivaient à la dernière blessée, celle dont il avait recousu la plaie à la cuisse, le pager d'Alex bipa.

— Il faut que j'y aille. C'est ma grand-mère.

Il paraissait inquiet. Kenzie lui toucha le bras.

— Vas-y. C'est elle qui compte maintenant. Elle et toi.

Elle le regarda s'éloigner. Qu'allait-il apprendre ?

Quelques minutes plus tard, une femme de chambre vint vers elle.

— M. Robert vous demande de monter, madame.

Mme Monroe était morte. Pas d'autre explication possible. Alex avait-il eu le temps de lui dire adieu ?

Cette question la poursuivit dans l'ascenseur, faisant passer au second plan toutes ses incertitudes sur la suite.

Un Alex au visage blême mais aux yeux secs lui ouvrit la porte.

— Ta grand-mère est morte ?

Il hocha la tête. Alors, après une petite seconde d'hésitation, elle le prit dans ses bras.

N'aurait-elle pas dû ?

Certes ils étaient mari et femme et avaient passé une nuit

de noces magique, mais ils n'avaient pas encore appris à se connaître vraiment. Mais les gens qui venaient de perdre quelqu'un n'avaient-ils pas besoin qu'on leur témoigne physiquement du soutien ?

Alex compris ?

Elle voulut se libérer mais il l'attira encore plus près de lui et posa la joue sur sa tête avant de l'entraîner dans la chambre dont il ferma la porte.

— Je vais devoir la ramener en Écosse pour l'enterrer à côté du mari qu'elle aimait tant. Sur le continent, un avion se tient prêt à cette éventualité depuis des semaines.

Elle s'écarta suffisamment pour voir son visage.

— Souhaites-tu que je vienne avec toi ? Le voyage va te paraître long, avec tes souvenirs pour seule compagnie.

— C'est ce que ferait une épouse.

Il avait réussi à sourire et elle se détendit. Nul doute qu'il s'était préparé à la mort de sa grand-mère et était donc aujourd'hui plus à même de supporter son chagrin.

— Mais je suis ton épouse ! Cela dit, attention, pas de boudin noir ! fit-elle pour le dérider vraiment.

Il la lâcha et se recula, passant frénétiquement la main dans ses cheveux. Elle ne l'avait jamais vu aussi agité.

— Il y a tellement de choses auxquelles il faut penser. Pourtant, j'avais tout préparé avant de venir ici. Mais maintenant…

— Maintenant tout s'embrouille. Alors occupe-toi du plus urgent, c'est-à-dire de l'avion, je suppose. Nous verrons le reste plus tard.

— Tu vas venir avec moi pour de bon ?

Il semblait si plein d'espoir qu'elle sentit sa poitrine, sinon son cœur, tressaillir.

— Bien sûr.

— Merci, dit-il en l'attirant de nouveau contre lui. Allez ! Au travail.

— Voilà qui ressemble davantage à l'homme que je connais. Je peux aider à quelque chose ?

Il la considéra un instant avant de suggérer :

— À faire les valises ? Cela dit, j'imagine que tes tenues d'ici ne te protégeront pas vraiment de l'hiver d'Édimbourg.

— J'achèterai ce qu'il me faut là-bas.

— En attendant, tu n'auras qu'à mettre des vêtements à moi, si tu veux.

Il se pencha vers elle et lui déposa un baiser furtif sur les lèvres.

— Il faut que je me dépêche. Un hélicoptère vient nous chercher à 16 heures sur le toit de l'hôpital. Tu penses que tu seras prête ?

— Sans problème, répondit-elle avant de se diriger vers leur chambre.

Évidemment, elle n'avait rien d'adapté au climat d'Édimbourg en cette saison, mais si elle commandait en ligne dès maintenant, des vêtements l'attendraient à son arrivée.

Robert lui donnerait l'adresse où les envoyer et il saurait en outre la conseiller sur quoi acheter et où. Le « où » devait être important dans le monde d'Alex.

Robert se montra à la hauteur des espérances de Kenzie. Elle fut même prise de panique devant la liste qu'il dressa pour elle, d'autant que le temps était compté. L'hélicoptère ne l'attendrait pas. Elle décida de commander le strict nécessaire pour tenir quelques jours et une fois là-bas d'aller faire du shopping pour compléter sa garde-robe.

Étant donné les circonstances, elle opta principalement pour des habits noirs et gris classiques. Elle craqua quand même pour un manteau bleu marine avec un col en fausse fourrure et un chapeau assorti.

Le montant total l'abasourdit. Mais en téléphonant à son père pour le mettre au courant des derniers événements, elle lui demanderait de verser de l'argent sur son compte.

D'ailleurs, il lui faudrait un peu de liquide sur elle pendant le séjour. Elle ne pourrait pas le mettre dans son sac à dos ! Elle se connecta donc de nouveau à la boutique en ligne et ajouta un sac à main à ses achats.

Seul regret, cet attirail ne lui servirait plus en Australie.

Alex laissa Robert s'occuper des affaires de sa grand-mère et fit ses bagages en s'obligeant à penser aux tâches qui l'attendaient plutôt qu'aux raisons pour lesquelles il avait frémi quand Kenzie avait annoncé qu'elle l'accompagnerait.

Il aurait dû la prendre dans ses bras, lui avouer son bonheur. Ne l'avait-elle pas serré contre elle en apprenant la mort de grand-maman ?

Mais rien dans son éducation ne lui avait appris à exprimer ses sentiments. Ou son soulagement…

Sa joie ?

Il réfléchit. Ce mot correspondait exactement à ce qu'il ressentait. La joie de savoir que Kenzie avait envie d'être avec lui. La joie de savoir que quelqu'un se souciait de lui.

Et tout simplement, la joie d'avoir rencontré cette femme qu'il avait épousée de façon aussi précipitée.

Il aurait dû la prendre dans ses bras.

Mais chez les Monroe, on ne faisait ni dans les émotions ni dans les sentiments…

Le vol jusqu'en Écosse se déroula sans encombres. Kenzie avait mis un jean, le seul haut à manches longues qu'elle possédait, et ses tennis fatigués.

Alors qu'il la regardait dormir de l'autre côté de l'allée, il se réjouit une nouvelle fois de sa présence. Elle lui changerait les idées pendant qu'il s'occuperait de toutes les tâches à venir : l'organisation des obsèques, la lecture et l'exécution du testament, les décisions à prendre concernant l'appartement de sa grand-mère à Édimbourg et sa propriété à la campagne dont il devait aussi vérifier l'état.

Quelle que fût son impatience à reprendre le travail et à fuir le monde des émotions, il était loin d'en avoir terminé avec ses obligations de petit-fils.

La présence de Kenzie atténuerait sa frustration.

Il la couvrit d'un regard attendri. La pauvre, elle ne savait pas ce qui l'attendait.

10.

— Et moi qui craignais que tu aies du mal à t'adapter à un environnement aussi différent, dit Alex lorsque, quelques minutes seulement après leur arrivée dans son appartement, Kenzie sortit de la salle de bains.

Elle était vêtue d'un pantalon chaud bleu marine et d'un douillet pull-over de la même couleur, ses cheveux encore mouillés retenus par un serre-tête à la *Alice au pays des merveilles.*

— Visiblement, tu n'as pas pioché dans ma garde-robe, reprit-il. Alors comment as-tu opéré cette transformation vestimentaire ?

Elle pouffa en se revoyant à la sortie de l'aéroport, enveloppée dans le gros manteau en poil de chameau d'Alex.

— Grâce à des achats sur Internet. Robert m'a dressé la liste de tout ce dont j'aurais besoin en arrivant.

— Tu as toujours une longueur d'avance sur moi, décidément. Dis donc, à voir la coupe et la qualité de ces vêtements, ils t'ont coûté une fortune. J'aurais dû penser à te donner de l'argent.

— Je n'en ai pas besoin, ne t'inquiète pas. Laisse-moi m'occuper de mes finances, et toi, règle la succession, pour pouvoir reprendre le travail le plus vite possible. C'est bien ce que tu veux ? Dans l'immédiat, je suggère que nous mangions un morceau et que nous allions nous coucher, de façon à être frais et dispos demain matin. Robert s'est occupé de nous faire livrer à dîner, je crois.

À peine avait-elle fini sa phrase qu'on sonna à la porte. Le livreur, certainement.

— Ce bœuf est superbement cuit, dit Kenzie quelques minutes plus tard, entre deux bouchées. C'est vraiment délicieux.

— Connaissant Robert, il a dû s'adresser au meilleur restaurant d'Édimbourg. Là où, avant de tomber malade, ma grand-mère mangeait régulièrement et d'où il lui faisait par la suite venir ses repas.

— Pauvre Robert ! Elle va lui manquer autant qu'à toi, dit-elle, attendrie. A-t-il quelque part où aller ?

Alex se figea, couteau et fourchette suspendus en l'air.

— Nom d'un chien ! Je n'y ai pas pensé ! Mais maintenant que tu le dis, je me rappelle qu'il a une petite propriété près de chez grand-maman, dans le Wester-Ross, dans les Highlands. Il va peut-être y retourner ou bien… En fait, je n'en sais rien.

— S'il veut continuer à travailler, tu pourrais l'embaucher ?

— Si c'est ce qu'il souhaite, avec plaisir. Mais sa présence ne te dérangerait pas ?

— Tu veux savoir si je préférerais, en plus de ma lessive, de mon repassage, de mon ménage, me charger de *ta* lessive, de *ton* repassage, de *ton* ménage ? demanda-t-elle en éclatant de rire. La réponse est « non », figure-toi. Moi aussi je veux travailler. Et pas à tenir une maison.

Ils achevèrent le repas en bavardant tranquillement et en prenant leur temps… jusqu'à l'heure du coucher.

Kenzie ne savait comment gérer ce moment sans l'excitation de la cérémonie et leurs premiers baisers timides avant leur nuit de noces.

Devait-elle se mettre au lit et attendre ? Mais de quel côté ? Comment savoir, quand rien d'autre qu'une lampe n'était posé sur les tables de chevet ?

Et quelle tenue de nuit adopter ? Une des chemises de nuit en soie achetées sur l'île ? Un peu gênant. Lors de leur première nuit – elle rougit en y pensant – elle n'avait pas eu à se poser la question.

Tout en réfléchissant, elle enleva ses élégants habits et, en sous-vêtements affriolants, se rendit dans la salle de bains, où elle hésita de nouveau : n'aurait-elle pas dû laisser la place à Alex qui, contrairement à elle, n'avait pas eu le temps de prendre de douche depuis l'atterrissage ?

Que la vie de couple était compliquée !

De retour dans la chambre, debout au pied du lit, elle se débattait avec toutes ces interrogations lorsque Alex entra.

— Très seyant ! fit-il joyeusement. Je me douche et je te rejoins au lit.

Sur quoi il disparut dans la salle de bains, laissant Kenzie devant le même dilemme qu'avant son arrivée.

Allons ! Reprends-toi !

Elle poussa avec résolution la porte de la salle de bains, prit le temps de contempler le corps musclé d'Alex derrière la paroi translucide de la cabine, et demanda par-dessus le bruit de l'eau :

— De quel côté dors-tu ?

Il passa la tête par la porte en verre.

— De celui où tu dors, répondit-il avant de pouffer en la voyant rougir.

— Un vrai mariage aurait été beaucoup plus simple, fit-elle en gagnant le lit d'un pas rageur. Au moins on aurait déjà connu les habitudes de l'autre.

Elle ôta ses sous-vêtements, enfila une des chemises de nuit thaïlandaises et se glissa dans le grand lit en s'interdisant de penser aux autres femmes avec qui il l'avait partagé.

Ne jamais oublier que c'est un mariage de convenance.

Malgré son stress, elle dormait presque quand le matelas bougea et qu'Alex se colla contre son dos, un bras par-dessus ses hanches.

— Nous sommes tous les deux trop fatigués ce soir, mais je me rattraperai demain, lui murmura-t-il à l'oreille.

Elle ne tarda pas à s'endormir, bercée par la respiration de plus en plus régulière et profonde d'Alex.

Au réveil, Kenzie ne sut pas immédiatement où elle se trouvait. Alex, à plat dos à côté d'elle, dormait toujours à poings fermés.

Elle se leva sans bruit et alla entrouvrir les doubles rideaux de la chambre.

À 8 heures du matin, les réverbères étaient toujours allumés et, dans la brume, les bâtiments semblaient en suspension au-dessus du sol.

Ainsi, c'était Édimbourg…

En face, de beaux et imposants immeubles anciens, probablement identiques à celui de l'appartement d'Alex, se dressaient en une ligne ininterrompue. De chaque côté des quelques marches qui montaient aux portes d'entrée peintes chacune d'une couleur différente, étaient posés des pots de fleurs eux aussi de couleur.

Elle décida de s'habiller pour sortir explorer la ville mais l'arrivée d'Alex, qui la souleva de terre, l'arrêta dans son élan.

— À cette heure-ci, Édimbourg n'est pas encore réveillé. Tu auras tout loisir d'aller visiter le lieu un peu plus tard dans la journée.

Là-dessus, dans un éclat de rire commun, il la jeta quasiment sur le lit et, à califourchon sur elle, l'embrassa avec passion.

— Bienvenue à Édimbourg, dit-il en entreprenant de lui prouver à quel point elle était bienvenue.

À Édimbourg ou chez lui ? se demanda-t-elle beaucoup plus tard, quand elle eut repris ses esprits après des ébats enfiévrés.

Alors qu'elle dégustait le café et le croissant qu'il lui avait apportés au lit, il s'assit près d'elle. Un dernier baiser et il endossa de nouveau son costume de M. Pragmatique : il posa sur la table de chevet de l'argent, son adresse avec deux numéros de téléphone, un plan du centre-ville et une carte de crédit.

— Le code est sur la carte, alors ne la perds pas. Je t'aurais volontiers accompagnée si mon emploi du temps me l'avait permis.

— Ne t'inquiète pas, dit-elle en lui caressant le visage. Fais ce que tu as à faire.

Pour ne pas ajouter à ses soucis, elle renonça à lui dire de garder son argent et sa carte de crédit. De toute façon, rien ne l'obligeait à les prendre. Elle avait tout ce qui lui fallait : ses propres moyens de paiement et le plan sur lequel Robert avait entouré les boutiques susceptibles de lui plaire.

Ce ne fut que quatre jours plus tard, à son réveil, qu'elle comprit qu'elle était tombée amoureuse d'Alexander Monroe McLeod.

Pourtant, elle ne le voyait pas plus souvent qu'en Thaïlande. Il était occupé comme jamais et, des quelques conversations qu'ils avaient eues à l'occasion d'un repas ensemble, elle avait cru comprendre que la succession de sa grand-mère s'avérait compliquée.

Le jour des obsèques approchait. Elles se dérouleraient quelque part très au nord, dans un village au climat polaire où l'église était une vraie glacière. Ils s'y rendraient en voiture et Alex avait proposé de prendre le chemin des écoliers au retour, en la prévenant qu'à cette époque, entre le brouillard et le « haar », une espèce de bruine, ils risquaient de ne pas profiter des paysages.

Elle n'était donc pas prise en traître. Aussi sortit-elle de l'armoire ses sous-vêtements les plus chauds. Pour l'enterrement, elle porterait une robe grise en cachemire avec de gros collants noirs et le manteau bleu marine. Pour le voyage, caleçon long et maillot de corps à manches longues, pantalon, des pull-overs et un gros manteau en tweed, de façon à pouvoir enlever des couches à l'intérieur.

Dans l'élégante et incroyablement confortable berline noire d'Alex, ils mirent une éternité à sortir d'Édimbourg et de ses interminables banlieues en béton, d'anciennes bourgades aujourd'hui avalées par la ville. Entre le méli-mélo de rocades, la densité du trafic et les mauvaises conditions météorologiques, ils progressaient si lentement que Kenzie eut tout loisir d'étudier le paysage urbain : différents styles de bâtiments, petites zones de verdure ici et là…

Enfin, les voitures se raréfièrent et la ville céda la place à des champs bornés au loin par la barrière nébuleuse des montagnes.

— Je suis sûre que ce serait très beau par temps clair.

— C'est-à-dire quasiment jamais, répondit-il sans qu'elle sache s'il plaisantait ou non.

Ils s'arrêtèrent de temps en temps pour se dégourdir les jambes et, chaque fois, elle remercia silencieusement Robert de ses conseils car, malgré toutes ses couches vestimentaires protectrices, elle sentait encore la morsure du froid.

— Nous sommes arrivés ! dit enfin Alex en quittant la route de campagne cahoteuse pour passer entre deux hauts piliers en pierre et s'engager dans une allée en gravier qui semblait continuer à l'infini… parce qu'elle disparaissait dans le brouillard ! Va te mettre au chaud pendant que je sors les bagages.

Elle obéit et monta à toute allure les quelques marches en pierre du perron. Robert – possédait-il le don d'ubiquité ? – l'attendait là et la fit entrer dans un vaste hall avec des portraits d'ancêtres et une armure complète de chaque côté au pied d'un large escalier.

Cher Robert ! Elle dut se retenir pour ne pas lui sauter au cou, à lui ou à son sosie, car elle avait vécu le voyage comme une interminable odyssée dont elle redoutait le dénouement.

Alex entra comme un ouragan, entraînant des lambeaux de brouillard derrière lui.

— Les domestiques sont là ? Tout est prêt ? demanda-t-il à Robert, qui l'assura que oui.

Et comme pour le prouver, sur un signe du majordome, deux jeunes femmes apparurent, en pantalon et haut noirs impeccables en lieu et place du traditionnel uniforme de domestique devant lequel Kenzie n'aurait pas pu garder son sérieux. Elles saluèrent d'un sourire.

— Millie et Mairi, dit Robert en guise de présentation. Elles vont monter vos bagages. Souhaitez-vous boire quelque chose pour vous réchauffer, monsieur ?

Le « monsieur » surprit Kenzie mais Alex, lui, ne broncha pas.

— Un whisky serait parfait, Robert. Et toi, Kenzie ? Un gin tonic ou te risqueras-tu à goûter à la bière écossaise ?

— J'ai préparé du vin chaud en pensant que cela pourrait plaire à Kenzie, dit Robert avant que cette dernière ait pu choisir.

Au moins Robert ne lui disait pas « madame », ce qui l'aurait vraiment agacée, mais qui était certainement la façon dont on s'adressait aux femmes dans ces grandes demeures.

En fait, un petit château, constata-t-elle comme Robert les conduisait dans un salon où d'autres portraits étaient accrochés.

Elle pensa à sa maison en Australie, pleine de coins et de recoins, toujours poussiéreuse, impossible à garder propre. C'était une belle réalisation architecturale pour l'outback australien, mais elle n'arrivait pas à la cheville de celle-ci.

Alex lui prit le bras pour la diriger vers un fauteuil près d'une grande cheminée et la débarrassa de son manteau.

— Grand-maman était suffisamment à la page pour faire installer le chauffage dans une grande partie de cette vieille bâtisse, mais il n'y a rien de tel qu'un bon feu pour se sentir bien. Nous n'utilisons que quelques pièces. Toutes les autres sont fermées sauf pendant les quelques journées portes ouvertes, en été.

La fortune de son mari ne datait donc pas de Docadit. Mais ce n'était pas tant sa richesse qui dérangeait Kenzie – elle-même n'était pas à plaindre – que le naturel avec lequel il acceptait cet environnement où elle, en revanche, se sentait comme une extraterrestre.

Avec le temps, elle parviendrait sans doute à s'adapter et peut-être à y résider quelques mois par an, mais était-ce ce qu'elle désirait ?

Oui, à condition que l'amour fasse partie de la donne.

Elle commença à boire son vin chaud subtilement épicé à petites gorgées et observa Alex. Il discutait avec Robert de l'organisation des funérailles, mais elle n'écoutait pas. Elle voulait seulement regarder son mari.

Le regarder pour essayer de déterminer à quel moment l'amour était entré dans leur contrat, à quel moment elle avait bêtement oublié qu'il s'agissait d'un pur mariage de raison et était tombée amoureuse.

En fait, si elle regardait les choses en face, cela avait

débuté sur l'île, avec l'attirance qu'elle avait ressentie à l'instant même où elle l'avait vu. Et puis étaient venues les discussions sur « l'association d'intérêts » pendant lesquelles elle avait étouffé ses pulsions en se rappelant qu'il ne s'agissait que d'un mariage de convenance.

Et comme Alex répétait que, chez les Monroe, on ne faisait ni dans les émotions ni dans les sentiments, elle avait fermé la porte de son cœur pour n'embarrasser ni lui ni elle.

11.

La maison de Mme Monroe était si isolée que Kenzie ne s'était pas attendue à voir autant de monde à l'enterrement.

— Tu as froid, dit Alex en lui prenant la main, glacée malgré son gant. Je vais demander à Robert de te ramener à la maison.

— Ce ne serait pas convenable, répondit-elle sans grande conviction tout en se reprochant d'avoir privilégié l'apparence au confort.

Elle avait opté pour des bottes élégantes plutôt que pour des chaussures fourrées.

— Ne t'inquiète pas. On pensera que tu rentres t'occuper de la collation.

Il l'embrassa sur la joue et la poussa vers Robert qui se tenait avec raideur de l'autre côté de la tombe, un peu à l'écart des invités. En voyant le visage du majordome comme déformé par le chagrin, elle comprit qu'Alex la renvoyait dans ses foyers autant dans son intérêt à elle que dans celui de Robert.

Contrairement à l'usage, elle s'installa à côté du majordome, à l'avant de la voiture, et lui posa la main sur le bras.

— Ce doit être affreusement dur pour vous.

Un imperceptible hochement de tête lui répondit et elle poursuivit :

— Vous étiez à son service depuis longtemps ?

— Depuis toujours, dit-il avec fierté. J'ai commencé comme garçon d'écurie et puis, petit à petit, j'ai monté en grade jusqu'à arriver au sommet.

Il s'arrêta un instant avant d'ajouter :

— Jamais vous ne rencontrerez une femme aussi bien qu'elle.

Kenzie nota le léger accent écossais derrière le langage soigné du majordome. Elle entendit aussi son immense peine et espéra qu'une épaule consolatrice l'attendait quelque part.

Quand ils furent arrivés à la maison, il chargea un domestique d'aller garer la voiture et escorta Kenzie jusqu'à la porte en lui recommandant d'enlever ses chaussures mouillées.

Elle considéra la collection de bottes en caoutchouc soigneusement rangées dans un placard du vestibule. Finalement la vie ici n'était pas si différente de la vie chez elle, se dit-elle, prise du mal du pays. En dehors de la météo et de la présence d'un majordome, bien sûr.

Ce ne fut qu'après le départ des invités, une fois tout remis en ordre par l'armée de domestiques, qu'Alex mesura l'aide que Kenzie avait apportée lors de la réception ; elle était effondrée devant le feu dans un fauteuil, son visage habituellement radieux décomposé par la fatigue.

— Tu n'étais pas obligée de rester. Tu aurais pu monter.

— J'avais peur d'être impolie. En plus, il n'y avait personne de libre à qui demander mon chemin.

— Maintenant, va vite te coucher.

Pourquoi n'avait-il rien remarqué ? Pourquoi n'avait-il pas pensé à la faire escorter jusqu'à leur chambre ?

Il se serait giflé.

Elle dormait profondément quand, à son tour vaincu par la fatigue, il monta. Il se glissa à côté d'elle et s'endormit, la main posée sur son épaule.

Il ne se réveilla que lorsque le soleil, une rareté en hiver dans cette région, darda un rayon par l'entrebâillement des rideaux.

Kenzie n'était plus là ! Quelle frustration pour lui qui s'était réjoui à l'idée de lui faire l'amour !

— Elle est sortie se promener, l'informa Robert. Je l'ai

prévenue que vous désiriez partir aujourd'hui. Elle ne va pas rester longtemps dehors.

— De toute façon, il fait beaucoup trop froid pour une fleur tropicale.

Et pour une fois, à la grande surprise d'Alex, Robert ajouta un commentaire.

— Je doute qu'un petit détail comme le froid décourage Kenzie. Je vais vous apporter votre petit déjeuner, monsieur.

— Arrêtez avec ces « monsieur », Robert, je vous en prie. Nous nous en sommes très bien passés pendant un mois, continuons.

Mais Robert s'était éclipsé silencieusement avant qu'Alex ait terminé sa phrase.

Robert avait eu beau s'occuper de grand-maman avec la douceur et le dévouement d'une nounou, elle avait toujours été « madame » pour lui et le resterait vraisemblablement à jamais dans les souvenirs qu'il garderait d'elle.

Comme tout ce style de vie devait paraître insolite à Kenzie ! Pourtant elle n'avait jamais manifesté la moindre gêne, la moindre réserve.

Décidément il avait bien choisi sa partenaire. Comme s'il avait eu le choix ! Il éclata de rire.

Elle s'était simplement trouvée là, cherchant comme lui à se marier.

La plus grande surprise de l'histoire avait été la découverte de leur parfaite entente sexuelle. Cette pensée lui fit de nouveau regretter l'absence de Kenzie.

À 6 heures du matin, Kenzie, descendue sur la pointe des pieds dans le petit salon, s'était assise avec son ordinateur devant la cheminée où quelques braises rougeoyaient encore. Elle avait fini par trouver un vol Édimbourg-Darwin avec un minimum d'escales : départ le lendemain, arrivée vingt-cinq heures plus tard. Elle n'annoncerait à Alex sa décision de rentrer chez elle qu'une fois à Édimbourg.

À présent, elle marchait en bottes de caoutchouc dans l'immensité de ces landes et de ces montagnes enveloppées d'une brume matinale que le soleil commençait seulement à déchirer, et d'un silence qui lui rappelait celui de chez elle.

Cette promenade lui ayant apporté une certaine paix intérieure, elle fit demi-tour. À son arrivée à la maison, Alex semblait l'attendre.

— Il faut que nous nous dépêchions. Je suis désolé, Kenzie. Mais il reste beaucoup de choses à régler et j'aimerais reprendre le travail la semaine prochaine.

Il lui tint le bras pendant qu'elle enlevait ses bottes. Et malgré elle, elle se sentit excitée par ce contact.

Excitée et attristée.

— C'était bien, ta balade ? demanda-t-il courtoisement.

Elle aurait voulu qu'il l'entraîne dans la chambre et…

— J'ai demandé à Robert de préparer une thermos de café et des sandwichs pour le voyage. Mais veux-tu manger quelque chose avant le départ ?

Elle regarda ce visage qu'elle venait tout juste d'apprendre à connaître et y lut de l'inquiétude.

Qui se mêlait à… du désarroi ?

Non ! Ridicule ! Ce n'était pas son genre ! Elle monta à toute hâte faire sa valise en s'efforçant de ne pas penser à la suite.

Kenzie avait dormi pendant la majeure partie du trajet jusqu'à Édimbourg.

Robert, resté pour s'occuper de la propriété, leur avait fait livrer un repas – un festin plus exactement : poulet à la king servi dans des tartelettes croustillantes avec lamelles de pommes de terre sautées, carottes et petits pois, le tout accompagné de pain et de beurre.

— C'était mon repas préféré quand j'étais en vacances ici pendant mon enfance. Ça te plaît ? demanda Alex, toujours avec cet air anxieux.

— Oui, répondit Kenzie sans que le visage d'Alex se détende pour autant.

— La loi impose un délai assez court pour régler la succession. Je vais donc passer mes journées en réunion pendant quelques jours. Cela ne te dérange pas de continuer à visiter la ville toute seule ?

Elle posa sa cuillère.

— À ce propos, Alex, il faut que je te parle.

Il voulut dire quelque chose mais elle l'arrêta, décidée à aller jusqu'au bout.

— Si tu as l'impression d'avoir trompé ta grand-mère, tu n'y es pour rien. C'est moi. Quand je t'ai épousé, dit-elle à toute allure, consciente de l'incohérence de ses propos, j'étais certaine que je pourrais respecter l'accord que nous avions conclu et même y trouver du plaisir parce que tu es quelqu'un de bien.

— Je suis content que tu aies cette bonne opinion de moi, répondit-il avec une raideur très Alexander Monroe McLeod.

— Mais je me suis trompée. En fait, un mariage de raison n'est pas fait pour moi. Je suis désolée. Ne t'inquiète pas, je paierai les frais du divorce. J'ai compris que je désirais un mariage dans lequel je pouvais aimer et être aimée.

Après une hésitation elle conclut :

— Voilà, c'est tout. Je vais rentrer en Australie. Je prends l'avion pour Darwin demain matin. Alors je vais aller faire mes valises.

Là-dessus, elle s'enfuit littéralement.

Alex resta dans un état de stupeur indescriptible. Il s'assit, les yeux braqués sur la porte par laquelle sa femme venait de disparaître, s'efforçant de comprendre ce qu'elle venait de lui annoncer.

Il s'était tellement félicité de sa chance d'avoir épousé cette femme extraordinaire ! De leur harmonie sexuelle, aussi. Il avait été tellement impressionné par sa dignité et sa vaillance pendant les obsèques quand elle avait remercié pour leurs condoléances des gens qu'elle ne connaissait pas. Impressionné ? Fier, plutôt.

Et à présent elle était partie. Enfin… Sur le départ. Elle avait pris un billet d'avion sans rien lui dire.

Étrangement, ce n'était ni la colère ni la contrariété qui lui tordait le ventre. C'était autre chose. Mais quoi ?

Pour couronner le tout, à cause de ces satanées réunions avec les notaires, il ne pourrait même pas l'accompagner à l'aéroport.

Mais pourquoi l'aurait-il accompagnée ?

Il secoua la tête pour s'éclaircir les idées, pour tenter de trouver une solution.

Il pouvait difficilement lui reprocher de le quitter puisqu'ils avaient effectivement conclu un mariage de convenance.

Mais en même temps, il n'aspirait qu'à la prendre dans ses bras et à arranger les choses.

Au lit, peut-être ?

Non, imbécile ! Elle vient de te faire comprendre que ça ne suffit pas.

12.

Kenzie était partie sans dire au revoir à Alex.

À présent, assise dans le taxi qui la conduisait à l'aéroport, elle pleurait aussi discrètement que possible, pour ne pas attirer l'attention du chauffeur. Elle vivait ce départ comme un déchirement, qui la surprenait elle-même.

Mais elle n'avait pas eu d'autre solution que de s'en aller. Elle se serait infligé une véritable torture en restant mariée à Alex à présent qu'elle savait qu'elle l'aimait.

Certes il l'appréciait, aucun doute là-dessus. Et ils s'entendaient bien au lit. Mais cela ne lui suffisait pas. Elle avait besoin d'entendre des mots d'amour. Or combien de fois lui avait-il répété que, chez les Monroe, on ne faisait ni dans les émotions ni dans les sentiments ?

Pourtant il avait aimé sa grand-mère. Sinon l'aurait-il regardée de cette façon ? Aurait-il tenu sa main frêle avec autant de douceur ? Lui aurait-il fait la lecture avec autant d'âme ? Donc, malgré ce qu'il prétendait, Alex était capable de sentiments.

Malheureusement, pas pour elle. C'était normal. La nature de leur alliance avait été clairement fixée dès le départ et d'un commun accord.

Il avait fallu qu'elle tombe amoureuse de lui ! C'était donc sa faute à elle. Enfin… Pas entièrement car il était… une tellement belle personne. Elle ne trouvait pas de meilleure description.

Comment n'aurait-elle pas succombé ? Comment ne se serait-elle pas laissée aller à l'impossible, à l'inimaginable ?

Elle l'avait épousé pour avoir des enfants, mais avait découvert en chemin qu'elle ne pouvait pas vivre avec lui sans amour partagé…

Malgré la taille relativement réduite de l'aéroport d'Édimbourg, Kenzie le trouva immense par rapport au terminal international de Darwin ; elle dut se concentrer pour ne pas se perdre. C'était une aubaine car elle put ainsi oublier Alex. Temporairement en tout cas, car il n'en irait évidemment pas de même pendant les vingt-cinq heures de vol, même entrecoupées d'escales, de repas et de petits sommes.

Après s'être raisonnée pour chasser ses derniers regrets, ses derniers doutes, elle s'acquitta des différentes formalités, embarqua et se laissa enfin tomber dans un confortable siège de la classe affaires.

Elle but la flûte de champagne offerte avant le décollage, et ferma les yeux pour ne pas voir la belle ville d'Édimbourg s'éloigner, pour ne plus penser…

Alex espérait faire bonne figure face aux deux notaires, celui de sa grand-mère et le sien. En tout cas, s'ils avaient remarqué qu'il ne tournait pas rond, ils n'en laissèrent rien paraître.

D'ailleurs, tout tournait rond, non ?

Il n'était pas malade, il n'avait ni problème d'argent ni problème de travail. Il ne s'inquiétait pas de ce qu'il mangerait le soir. Bref, tout allait bien.

Au détail près que sa femme l'avait quitté. Il avait l'impression de flotter, d'avoir perdu pied avec la réalité. Pas idéal pour discuter avec des notaires, ou plus exactement les écouter. Pas très grave non plus puisqu'il savait depuis des années à qui sa grand-mère avait légué tous ses biens.

Dans ces conditions, sa présence à cette réunion était-elle vraiment indispensable ?

Bien sûr, il y aurait des documents à signer, mais ils pouvaient lui être envoyés.

La veille au soir, quand il avait finalement compris

que Kenzie ne plaisantait pas, il avait décidé de se rendre néanmoins au rendez-vous avec les notaires. Après tout, chez les Monroe, on ne faisait ni dans les émotions ni dans les sentiments.

Alors, pourquoi ces images insoutenables de catastrophes aériennes mêlées à celles du corps sublime de Kenzie allongé à côté du sien, de son sourire ensommeillé quand ils venaient de faire l'amour, lui traversaient-elles l'esprit ?

Une voix agacée le rappela à l'ordre.

— Alex !

— Excusez-moi. Ces derniers jours ont été mouvementés.

— Ces dernières semaines, plutôt, d'après ce que je sais, dit William.

À moins que ce ne soit pas William mais l'autre…

— Archie vous parlait de votre testament. Vous souhaitez probablement le modifier, à présent que vous êtes marié. Dites-nous en gros ce que vous désirez et nous vous ferons une proposition en même temps que nous transférerons à votre nom les biens de votre grand-mère.

Alex leva un regard vide vers William. Que répondre ? « Je ne suis plus marié » ? Il allait paraître ridicule. En outre, les mots deviendraient plus réels s'il les prononçait et…

Et il refusait cette réalité. Catégoriquement.

— Occupons-nous d'abord de la succession de grand-maman, répondit-il finalement.

William – ou Archie ? – lui répondit quelque chose, mais Alex ne l'écoutait pas. Il ne pensait plus qu'à quitter ce bureau, filer à l'aéroport et retrouver sa femme, lui parler, essayer de comprendre ce qui avait dérapé.

— Vous savez s'il y a des vols directs pour Darwin d'ici ?

— Darwin, en Australie ? demanda l'un des deux qui, en bon notaire, ouvrit son ordinateur portable et commença à chercher. Non, aucun de direct. Votre femme est bien de Darwin, n'est-ce pas ?

Il tourna l'écran vers Alex.

Elle avait parlé de Darwin. Était-ce bien la ville la plus proche de chez elle ?

Archie posa une question qu'Alex n'entendit pas. Il

venait de se rendre compte qu'il ne savait quasiment rien de sa femme.

— Désolé, je dois partir, dit-il en se levant. Vous savez tous les deux ce qu'il y a à faire. Quant aux signatures, elles peuvent attendre mon retour.

— Votre retour ? répétèrent-ils en un ensemble parfait.

— D'Australie, fit-il avant de s'éclipser.

C'était une simple question de logistique. Il ignorait si l'un des jets qu'il utilisait habituellement pouvait parcourir cette distance sans refaire le plein ou même avec un seul pilote. Mais un coup de fil à la compagnie le renseignerait.

Il établit donc son plan de campagne : rentrer chez lui organiser le voyage et faire sa valise pour être prêt à partir dès qu'un appareil serait disponible.

Par la pensée, il était déjà dans l'avion en direction d'une propriété aux quinze mille têtes de bétail…

Et d'une adorable brune.

Après un vol interminable, Kenzie atterrit enfin à Dubaï, la première escale, et appela son père.

— Je rentre, annonça-t-elle succinctement. J'arrive à Darwin à 14 h 30 demain.

— Ça va ? demanda-t-il d'une voix inquiète.

Elle le rassura rapidement et dit qu'elle devait raccrocher, on annonçait l'embarquement de son vol. Toute explication, ou pire, toute marque de gentillesse de la part de son père, l'aurait fait fondre en larmes au milieu de l'un des aéroports les plus fréquentés au monde. Car, malgré tous ses efforts, elle n'avait pas réussi à chasser le doute qui l'avait envahie. N'avait-elle pas commis une grave erreur en décidant de rentrer chez elle ? N'avait-elle pas agi de façon impulsive et irrationnelle, à l'opposé de ce qu'elle était ?

Elle aurait pu parler avec Alex, mais de quoi, puisqu'ils avaient conclu une pure association d'intérêts ? Et puis Alex était en réunion avec les notaires toute la journée, et le lendemain aussi peut-être, et il espérait reprendre son travail d'urgentiste la semaine suivante. Il n'aurait plus le temps de discuter.

Non, elle avait pris la bonne décision en quittant Édimbourg le plus vite possible pour remettre de l'ordre dans sa vie.

Cela, elle y parviendrait. Mais remettre de l'ordre dans son cœur…

Une hôtesse annonça que l'embarquement du vol à destination de Singapour débutait. Plus de retour en arrière à présent.

Mais une fois dans son siège, elle ne put s'empêcher de consulter son téléphone.

Pas de message d'Alex. Ce qui était normal. Pourquoi l'aurait-il retenue ?

Elle but son champagne et ferma les paupières. Une fois à Singapour, elle serait presque arrivée.

A priori, il était relativement facile pour un jet privé de se rendre en Australie avec trois pilotes et une escale à Abu Dhabi.

— Pas d'inquiétude, *mate*, lui dit l'homme au téléphone. J'y vais moi-même. Besoin de faire un petit tour au pays. Quand voulez-vous partir ?

— Le plus tôt possible, répondit Alex, l'estomac chaviré par ce qui ne pouvait être que de l'excitation.

— Alors, disons demain matin 6 heures.

— J'y serai.

Son pilote australien saurait-il le renseigner sur la région où il devait l'emmener ?

« Sur le golfe », avait dit Kenzie, ce qui n'avait rien évoqué à Alex jusqu'à ce qu'il voie sur la carte d'Australie l'immense échancrure dans la côte et l'étendue des terres tout autour.

Une nouvelle sorte d'excitation le saisit : l'appel de l'inconnu.

Comment avait-il pu mener une vie à ce point réglée et laborieuse qu'il n'avait jamais ne serait-ce que songé à visiter d'autres parties du monde ? Sans sa grand-mère, il ne se serait jamais aventuré sur une petite île du golfe de Thaïlande.

Tu n'aurais jamais rencontré Kenzie. Tu ne serais jamais… Jamais quoi ? Tombé amoureux ?

Il n'était pas certain que c'était le cas, mais une chose était sûre, avec aucune autre femme il n'avait ressenti la même affinité.

Et la perspective de ne plus jamais la voir était tout simplement insupportable.

13.

— Vous vous arrêtez à Darwin, *mate* ? demanda Tom, le pilote australien, quand il revint s'asseoir avec Alex avant la dernière étape du voyage.

— Non, je vais quelque part sur le golfe, dans une propriété qui s'appelle Speculation.

— Waouh ! C'est une sacrée exploitation ! Une des plus grandes d'Australie. Mais pourquoi voulez-vous atterrir à Darwin, alors ? Quelqu'un vient vous y chercher ?

— Non, mais c'est l'aéroport le plus proche, apparemment.

— C'est exact, mais il y a une piste d'atterrissage à Spec. Les Flying Doctors, les médecins volants, s'y posent avec le même avion que celui-là lorsqu'ils installent leur dispensaire mobile deux fois par mois.

— Vous pouvez atterrir sur la propriété, c'est bien ça ?

— Absolument. Il faut juste que je les prévienne, bien que dans des domaines aussi vastes il ne soit pas nécessaire de dégager la piste des bêtes égarées.

Dégager la piste des bêtes égarées ? Un dispensaire mobile ?

De plus en plus intrigué par ce qu'il découvrait de la vie qu'avait menée Kenzie, Alex ne put s'empêcher de demander :

— C'est quoi exactement, un dispensaire mobile ?

— Dérouté par notre outback, hein ? demanda Tom, tout sourires. Un dispensaire mobile, ce sont des médecins qui font des consultations pendant quelques heures ou parfois une journée pour les populations isolées, dans certaines des villes minières d'opale par exemple ou bien sur une exploitation agricole. Ils vaccinent les enfants, assurent le suivi des femmes enceintes ainsi que des personnes âgées atteintes d'une maladie chronique comme le diabète, très fréquent ici. Les gens font cent ou deux cents kilomètres pour voir un docteur.

— Donc tous les quinze jours, un médecin est amené par avion.

— Avec des infirmières et parfois un dentiste. À l'occasion, ils interviennent aussi comme secouristes sur des accidents, quitte à prendre des risques. Mais la base de leur travail reste le dispensaire. Vous voulez un café ? Quelque chose à manger ?

Pendant que Tom allait préparer un en-cas dans la petite cuisine de l'appareil, Alex essaya de mettre au clair toutes les informations qu'il venait de recevoir. Plus il en apprenait, plus il avait envie d'en apprendre.

Jusque-là, quand il envisageait l'avenir, il s'imaginait Kenzie emmenant leurs deux enfants – pourquoi deux seulement ? – en Australie de temps en temps, pour un mois ou deux, pendant que lui travaillerait en Écosse. Cette organisation lui avait paru assez judicieuse… Jusqu'à ce qu'il s'aperçoive qu'il ne pouvait pas vivre vingt-quatre heures sans Kenzie. Alors un mois ou deux ! Et ses enfants aussi lui manqueraient probablement.

Des enfants qu'il n'avait pas, qu'il n'aurait peut-être jamais…

Non ! C'était tout simplement impossible. Il allait parler à Kenzie. Ils mettraient tout à plat et trouveraient une solution.

À Darwin, Kenzie bondit littéralement hors de l'avion tant elle était heureuse d'être revenue au pays. Et si son cœur saignait, cela ne regardait qu'elle.

Après la douane, à la vue de la grande silhouette élancée de son père coiffé de son antique chapeau à large bord, ses yeux s'embuèrent de larmes, qu'elle cacha en se jetant à son cou.

— Je suis venu en hélicoptère, dit-il en la déchargeant de son sac à dos. Nous serons à la maison en un rien de temps.

— Vous aviez fini de regrouper les bêtes, ou est-ce que je vous dérange ?

— Tu ne nous déranges jamais, mais de toute façon, oui, nous avons terminé. Tu vas voir les convois de bétaillères se diriger vers ici.

Bras dessus bras dessous, ils parcoururent le kilomètre qui les séparait de la zone privée de l'aéroport. Kenzie mitraillait son père de questions pour diriger la conversation car elle préférait de loin discuter de la taille du troupeau ou de la somme escomptée de la vente des bêtes plutôt que de son mariage et des raisons de son retour.

— J'ai appris que la sécheresse avait été sévère et qu'il y avait eu des inondations ensuite. Il y a eu beaucoup de pertes ?

— Nous avons sauvé des crues tout le cheptel. Par chance, nous avions déjà monté les animaux dans les collines. Nous avons quand même perdu un de nos taureaux. Heureusement, les Ainsworth en ont un superbe qu'ils veulent vendre.

Cette conversation sur la vie quotidienne de l'exploitation, par sa normalité, agit comme un baume apaisant sur Kenzie. Elle était presque chez elle. Tout irait bien.

Mais un peu plus tard, dans l'hélicoptère, elle sentit des larmes lui brûler les yeux et, alors qu'ils approchaient de son « chez elle », son père lui tapota le genou.

— Ne t'inquiète pas, ma fille. Je suis là. Tu vas t'en sortir.

Comme toujours, sans lui poser de questions, il avait deviné qu'elle traversait une mauvaise passe.

— Mais qu'est-ce qu'il fabrique là ? s'écria M. Steele.

Trop occupée à sécher ses larmes, elle n'avait pas remarqué l'avion posé sur la piste de la propriété. Elle plissa les yeux pour mieux voir… Pas de logo…

— Ce n'est pas un appareil des Flying Doctors, dit-elle.

— Et il vient d'arriver. La poussière n'est pas encore retombée.

L'hélicoptère ralentit et descendit gracieusement jusqu'à

la zone d'atterrissage près de la maison. L'avion mystérieux n'était plus qu'une tache lumineuse au loin.

— Il doit vouloir redécoller tout de suite puisqu'il ne s'est pas approché, dit M. Steele tandis que les yeux de Kenzie s'embuaient de nouveau à la vue de la grande maison si familière, avec les petites dépendances rassemblées autour d'elle comme des poussins autour de la maman poule.

Wayne, leur contremaître depuis des années, l'aida à descendre et la serra dans ses bras.

— Contente de revoir cette bonne vieille maison ? demanda-t-il en essuyant d'un doigt bruni une larme sur la joue de Kenzie.

— Tu parles que oui !

Oui, c'était vraiment bon d'être rentrée chez elle. Elle pourrait y panser ses plaies. Elle aurait le temps et l'espace pour reconstruire sa vie.

— Apparemment, le type dans ce jet bizarre est venu te voir, dit Wayne. Un gars l'amène en pick-up.

Wayne indiqua le sillage de poussière derrière le véhicule terreux.

Un type dans un jet bizarre ? Alex voyageait en jet…

Son ventre se noua et son cœur fit un bond dans sa poitrine mais, pour éviter toute déception, elle se persuada qu'il s'agissait plutôt d'un de leurs notaires.

Encadrée par son père et Wayne, elle trouva la force de regarder qui allait descendre du pick-up.

— Monsieur Steele ? demanda Alex quand, impeccablement vêtu d'un pantalon chino et d'une chemisette bleue, il sortit du véhicule, la main tendue vers le père de Kenzie. Je suis Alex McLeod.

Le père de Kenzie lui serra la main et demanda :

— Vous êtes venu faire un état des lieux ?

— Non, je suis venu voir votre fille, répondit Alex en prenant entre les siennes les mains de Kenzie, restée les bras ballants de stupeur. Entre les obsèques de ma grand-mère et tous les déplacements, il y a des tas de sujets dont nous n'avons pas eu le temps de parler.

— Kenzie ?

— Oui, pas de problème, répondit-elle malgré ses jambes flageolantes.

Il n'était quand même pas ici pour parler du divorce. Cela pouvait se traiter par Internet. Alors, pourquoi était-il venu ?

— Emmène donc Alex à la maison, sur la terrasse à l'ombre. Je vais demander à Maggie de vous apporter des boissons fraîches, dit M. Steele, s'apercevant que sa fille semblait avoir perdu l'usage de la parole. Une bière vous conviendrait, monsieur McLeod ?

« Monsieur McLeod » ? Mauvais signe. Son père se méfiait des intentions d'Alex. Il avait deviné que le désarroi de sa fille était dû à la personne qui se trouvait en face de lui.

— Appelle-le Alex, dit-elle faiblement.

Elle sentit alors les longs doigts magiques qui avaient caressé son corps serrer les siens.

— Allez sur la terrasse ! dit M. Steele avant de s'éloigner vers la maison.

Wayne, lui, resta. Il ne partirait que lorsqu'elle lui aurait assuré qu'elle ne craignait rien.

— Par ici, dit-elle à Alex en l'entraînant vers la maison.

Ce qui la délivra de Wayne mais la laissa seule avec Alex.

— Sacrée propriété, dit-il en englobant du bras les autres maisons et dépendances.

Elle retira sa main presque violemment.

— Que fabriques-tu ici ? Tu es venu faire une estimation des lieux ? Une sacrée propriété ? Tu t'attendais à quoi ? À un hangar en tôle peut-être ?

— Kenzie ! l'arrêta-t-il d'une voix douce qui tremblait légèrement. Je suis venu te dire que je t'aime.

Il avait prononcé cette dernière phrase d'un trait.

— Je t'aime et je voudrais être aimé de toi, dit-il d'une voix rauque à présent en lui caressant timidement la joue. Je suis venu pour savoir si je pouvais être l'homme auquel tu souhaites être mariée, celui que tu pourrais aimer et avec qui tu te sentirais aimée.

Elle n'en croyait ni ses yeux ni ses oreilles. Était-ce bien Alex, l'Alex du « chez les Monroe, on ne fait ni dans les émotions ni dans les sentiments », qui lui déclarait sa flamme au milieu des arbustes du jardin ?

— Kenzie ? dit une voix féminine. J'ai apporté à boire, mais d'abord approche, que je t'embrasse, ma grande. C'est mort ici quand tu n'es pas là.

— C'est Maggie, avec des boissons, dit Kenzie.

— Sur la terrasse, fit-il avec un sourire. Allons-y !

Il prit la direction des opérations, entraînant Kenzie dans l'allée. En haut des trois marches, elle lui lâcha la main pour prendre Maggie dans ses bras et la lui présenter.

— C'est ton mari ? Comment se fait-il qu'il arrive en jet de luxe alors que tu as pris une ligne commerciale ?

Ce n'était pas l'endroit pour élucider les raisons de la présence d'Alex. Il y avait trop de gens à la curiosité protectrice à proximité, des gens qui l'aimaient et qu'elle aimait. Pourtant, ignorant la question de Maggie, elle se tourna vers Alex.

— Tu étais sérieux quand tu as dit m'aimer et vouloir être aimé de moi ?

— Naturellement ! dit-il avant d'ajouter avec un demi-sourire : t'ai-je jamais dit quoi que ce soit que je ne pensais pas ?

Elle ne savait pas, ne savait plus. Elle était incapable de réfléchir.

— Tu m'aimes vraiment ? insista-t-elle.

— Et pourquoi il ne t'aimerait pas ? demanda Maggie, agacée.

— Oui.

Et pour prouver à Kenzie à quel point, il l'attira contre lui et l'embrassa à l'étouffer.

Elle finit par s'écarter. Nul doute que Maggie n'avait pas manqué une miette de la scène et qu'elle était déjà en train de la raconter aux hommes dans la cuisine pour les assurer que leur protégée ne courait aucun danger. Nul doute non plus que son père allait débarquer d'une minute à l'autre sur la terrasse.

Elle conduisit Alex vers des transats où ils prirent place

côte à côte. Quand il lui effleura les doigts en prenant la bière fraîche qu'elle lui tendait, elle sut que tout allait s'arranger.

— Tu peux rester ?

— Aussi longtemps que tu le souhaiteras.

— Tu mourrais d'ennui au bout de deux ou trois jours, dit-elle en riant. Et puis, je croyais que tu étais impatient de reprendre le travail.

Étrange conversation pour quelqu'un qui se répétait en boucle : « Il m'aime » !

Mais elle attendrait l'intimité du lit pour ce qu'elle voulait dire ou entendre.

— Il est trop tard aujourd'hui mais demain, si vous pouvez rester un peu, Kenzie vous fera faire le tour du propriétaire, dit Angus Steele, une bière à la main, en arrivant comme prévu sur la terrasse.

Il hésita un instant avant d'ajouter :

— Si tu vas dans l'enclos ouest, Kenz, vérifie le niveau du puits. J'avais prévu de le faire aujourd'hui…

— … Et mon SOS pour que tu viennes me chercher t'en a empêché, dit-elle avec un sourire à l'homme qu'elle aimait le plus au monde, plus exactement à l'un des deux hommes qu'elle aimait le plus au monde.

Alex, à présent détendu, posa à Angus Steele mille questions sur l'exploitation, et le temps passa ainsi jusqu'à l'heure du dîner, qu'ils prirent ensemble dans la salle à manger.

Alex se régala et complimenta Maggie sur tout et en particulier sur le rôti, servi saignant, accompagné de Yorkshire pudding, de pommes de terre au four, d'ignames et de haricots verts.

— C'est normal, la viande provient de nos animaux, répondit Maggie sans bouder cependant son plaisir.

— Elle est trop modeste, dit Kenzie. Elle adore cuisiner et nous mangeons comme des rois depuis qu'elle a succédé au cuisinier formé par ma grand-mère.

— Tu exagères, dit Maggie. Il connaissait très bien son affaire. Simplement il prenait de l'âge et il était fatigué. C'est de lui que je tiens la recette du Yorkshire pudding.

— En tout cas, veillez à transmettre votre savoir aux générations suivantes, lui dit Angus.

— Oh ! Ne vous inquiétez pas ! Ma petite Tracy s'intéresse beaucoup à la cuisine. Elle est toujours fourrée dans mes pattes.

— Tracy est une des petites-filles de Maggie. Son père s'occupe des chevaux.

— Des chevaux ? demanda Alex en se tournant vers Angus. Je pensais que vous effectuiez l'essentiel des tâches à moto.

— Nous nous en servons encore. Pour vérifier les clôtures par exemple, mais…

— Papa revient aux méthodes anciennes, dit Kenzie. Avec les chevaux, les bêtes sont plus calmes et ne perdent donc pas de poids. Nous avons aussi limité l'utilisation des hélicoptères, même petits, à la recherche des animaux égarés dans les collines.

— Des collines ? De là-haut, le relief paraissait aussi plat que le dos de la main.

— Arrête, Kenzie, dit doucement son père. Son cerveau va éclater ! Emmène-le en pick-up demain, montre-lui les collines et les barrages. Ça lui donnera un aperçu de la propriété.

— Volontiers, répondit Alex.

Spec dépassait tout ce qu'Alex avait pu imaginer. Y compris côté nourriture, qui était aussi bonne que ce que proposaient les meilleurs restaurants d'Édimbourg.

— D'après ce que je comprends, d'autres enfants que toi ont grandi ici ? demanda-t-il à Kenzie. Je n'en reviens pas.

— Il y a toujours eu deux ou trois couples avec enfants sur la propriété. Quand je suis née, le plus jeune des enfants de Maggie avait trois ans. Elle nous a quasiment élevés ensemble.

— Le mari de Maggie est le régisseur de l'exploitation à présent, poursuivit Angus. Mais à l'époque, il était responsable du troupeau, un poste occupé par un de ses fils aujourd'hui.

— Un autre de ses fils est mécanicien ici, dit Kenzie.

Il travaille dans le grand hangar avec la fille d'un de nos mécaniciens à la retraite.

— Voilà que nous recommençons à vous embrouiller, dit Angus. Pour dire les choses simplement, en ce moment, trois couples vivent ici. Certains des enfants restent, d'autres partent à l'étranger apprendre un métier ou poursuivre des études avant de revenir. Notre comptable, par exemple, est l'un des fils de notre ancien mécanicien, et l'institutrice, Belle, est l'aînée de Maggie.

Alex ne put s'empêcher de faire une nouvelle fois le perroquet.

— Une institutrice ?

— Il faut bien que les enfants suivent le cursus scolaire. Ils sont pour la plupart inscrits à la School of the Air, l'enseignement par correspondance pour les écoliers du bush. Mais la présence d'un professeur expérimenté capable de les aider pour leurs devoirs est un plus.

Alex leva les bras en l'air en signe de reddition.

— Arrêtez ! J'ai la tête pleine.

Kenzie éclata de rire. Ce son, qu'il avait cru ne plus jamais entendre, le réchauffa tout entier.

— Spec, c'est comme un village, dit-elle. Une exploitation isolée autonome. Nous avons même une boutique.

— Tu me fais marcher, là.

— Nous achetons en gros les produits de base comme la farine, le sucre, le beurre, le lait en poudre, la lessive, le savon, etc. Et les gens viennent s'approvisionner au fur et à mesure de leurs besoins. Elle n'ouvre que l'après-midi et est en général tenue par un des enfants les plus âgés.

— Toute petite déjà, Kenzie adorait y aller.

Alex secoua la tête d'un air éberlué.

— Il faut vraiment que je voie ça de mes propres yeux, dit-il en finissant son verre d'un bon bordeaux qu'Angus avait sorti pour accompagner le bœuf.

— Viens, dit Kenzie en se levant. Sortons regarder les étoiles. Tu nous excuses, papa ?

— Oui, allez-y. Vous l'avez bien mérité, après cette longue journée.

Kenzie serrée contre lui, Alex leva la tête vers la voûte scintillante.

— Il y en a plus que je ne l'aurais jamais cru possible, dit-il, le souffle coupé, dans un murmure.

— Et elles offrent leur spectacle magique tous les soirs. Sauf pendant la saison des pluies, bien sûr.

Il avait tant à apprendre ! De quoi remplir toute une vie.

Il approfondirait cette pensée plus tard. Pour le moment, embrasser Kenzie sous le ciel étoilé paraissait une meilleure idée et l'embrasser au lit une meilleure encore.

Il resserra son étreinte et l'entraîna vers la maison, l'ombre de quelques chiens sur leurs talons.

Étendu au lit avec Kenzie après qu'ils avaient fait l'amour lentement, tendrement, exprimant avec leurs corps ce que leurs mots avaient déjà dit, Alex voulut poursuivre la séance de questions.

— Parle-moi de ton enfance ici.

— Demain, promit-elle en s'appuyant sur un coude pour lui déposer un baiser sur les lèvres. Tu comprendras mieux quand tu auras vu la propriété. Pour le moment, j'ai vraiment envie de dormir.

Il l'attira entre ses bras et elle s'endormit au son des mots d'amour qu'il lui murmurait.

14.

Le lendemain, Kenzie et Alex visitèrent la propriété en pick-up pour gagner du temps… Et parce que, contrairement aux chevaux, le véhicule disposait de l'air conditionné. Elle garda pour la fin l'enclos de l'ouest et son puits artésien.

— Mais c'est un lac ! dit Alex comme elle se garait près de la retenue d'eau artificielle alimentée par le puits.

— Génial pour la baignade, fit-elle en le rejoignant sur la rive quand elle eut vérifié l'état de l'installation.

— On peut vraiment s'y baigner ? demanda-t-il, encore stupéfait de trouver cette étendue d'eau en plein désert.

— C'est pour ça que nous sommes ici.

Là-dessus, elle commença à se déshabiller, entassant bottes, chaussettes, short, T-shirt, soutien-gorge et culotte sur un gros rocher près du bord.

— Le dernier à se tremper est une mauviette ! fit-elle.

— Ce n'est pas juste. Je suis encore tout habillé.

Mais elle était déjà en train de nager, plongeant puis émergeant, les cheveux plaqués vers l'arrière.

— Ma jolie sirène, dit Alex en faisant soudain surface à côté d'elle.

Il la prit dans ses bras et l'embrassa, un petit exploit car ils n'avaient pas pied et devaient agiter les jambes pour maintenir la tête hors de l'eau.

— Tu m'en as vraiment mis plein la vue, avoua-t-il une fois qu'ils furent assis sur un rocher de l'autre côté du barrage. Ce lieu, les gens, l'espace, le bétail. Et le ciel !

Elle l'embrassa.

— Cela me fait presque autant plaisir que lorsque tu m'as déclaré que tu m'aimais, dit-elle, encore émue par ce souvenir.

— Je t'aime plus que je ne l'aurais cru possible, répondit-il en lui rendant son baiser. Il y a trois jours à Édimbourg, j'écoutais les deux notaires sans comprendre un traître mot de ce qu'ils racontaient parce que, aussi bizarre que soit la formulation, j'avais l'esprit envahi par ton absence. Subitement, l'idée m'est venue de te rejoindre. Alors j'ai pris congé des notaires, qui en sont restés pantois, et j'ai téléphoné à la compagnie de jets dont je suis client. C'était la seule solution, vu les horaires des lignes régulières.

Il s'interrompit pour un nouveau baiser.

— Je t'ai dit que je t'aimais ?

— Oui. Et moi je t'aime plus qu'aucun mot ne peut le dire.

Quelques instants plus tard, ils faisaient l'amour sur la dalle, avec frénésie cette fois, comme s'ils cherchaient à prouver leurs déclarations.

Après s'être de nouveau baignés, Alex et Kenzie prirent le chemin du retour. À leur arrivée, Angus leur annonça qu'un barbecue était organisé en leur honneur et pour fêter leur mariage.

Le repas se tint dans un immense hangar, avec des meules de foin en guise de siège, un bidon de deux cents litres coupé en deux pour y faire le feu et une grille en fer pour y poser la viande. D'autres bidons remplis de glaçons contenaient des bouteilles de vin et de bière. De longues tables étaient dressées avec des amuse-gueules et des salades. Dehors, les enfants gambadaient, faisaient de la balançoire dans les arbres, escaladaient les meules de foin, bref s'amusaient comme des fous.

Alex, bien qu'étranger à ce genre d'atmosphère, se sentait très à l'aise.

Heureux ?

Incontestablement, surtout avec Kenzie à ses côtés.

Mais il y avait davantage. Il était captivé par ce lieu et

par ces gens qui manifestaient si ouvertement leur joie du retour de Kenzie, et il comprenait qu'elle soit émue.

Elle le présenta entre autres à un vieil aborigène perclus de rhumatismes qui la prit dans ses bras ; tous les deux éclatèrent en sanglots.

— Ta mère aurait été si contente, dit-il d'un ton bourru.

— Bahlu est arrivé ici avec maman quand elle s'est mariée, dit-elle en prenant le mouchoir qu'Alex lui tendait. Elle venait d'une propriété dans le Sud. Il était son ange gardien et il est devenu le mien ensuite.

Puis, tandis qu'assis sur des balles de foin qui leur piquaient les fesses Alex et Kenzie dégustaient des steaks cuits à la perfection, des gens défilèrent pour échanger quelques mots, leur souhaiter le meilleur, embrasser Kenzie…

Alex se régalait d'une pavlova aux fruits de la passion quand, dans un haut-parleur, une voix tonitruante fit taire tout le monde.

— Spec, vous m'entendez ? Terminé.

Alex vit Wayne se diriger vers un petit appareil relié à une radio.

— Ici Spec. Nous vous écoutons.

— Accident de la circulation à une quinzaine de kilomètres vers le sud sur Riverbend Road, dit la voix. Un seul véhicule impliqué. Un motard a appelé avec son portable. Il attend sur place. D'après lui, désincarcération des deux occupants à prévoir. Flying Doctors prévenus. Ils atterriront chez vous. La route est trop défoncée par les convois de bétaillères.

— Bien reçu, Bob. Nous nous en occupons. Terminé.

Alex voulut demander des éclaircissements à Kenzie mais elle était déjà partie vers le hangar-garage, où il la suivit. Si elle se rendait sur les lieux de l'accident, il irait lui aussi. Il était médecin, après tout.

Des lampes à arc éclairaient les entrailles de l'immense hangar et il repéra Kenzie et Wayne en train de jeter sur le plateau d'un pick-up des sacs qu'ils attrapaient sur une étagère.

— Je viens, dit Alex en laissant passer Wayne qui portait

des tenailles géantes évoquant les pinces d'un insecte préhistorique.

— OK.

La meilleure façon de se rendre utile était parfois de se tenir à l'écart, aussi Alex observa-t-il ce qui avait déjà été chargé dans le pick-up. Deux objets rectangulaires attirèrent son attention. « Matelas autogonflant », lut-il sur l'étiquette du plus proche des deux.

Pour un accident de la route ?

Il n'eut guère le temps de s'appesantir sur la question car Kenzie le pressa de monter dans le pick-up.

Wayne, quant à lui, grimpa à l'arrière du pick-up, et à peine fut-il installé sur un des paquets que Kenzie démarra.

Vingt minutes plus tard, ils se garaient près du motard, qui, quitte à épuiser sa batterie, avait gardé son phare allumé afin qu'on le repère.

— J'ai sorti la passagère et je l'ai enveloppée dans ma veste, mais le conducteur est coincé. Il n'est pas mort.

Après l'avoir remercié, Kenzie, un sac en bandoulière sur chaque épaule, rejoignit Alex, déjà agenouillé à côté de la passagère.

— Il nous faudrait de la lumière, dit-il.

À peine eut-il fini sa phrase que des projecteurs installés par Wayne près du pick-up, éclairèrent la scène. Alors seulement Alex vit que Kenzie portait un défibrillateur sur l'épaule.

— Tu peux aller t'occuper du conducteur avec Wayne ? lui demanda-t-elle. Dans mon autre sac, il y a une trousse de secours assez complète. Prends-la.

Grâce aux projecteurs, de là où ils se trouvaient, ils voyaient l'avant entièrement broyé du véhicule accidenté et le bloc-moteur enfoncé dans l'habitacle côté conducteur. Alex s'exécuta aussitôt.

— Il faudrait extraire le siège, dit Wayne. J'ai coupé la ceinture de sécurité et réussi à le faire glisser de quelques centimètres. Vous pouvez ouvrir la portière et vérifier si je peux le bouger un peu plus sans danger ?

Plus facile à dire qu'à faire. À l'aide d'un pied-de-biche

sur lequel il pesa de toutes ses forces, Alex finit malgré tout par la dégonder. À présent, il pouvait ausculter le conducteur, toujours inconscient. Mais son pouls battait. Faiblement et irrégulièrement certes, mais il battait.

— Il n'est pas coincé contre le volant, dit-il à Wayne. En revanche, ses jambes sont bloquées par le moteur.

Alors qu'il palpait l'homme, il sentit du sang sur ses mains. Beaucoup de sang. Qui semblait couler de la cuisse gauche de l'homme.

Impossible de poser un pansement hémostatique ou un garrot dans la position où se trouvait le blessé.

Il secoua le moteur, pas pour le déplacer – il avait le sens des réalités ! – mais pour s'assurer qu'il ne s'effondrerait pas s'ils essayaient d'extirper le blessé et le siège.

Ouf ! Tout resta parfaitement immobile.

— Il faut arriver à sortir le siège. Si seulement nous avions une grue pour soulever le bloc-moteur !

— Jamais d'arbres quand on en a besoin, grommela Wayne en inspectant les alentours du regard. Avec notre treuil et notre corde, nous aurions pu dégager nous-mêmes le moteur. Tant pis, on va faire avec les moyens du bord. En nous y mettant à deux, nous parviendrons peut-être à donner davantage de jeu au siège. Allez chercher la barre à mine dans le pick-up et placez-vous de l'autre côté.

Muni de l'outil, Alex dégonda l'autre portière et se glissa à l'intérieur du véhicule. Là, imitant Wayne, il essaya de libérer le siège de ses attaches. En quelques minutes et avec mille précautions, ils réussirent à le faire glisser vers l'arrière.

— La femme a repris connaissance, vint leur annoncer Kenzie sur ces entrefaites. Ils étaient en train de se disputer, apparemment. Je l'ai enveloppée dans une couverture et je l'ai laissée avec Steve, le motard. Je peux vous aider à quelque chose ?

— Prépare un pansement de compression pour arrêter l'hémorragie, des bandes, et un stéthoscope si tu en as un dans ta trousse, répondit Alex alors que le siège cédait enfin à leurs efforts, leur permettant d'extirper le conducteur.

Du sang gicla de sa cuisse gauche. En un geste réflexe Alex y appuya fortement la main.

— Trouvez quelque chose qu'on puisse utiliser comme tourniquet, dit-il à Wayne qui, en quelques secondes, tel un magicien, fit apparaître un garrot professionnel qu'il serra instantanément près de l'aine du blessé.

— Le saignement s'est ralenti, annonça Alex en couvrant la plaie avec le pansement que Kenzie lui tendait.

Il continua à palper le conducteur à la recherche d'autres blessures éventuelles et demanda :

— Vous avez déjà été confrontés à ce genre de situation, tous les deux ?

— Nous nous sommes entraînés, répondit Wayne sans développer.

— Alors, est-ce que nous éclissons sa cheville fracturée ou laissons-nous les Flying Doctors opérer ? demanda Alex.

— Pour le moment, immobilise-la, dit Kenzie. Même sur les matelas gonflables, le trajet de retour va être une sacrée épreuve pour tous les deux.

— Plus de pouls ! les interrompit Wayne.

En un éclair, Kenzie monta le défibrillateur portable pendant que Wayne commençait un massage cardiaque.

— Je me charge de l'actionner, dit Alex. Je l'ai souvent fait aux urgences.

— Mais pas avec un appareil portable, répondit Kenzie, lui faisant clairement comprendre que, sans l'évincer à proprement parler, c'était elle qui prendrait la direction de l'opération.

— Écartez-vous ! ordonna-t-elle avant d'envoyer la décharge électrique.

Le corps du blessé eut un soubresaut… Tous braquèrent les yeux sur l'écran, attendant de voir la ligne verte onduler. Hélas ! Elle demeura uniformément plate.

— Attention, je recommence, dit Kenzie.

Alex, qui avait pris le relais de Wayne pour la compression thoracique, enleva ses mains. Nouvelle décharge. Et cette fois, la ligne ondula sur l'écran !

— Ah ! voilà l'avion ! dit en même temps Wayne, qui avait entendu le bruit des moteurs bien avant Alex.

— Nous allons emmener les deux victimes jusqu'à la piste d'atterrissage, dit Kenzie en rangeant le défibrillateur. Wayne, mets-toi au volant. Je resterai à l'arrière avec Alex.

Les matelas autogonflants étaient prêts mais il fallait d'abord installer les deux patients sur les brancards pliables. Kenzie regarda Alex immobiliser la cheville du conducteur dans une grosse botte puis, avec l'aide de Wayne, assembler les deux parties du brancard sous le patient.

Comment Alex vivait-il cette aventure… ou plutôt cette expérience ?

Cette question en tête, elle retourna s'occuper de Debbie, la passagère. Avec l'aide de Steve, elle glissa l'autre brancard sous la blessée, malgré ses protestations.

— Je peux très bien marcher jusqu'au pick-up.

— Hors de question ! répondit Kenzie. Il y a un fort soupçon de commotion cérébrale. Vous aviez perdu connaissance quand Steve vous a sortie de la voiture.

Lorsqu'ils eurent installé leurs deux patients sur les matelas pneumatiques et que Steve eut repris sa route, Alex aida Kenzie à grimper sur le plateau du pick-up où elle s'assit à côté du blessé.

L'escalier de l'avion des Flying Doctors était déjà sorti quand Wayne se gara à côté de l'appareil. Une des infirmières descendit, suivie de Bill, un des médecins habituels, qui embrassa Kenzie dès qu'elle eut sauté à terre.

— Et toi, tu es ce docteur qui a épousé notre Kenzie ? demanda-t-il à Alex en le tutoyant spontanément. Tu ne chercherais pas du travail, par hasard ?

Alex répondit par une mine évasive tandis que Kenzie réfléchissait à la question. L'opération de secours en cours différait certainement beaucoup de ce qu'il vivait au service des urgences de son hôpital d'Édimbourg. Mais les décharges d'adrénaline devaient être les mêmes et c'était vraisemblablement ce qu'il cherchait, peu importe le lieu…

Quoi qu'il en fût, Alex monta à bord. Pour s'assurer que ses patients étaient confortablement installés ou pour inspecter l'équipement ? Les deux probablement car il s'exclama en redescendant :

— Formidable ! J'ai déjà vu des avions sanitaires dans d'autres pays, mais aucun avec un pareil confort pour les malades, et un matériel médical aussi complet.

— C'est indispensable, dit Bill. Nous ne savons jamais à quoi nous allons devoir faire face.

Les moteurs se mirent à vrombir. Bill serra la main d'Alex et disparut dans l'appareil.

Sous le hangar, la fête touchait à sa fin. Seuls quelques jeunes continuaient à danser et chanter.

— Papa a dû aller se coucher, dit Kenzie à Alex. Sinon, ils ne mettraient pas de la musique pop.

— Il n'est pas parti se coucher mais chercher un véhicule pour vous ramener à la maison, tous les deux. Wayne prendra le pick-up.

Le père de Kenzie avait surgi de l'obscurité et tous trois regardèrent l'avion décoller avant de se mettre en route.

— C'est comme une grande famille ici, dit Alex alors qu'il entrait avec Kenzie dans leur chambre. Même Bill semble en faire partie.

— Oui, c'est ma famille.

Ce soir-là, ils firent l'amour lentement, voluptueusement, plus sûrs à présent du corps de l'autre et de la façon de le satisfaire.

Kenzie s'endormit, assouvie. Alex, lui, réfléchit à cette immense propriété dont il n'avait vu qu'une partie aujourd'hui. Il pensa à tous ces gens – la famille de Kenzie – qui n'hésiteraient pas à l'écorcher vif si jamais il la blessait.

Comme s'il avait la moindre intention de la blesser ! Il sourit. Il n'avait jamais rien connu de comparable à l'amour qu'il lui portait. Et c'est à cause de cela qu'il ne trouvait pas le sommeil et restait étendu à côté d'elle à rêvasser en regardant par les portes-fenêtres les taches de ciel entre les arbustes.

Pouvait-il vraiment l'enlever à cette terre aride et rouge qu'elle aimait ? À ces gens qui l'aimaient ? Et comment le père de Kenzie transmettrait-il son savoir à ses petits-enfants s'ils ne vivaient sur place que deux mois par an ? À Édimbourg, les enfants pourraient-ils évoluer aussi librement dans une atmosphère aussi magique ?

En outre Kenzie, qui avait acquis les connaissances nécessaires pour prendre la suite de son père, espérait sans nul doute que ses enfants, ou au moins l'un d'eux, lui succéderaient le moment venu.

Et puis, l'expérience de ce soir avait piqué sa curiosité au vif. Il voulait en apprendre davantage sur la formation d'urgentiste qu'avaient reçue Kenzie et Wayne ainsi que sur les Flying Doctors qui, quant à eux, avaient touché sa fibre professionnelle.

Y avait-il réellement un poste pour lui ?

— Nous ne passons pas notre temps à nous baigner tous nus, à boire de la bière et à faire des barbecues, dit Kenzie à Alex lorsqu'il lui fit part, le lendemain matin, de quelques-unes de ses réflexions de la nuit.

Quand elle s'était réveillée, il était debout depuis longtemps. Il avait fait le tour des bâtiments les plus proches de la maison, avait bu une tasse de thé avec Maggie dans la cuisine et apporté le plateau du petit déjeuner à Kenzie dans leur chambre.

— J'en ai conscience, répondit-il, assis sur le lit. Pourquoi n'inverserions-nous pas l'organisation ? Si nous habitions ici et que nous retournions en Écosse pour les vacances, tu pourrais m'apprendre à piloter ?

— Un petit avion comme celui que nous avons ici ou l'hélicoptère, oui. Mais il te faudrait prendre des leçons avec un professionnel pour avoir ton permis. Pourquoi ?

— Parce que je ne peux pas vivre sans exercer mon métier. J'ai été fasciné par votre professionnalisme à Wayne et à toi, et aussi par les Flying Doctors. J'ai eu l'impression d'assister à un numéro de magie devant cette intervention « au milieu de nulle part », pour reprendre tes mots.

Il se pencha pour l'embrasser. Les lèvres de Kenzie avaient un goût de miel. Et sa femme, si belle, si merveilleuse, répondit à son baiser avant de revenir à leur conversation.

— Il n'est pas nécessaire de savoir piloter pour faire partie des Flying Doctors. Ils ont des pilotes.

— Je sais. Mais avec un permis, je pourrais voler entre ici et Darwin. Ce serait plus rapide qu'en voiture. Tu crois que ça marcherait ? demanda-t-il après un silence.

Elle enleva le plateau de ses genoux et se redressa.

— Tu es en train de me dire que nous habiterions en Australie ? Que tu déménagerais ici ? Voyons, Alex, il fait horriblement chaud. C'est sec et poussiéreux, sauf pendant la saison des pluies où il tombe alors des trombes d'eau sans que la température baisse, et tout moisit. Et il n'y a aucune distraction. Pas de théâtres, pas de cinémas, pas de restaurants. Aux antipodes de la belle ville civilisée d'Édimbourg. Et tu voudrais vivre ici ?

Il lui sourit.

— Toi tu le voudrais, alors pourquoi pas moi ? Et pense aux enfants. Quelle liberté pour eux, de ne pas devoir mettre des bottes et des cirés quand ils sortent, même en été, la plupart du temps !

Il s'interrompit, à la recherche de la façon la plus convaincante d'argumenter.

— J'ai vu ces gosses hier soir, Kenzie, et je me suis dit que tous les gamins méritaient de vivre ce qu'ils vivaient.

— Oh, Alex ! Tu penses ça, vraiment ? demanda-t-elle, son scepticisme visible sur son visage. Tu n'es ici que depuis deux jours. Comment peux-tu être sûr que tu te plairas ? Tu t'ennuierais.

— Je ne m'ennuierai pas si je travaille et, après quelques années, j'en aurai peut-être suffisamment appris pour pouvoir vous aider, ton père et toi. D'ailleurs, j'ai déjà des idées. Par exemple, remplacer les hélicoptères par des drones, qui eux sont silencieux, pour regrouper le bétail.

— Mon père en a un, mais il commence seulement à apprendre à le diriger. Peut-être qu'il serait plus urgent que tu obtiennes un permis pour les drones, avant celui de pilote.

— Alors, ça te paraît jouable ? demanda-t-il en prenant brusquement conscience du bouleversement qu'il envisageait d'apporter à sa vie.

— Plus que jouable, génial ! dit-elle en le serrant contre elle. Mais il va y avoir pas mal de problèmes à régler en amont. Tu as des responsabilités en Écosse. Tu dois notamment t'occuper de la propriété de ta grand-mère.

— Elle est gérée par la même famille depuis toujours ou presque. Je peux correspondre par Internet et, si nous allons là-bas tous les ans, peut-être pendant la saison des pluies ici, j'en profiterai pour vérifier que tout est en ordre.

— Tu es sûr ?

Elle le regarda, ses beaux yeux empreints de doute, comme si elle craignait de rêver.

Et il entendit l'incertitude dans sa voix lorsqu'elle ajouta :

— Il faut prendre le temps de réfléchir. Sinon, tu risques de regretter ta décision.

— Regretter ma décision de vivre avec toi là où tu te plais le plus au monde ? Cela m'étonnerait beaucoup.

Et il l'embrassa. Un baiser qui se transforma bientôt en une étreinte beaucoup plus intime.

Épilogue

— Je croyais que, chez les Monroe, on ne faisait ni dans les émotions ni dans les sentiments, dit Kenzie, gentiment moqueuse, en regardant Alex.

En larmes, les mains tremblantes, il tenait délicatement dans ses bras son fils nouveau-né.

Elle essuya les joues de son mari avec le bord du drap et déposa un baiser sur les cheveux noirs de son bébé.

— Il y a des exceptions à la règle, répondit-il en lui rendant à regret le nourrisson.

Il était revenu en avion d'un accident de la route juste à temps pour assister à l'accouchement et il portait encore l'uniforme des Flying Doctors.

— Alors nous sommes d'accord, il s'appellera Andrew Monroe Steele ? dit-il, une main tendrement posée sur l'épaule de sa femme.

— Que penserais-tu d'ajouter McLeod ? demanda-t-elle avec un sourire.

— Que ça devient un peu difficile à prononcer.

Mais il cachait difficilement le plaisir que lui procurait cette idée.

— Alors, enlevons Steele. Il n'en aura pas besoin. Il saura qu'il est un Steele.

— Andrew Monroe McLeod ! Ça me plaît !

— À moi aussi, dit-elle en caressant la joue d'Alex de sa main libre. Monroe parce que c'est ta grand-mère qui nous a réunis et McLeod parce que c'est toi.

Il se pencha avec précaution pour ne pas réveiller le petit Andrew et embrassa sur les lèvres sa femme dont les beaux yeux bleus rayonnaient de bonheur.

BLANCHE

HARLEQUIN

Retrouvez prochainement, dans votre collection BLANCHE

La croisière d'une infirmière, d'Alison Roberts - N°1496

SÉRIE : DÉFIS ET SENTIMENTS - 1/2

Prudence : voilà le maître mot de Lisa. Parce qu'elle est responsable d'Abby, sa sœur handicapée, pas question pour elle de faire le moindre écart. Pourtant, quand sa cadette l'incite à se montrer plus audacieuse, Lisa accepte un poste d'infirmière sur un bateau de croisière. Un défi qui la sort aussitôt de sa zone de confort ! Surtout qu'en mer elle fait la rencontre de Hugh Patterson, un médecin aussi intrépide que séduisant…

Le rêve d'Abby, d'Alison Roberts

SÉRIE : DÉFIS ET SENTIMENTS - 2/2

Abby savoure chaque bonheur que la vie lui apporte. Sa merveilleuse relation avec sa sœur, Lisa. Son métier de thérapeute spécialiste de la main, qu'elle exerce à l'hôpital St. John's. Quant à son nouveau confrère, le Dr Noah Baxter, il illumine ses journées ! Sous son regard et pour la première fois de sa vie, elle ne se sent pas réduite à son handicap. Non, au contact de Noah, Abby se révèle une femme vibrante d'émotions et de rêves… Des rêves inaccessibles ?

Une chirurgienne à Sao Paulo, d'Ann McIntosh - N°1497

SÉRIE : UN ÉTÉ À SAO PAULO - 1/3

Réputée pour ses travaux précurseurs, admirée pour ses interventions de pointe, le Dr Krysta Simpson mérite bien son titre de déesse de la chirurgie. Mais il y a un domaine où elle n'excelle pas, elle le sait parfaitement : les relations humaines. Pourtant, quand de passage à Sao Paulo pour un séminaire elle rencontre le Dr Francisco Carvalho, l'envie de se lier à cet homme est intense, bouleversante. Se pourrait-il que la passion ait raison de ses inhibitions ?

Ce confrère inattendu, de Carol Marinelli

Infirmière aux urgences du Primary Hospital, Rachel est habituée à camoufler ses sentiments. Mais, lorsqu'elle voit débarquer sur son lieu de travail le Dr Dominic Hadley, c'est un maelström d'émotions qui déferle en elle. Pourquoi faut-il que son ex-mari, embauché comme nouveau médecin, resurgisse ainsi dans sa vie ? Comment surtout, alors qu'elle n'est pas parvenue à l'oublier, dix ans après leur rupture difficile, va-t-elle pouvoir travailler avec lui ?

Leur mission : sauver des vies.
Leur destin : trouver l'amour.

BLANCHE

Bien plus qu'un médecin, d'Allie Kincheloe - N°1498

Pour sauver son fils malade, Rhiann n'a confiance qu'en un seul homme : le Dr Patrick Scott. Alors tant pis s'il la hait depuis le drame qui a brisé leur belle amitié. Aujourd'hui, il va devoir oublier leurs différends pour opérer son enfant ! Mais, au cours de ces retrouvailles chargées d'émotion, Rhiann comprend qu'auprès de Patrick ce n'est pas seulement un excellent chirurgien qu'elle recherche, mais aussi l'homme attentionné qu'il était, et qui lui manque tant…

Une famille à adopter, de Caroline Anderson

Maman de trois enfants et médecin dévoué, Ellie n'a pas une seconde à elle. Autant dire que trouver l'amour n'est pas à l'ordre du jour ! Pourtant, depuis l'arrivée du Dr Nick Cooper dans le cabinet de Yoxburgh où elle travaille, elle est envahie de sentiments troublants. Se pourrait-il qu'une chance d'être heureuse avec Nick lui soit offerte ? Si elle aimerait le croire, Nick ne semble malheureusement pas prêt à s'engager auprès d'elle…

Retrouvailles à l'Oceancrest Hospital, de Robin Gianna - N°1499

San Diego, ses plages de sable fin, ses hauts palmiers majestueux, ses eaux turquoise… Katy a pris la bonne décision en s'installant ici pour commencer son internat ! Mais, si l'air de l'océan apaise sa nervosité le jour où elle se présente pour la première fois à l'hôpital, son cœur se met à tambouriner de nouveau dès qu'elle découvre qui sera son chef de service : Alec Armstrong. Alec, un brillant chirurgien, et le premier homme à avoir fait chavirer son cœur…

Un bébé pour Callie, de Louisa Heaton

Lorsque son meilleur ami, le Dr Lucas Gold, lui fait une demande particulièrement délicate – être la mère porteuse de l'enfant que sa femme et lui souhaitent avoir –, Callie accepte, heureuse de les aider. Sans se douter que le mariage de Lucas va voler en éclats au cours de sa grossesse… Mais alors que, terrifiée, elle se prépare à donner la vie, Callie doit faire face à un nouvel imprévu : elle est tombée amoureuse de Lucas !

HARLEQUIN

Leur mission : sauver des vies.
Leur destin : trouver l'amour.

HARLEQUIN
www.harlequin.fr

BLANCHE

HARLEQUIN

Le dilemme du Dr Montclair, de Connie Cox - N°1500

Directrice du département pédiatrique, le Dr Stéphanie Montclair a de grosses responsabilités, qu'elle doit faire passer avant ses sentiments. Aussi se résout-elle, pour éviter un procès au Sheffield Memorial, à ne pas accorder son soutien au Dr Jason Drake, accusé d'une faute professionnelle qu'il n'a pas commise. Même si elle devine que Jason ne lui pardonnera jamais cette trahison. Et encore moins quand il apprendra qu'elle attend un bébé de lui…

L'été qui changea sa vie, d'Emily Forbes

Si Emma Matheson s'est engagée pour un été comme infirmière bénévole dans l'Outback australien, c'est avant tout pour oublier un chagrin d'amour et faire le point sur sa vie. Mais, dès son arrivée, elle se trouve confrontée au sourire ravageur de son nouveau coéquipier, le Dr Harry Connor. Un irréductible solitaire, qu'elle a toutes les raisons d'éviter, mais qui, pourtant, l'attire irrésistiblement…

Leur mission : sauver des vies.
Leur destin : trouver l'amour.

HARLEQUIN
www.harlequin.fr

Composé et édité par HarperCollins France.

Achevé d'imprimer en mai 2020.

CPI
BLACK PRINT

Barcelone

Dépôt légal : juin 2020.

FSC
www.fsc.org
MIXTE
Papier issu de sources responsables
FSC® C108412

Pour limiter l'empreinte environnementale de ses livres, HarperCollins France s'engage à n'utiliser que du papier fabriqué à partir de bois provenant de forêts gérées durablement et de manière responsable.

Imprimé en Espagne.

OFFRE DÉCOUVERTE !

Vous souhaitez découvrir nos collections ? Recevez **votre 1er colis gratuit*** **ave** **2 cadeaux surprises !** Une fois votre colis de bienvenue reçu, si vous souhait continuer à recevoir nos livres, cela se fera automatiquement. Vous recevrez alo vos livres inédits** en avant-première.

Vous n'avez aucune obligation d'achat et cette offre est sans engagement de durée

*1 livre offert + 2 cadeaux / 2 livres offerts pour la collection Azur + 2 cadeaux. Les collections Gentlemer et Aliénor démarrent avec le 1er colis payant.
**Les livres Ispahan, Sagas, Best-Sellers Féminins, Gentlemen et Hors-Série sont des réédités.

☛ COCHEZ la collection choisie et renvoyez cette page au
Service Lectrices Harlequin – CS 20008 – 59718 Lille Cedex 9 – France

Collections	Références	Prix colis*
❑ **AZUR**	Z0ZFA6	6 livres par mois 28,79€
❑ **BLANCHE**	B0ZFA3	3 livres par mois 23,65€
❑ **LES HISTORIQUES**	H0ZFA2	2 livres par mois 16,59€
❑ **ISPAHAN**	Y0ZFA3	3 livres tous les 2 mois 23,35€
❑ **PASSIONS**	R0ZFA3	3 livres par mois 25,09€
❑ **SAGAS**	N0ZFA3	3 livres tous les 2 mois 27,66€
❑ **BLACK ROSE**	I0ZFA3	3 livres par mois 25,09€
❑ **VICTORIA**	V0ZFA3	3 livres tous les 2 mois 25,69€
❑ **GENTLEMEN**	G0ZFA2	2 livres tous les 2 mois 17,35€
❑ **BEST-SELLERS FÉMININS**	E0ZFA2	2 livres tous les 2 mois 18,75€
❑ **ALIÉNOR**	A0ZFA2	2 livres tous les 2 mois 17,35€
❑ **HORS-SÉRIE**	C0ZFA2	2 livres tous les 2 mois 17,35€

N° d'abonnée Harlequin (si vous en avez un) |_|_|_|_|_|_|_|_|

Mme ❐ Mlle ❐ Nom : ____________________

Prénom : ____________________ Adresse : ____________________

____

Code Postal : |_|_|_|_|_| Ville : ____________________

Pays : ____________________ Tél. : |_|_|_|_|_|_|_|_|_|_|

E-mail : ____________________

Date de naissance : ____________________

❐ Oui, je souhaite recevoir par e-mail les offres promotionnelles des éditions Harlequin.
❐ Oui, je souhaite recevoir par e-mail les offres promotionnelles des partenaires des éditions Harlequin.

Date limite : 31 décembre 2020. Vous recevrez votre colis environ 20 jours après réception de ce bon. Offre soumise à acceptation et réservée aux personnes majeures, résidant en France métropolitaine, dans la limite des stocks disponibles. Prix susceptibles de modification en cours d'année. Vous pouvez demander à accéder à vos données personnelles, à les rectifier ou à les effacer. Il vous suffit de nous écrire en nous indiquant vos nom, prénom et adresse à : Service Lectrices Harlequin CS 20008 59718 LILLE Cedex 9. Service Lectrices disponible du lundi au vendredi de 8h à 18h : 01 45 82 47 47.